여자들이 글 못 쓰게 만드는 방법

여자들이 글 못 쓰게 만드는 방법

How to Suppress Women's Writing

조애나 러스 지음 | 박이은실 옮김

낮은산

일러두기

1. 원서 초판은 1983년에 출간되었다. 그 뒤 제사 크리스핀의 서문을 덧붙여 2018년에 새롭게 출간되었다. 이 책은 2018년판으로 작업했다.
2. 각주는 모두 옮긴이주이며 붉은색 번호로 표시했다.
3. 미주는 원서의 주석으로 검은색 번호로 표시했다.
4. 원서에서 이탤릭으로 강조한 부분은 고딕체 굵은 글자로 표시했다.
5. 책 제목은 국역본이 있는 경우 참조하되, 이 책 저자의 의도를 살려 옮겼다.
6. 단행본·잡지는 《 》, 단편·연극·영화·TV 프로그램은 〈 〉를 사용했다.
7. 외국 인명·지명 및 외래어는 국립국어원의 외래어표기법을 따르되, 관례가 굳어서 쓰이는 것들은 관례를 따랐다.
8. 번역 과정에서 최대한 원서의 본래 의미를 살리려 노력했으나, 생략되거나 모호한 표현, 저자가 사용한 독특한 비유, 특이한 문장 구조 등을 우리말로 옮기는 데 어려움이 있었다. 국내 독자에게 잘 전달하기 위해 직역보다는 우리말 표현에 맞춰 가독성을 높이는 편을 택했다.

나의 학생들에게 이 책을 바칩니다.

차례

옮긴이의 말

변명부터 할까, 설명부터 할까 망설여진다.

책을 몇 권 번역하면서 옮긴이의 말에 변명 따위를 썼던 일은 없었지만, 또한 그럴 일이 있을 수 있다고 생각해 보지도 않았지만, 이번에는 이렇게 시작해야만 할 것 같다. 그러니까 독자들에게 옮긴이가 어떤 상황에서 번역을 마치게 되었는지 먼저 이실 직고한 뒤에, 번역의 질을 논외로 할 경우, 세기의 작가이자 페미니스트인 버지니아 울프의 《자기만의 방》과 함께 읽어야 할 단 한 권의 책이 있다면 왜 단연코 바로 이 책이어야 하는지 말하고자 한다.

이 책을 번역하는 동안 나는 번역 의뢰를 내가 정말 뭣도 모르고 수락했다는 것을 깨닫고 여러 번을 후회했다. SF 작품이라고는 읽은 게 겨우 한 손에 꼽을 정도인 내가, 영문학이 아니라 여성학 전공자인 내가 건드려서는 안 되었을 책을 감히 덥석 손에

잡았구나 하는 생각을 몇 번이나 했는지 모른다. 이 책은 SF 소설가의 작업물인데다가 영문학과 영문학 비평을 총망라하여 잘근잘근 씹어 놓은 것이기 때문에 제대로 된 결과물을 내놓지 못했다가는 적어도 두 부류의 사람들에게서 동시에 지탄을 받을 수도 있다. 그다지 두꺼운 분량의 영서가 아님에도 두 번의 겨울을 지나는 동안까지도 나는 성에 차는 것은 고사하고 곳곳에서 제대로 된 번역 문장조차 만들어 내지 못하고 있었다. 내가 아주 뛰어난 영서 전문 번역가라고 할 수는 없지만, 이토록이나 형편없는 번역을 하는 사람이었던가. 나는 총체적으로 좌절감을 느꼈다. 초벌 번역을 마쳤을 때 실제로 몸이 아팠다. 그리고 윤문을 하기 위해 초벌 원고를 다시 들었을 때는 그만 땅속으로 꺼지고 싶을 정도로 얼굴이 화끈거렸다. 말이 되지 않는 문장들을 나열해 놓은 것 같은 이상한 결과물이 내 앞에 놓여 있었던 것이다. 심장이 두근거리기 시작했고 뒷덜미가 딱딱하고 서늘해졌으며 이마에는 식은땀이 맺혔다. 지금도 나는 그 순간을 잊지 못한다. 참담한 마음으로 편집자에게 이메일을 보내면서 나는 다짐했다. 이제 다시는 주제넘게 번역에 손대지 말고 내 본업에나 충실하자. 이것은 정말이지 Not my cup of tea였다.(문학서 번역가님들, 정말 존경합니다.) 나로서는 다행하게도 당시 편집자는 다른 책 작업을 신나게 하고 있느라 바빴다. 그러니 나는 편집자의 추궁을 피해 얼른 수정 작업을 하면 된다고 생각했다.

　그러나 뜨겁고 치열한 러스의 문장이 좋았던 내 마음과는 별

개로 다시 손에 든 러스는 여전히 나를 수없이 좌절시켰다. 직접 인용문과 그 인용문에 들어 있는 수많은 중략 표시…… 많은 문장이 생략된 채로 가져온 인용문으로 러스가 다시 만든 문장들의 구조는 일반적인 문장들과는 결이 너무 달랐다. 심지어 서술어의 주어를 오직 러스만이 알고 있는 것은 아닌가 싶은 문장도 꽤 있어 곤경에 빠진 적이 한두 번이 아니었다. 그리고 수많은 주석들과 참고문헌. 번역하는 나조차 이토록 버거운 분량의 정보들을 개인 컴퓨터도, 인터넷도 오늘날처럼 상용화되지 않았던 1970년대에 러스는 대체 어떻게 끌어모은 걸까. 러스는 이 방대한 자료를 이 도서관 저 도서관에서 일일이 복사해 모아 그야말로 한 땀 한 땀 글을 써 나갔을 것이다. 그런 생각을 하다 보면 마음이 구겨져 있다가도 존경심이 절로 솟아 다시 힘을 낼 수밖에 없었다.

이제 책 이야기를 본격적으로 해야겠다. 읽기 전에 독자들이 몇 가지 먼저 염두에 둔다면 이 책을 훨씬 더 마음 깊이 받아들일 수 있지 않을까 싶다.

먼저, 러스가 SF 작가라는 것을 염두에 두면 좋겠다. SF 문학은 기본적으로 있을 법하지만 (아직) 있지는 않은 상상의 세계를 과학적 지식에 기반하여 그려 냄으로써 작가의 세계관을 제시하는 장르다. 이 책 자체는 매우 실증적이고 그러기 위해 엄청난 자료가 인용되고 있지만, 책의 도입부인 프롤로그에는 독자에 따라 너무 낯설어 읽기 어려울 수 있는 형식의 짤막한 글이 등장한다. '글로톨로그'라는 SF적인 은하계 존재를 등장시켜 자신이 이 책을 관통해 하고 싶은 이야기를 은유적으로 드러내고 있다. 번역할 때 가장 커다란 고통을 안겨 주었던 부분이기도 했는데, 독자들은 문장의 사실 관계를 지나치게 따지지 말고, 전혀 SF적이지 않은 이 책을 쓰면서 SF 작가인 러스가 도입부에서나마 자신의 전문성을 발휘해 하나의 시그니처로 남겨 둔 장으로 읽고 넘어가면 좋을 듯하다.

두 번째는 어마어마하게 등장하는 인용과 그로 인해 달린 주석이다. 각주 또는 미주로 달리는 주석이란 대체로 글의 흐름상 본문 안에 바로 포함하기에는 적절하지 않지만 글을 이해하기 위해서는 반드시 필요한 정보를 주기 위해 달아 놓는 여분의 영역이다. 그러므로 주석에서는 주로 본문에서 참고하거나 인용하고 있는 내용의 출처가 어디인지에 대한 정보를 주거나 본문에서 다 말하기 어려운 관련 내용을 덧붙인다. 본문에서 이미 충분히 이야기되고 있거나 누구나 알 만한 내용이라면 굳이 주석을 달 필요가 없다. 그런데 이 책에는 페이지마다 주석이 달리지 않은 곳이 거의 없다. 수없이 주석이 달려 있는 원문을 번역하는 일은 정말 번거롭고 성가셨다. 그러나 또 한편에서는 이토록이나 많은 주석을 사용해야만 겨우 하고자 하는 말을 할 수 있는 위치에 아직도 여성들이 있다는 사실에 새삼스럽게 간담이 서늘했다. 한마디를 하기 위해 수많은 주석을 달아야 하는 위치…….

나는 이 책의 독자들이 이토록 주석이 많이 달린 글을 쓸 수밖에 없었던 다양한 이유를 함께 곱씹어 주길 바라고 기대한다. 그러니까, 왜 여자들의 글쓰기에 대해 말하는 이 책은 이토록 많은 주석이 달리지 않고서는 나올 수가 없었던 것인지에 대해 말이다. 러스가 이 책을 처음 출간했던 1983년에 비해 지금은 무엇이, 그리고 얼마나 달라졌는지에 대해서도 생각해 보면 좋겠다. 게다가 이것이 비단 영문학계의 일이기만 하겠는가.

따라서 이 책은 여자들 글쓰기의 역사와 투쟁에 관한 하나의 페미니즘 역사서라고 할 만하다. 저자가 언급하고 있는 작가들 중에는 버지니아 울프나 조지 엘리엇, 브론테 자매 등 한국 독자들에게 많이 알려져 있는 작가들도 있지만 생전 처음 들어 보는 낯선 이름들도 많다. 짚고 있는 내용이 너무 상세해서 저자들 이름을 일일이 살피는 것도 쉽지 않거니와 낯선 이름들은 한국 사회 맥락에서 거리감이 느껴지기도 한다. 그러나 오히려 이 점이 시사하는 바가 있다. 이렇게나 많은데 왜 우리가 알고 있는 이들은 한 줌밖에 안 되는 것인가, 그나마 알려진 작가들도 기껏해야 한두 작품밖에 모르게 된 것인가 하는 질문을 하게 만들기 때문이다. 바로 그 이유가 저자가 이 책에서 말하려는 핵심 메시지 중 하나이기도 하다. 러스가 언급하는 수많은 역사적 인물들의 드러나지 않았던 개인사들을 읽노라면 이것은 야사가 아니라 은폐된 역사라는 생각이 절로 든다.

우리 역사에서도 여성 작가들의 작품을 접하기는 쉽지 않은

일이다. 19세기 이전 글을 썼던 여성 작가 중 우리가 아는 이름
이라곤 기껏해야 신사임당, 허난설헌 정도이다. 그 시기에 글을
쓴 여성이 정말 이들밖에 없었을까? 이 책을 읽고 나면 당신은
이제 진실에 최대한 가까운 어떤 답을 스스로 내리게 될 것이다.
이 글이 펼쳐 보이는 인물들의 향연을, 그 인물들이 만들어 온
역사를 보면서 당신은 역사에서 누락된 인물들을 직접 채워 넣
고 싶어질지도 모른다. 아니, 그 역사의 일부가 되고 싶어질 수
도 있다.

당신에게 그런 생각이 들 즈음, 이 책의 시간을 1980년대에서
2000년대의 시간으로 끌어당겨 역사에 생생한 숨을 불어 넣으
며 이 책의 현대적 의미를 짚어 주고 있는 제사 크리스핀의 서문
을 기억해 주길 바란다. 1980년대와 지금은 다르다. 또한 당시
와 현재의 미국과 한국도 다르다. 그래서 크리스핀의 단호한 말
에 우리는 귀를 기울일 필요가 있다. 크리스핀은 말한다. 이 글
은 뜨겁고 매력적이지만 정신 차리고 읽어야 한다고. 힘을 받되
생각은 더 확장하라고. 더 정교하게, 더 정확하게 보라고. 교차
시키라고. 지금의 우리가 해야 할 생각과 행동은 러스의 문제의
식을 이어받아 확장시키는 것이지 반복하는 것은 아니라고 말이
다. 젠더는 당연하고 또 분명하고 중요하게 살펴져야 하는 범주
이지만 어떤 여성도 단지 젠더로만 삶이 구성되지는 않는다. 그
녀의 삶을 규정하는 것은 계급이기도 하고 인종이기도 하고 성
정체성이기도 하고 지역이기도 하고 연령이기도 하고 장애 여부

이기도 하고 빈부이기도 하며, 그녀에게 중요한 또 다른 요소일 수 있기 때문이다.

마지막으로 한 가지 더 고백하고자 한다.

남몰래 눈물을 훔친 일을 고백하는 일은 약간의 용기가 필요했지만, 러스의 노고에 바치는 감사의 의미에서 밝히자면, 정신 없이 초고를 만들어 놓고 1차 윤문을 하던 도중, 나는 어떤 대목을 읽다가 그만 와락 눈물을 쏟고 말았다. 가슴이 뜨거워졌고 그래서 눈물도 유난히 뜨겁게 느껴졌다. 모니터를 앞에 두고 거의 흐느끼며 주체할 수 없는 눈물을 쏟아 낸 다음, 나는 내 몸을 흐르며 압도했던 그 감정의 정체를 가만히 느껴 보았다. 그랬더니 한 문장이 내게로 왔다.

그래서 그들은 썼다. So they write.

원서 45쪽 22째 줄에 나오는 문장이다. 나는 이 문장을 너무나 사랑하게 되었다.

'여자'들은 여기까지 오기 위해 정말이지 먼 길을 걸어왔다. 글자를 깨우치고 글을 쓰는 일은 문명사회의 역사에서 오래된 일이며 이 행위 없이는 문명이라는 것이 존재할 수조차 없었을 것임에도 그 역사에 여자가 직접 참여할 수 있게 된 지는 그리 오래되지 않았거니와 쉽게 이뤄진 일도 아니었다. 계급 사회에서 하층민들은 말과 글에 가까운 삶을 살아가지 못했다. 말과 글을 다루는 일은 어느 시대, 어느 지역이든 지배층의 특권이었기 때문이다. 그런데 그 사회가 가부장제 질서를 신봉하고 있는 한, 지배층의 일원인 여자들에게도 말과 글에 가까이 다가설 기회는 쉽사리 주어지지 않았다. 학교는 고사하고 글 자체, 특히, 지배층이 사용하는 문자를 배울 기회가 주어지지 않기 십상이었다.(세종이 한글을 창제했을 때 한글을 '아녀자'들이나 쓰는 '언문'이라 멸시하던 양반 계층 남자들을 떠올려 보라.) 설사 글을 익힐 수 있게 되었다 할지라도 소위 '사생활'의 영역, '가정'이라는 영역에 묶여 있다시피 살아야 했던 여성들에게는 두 가지, 그러니까, 글을 쓸 시간과 공간이 채 허락되지 않았다. 가정이라는 영역에서 일상생활에 필요한 노동을 직접 맡거나 아니면 주관해야 하는 위치에 한정된 채, 자신의 존재를, 자신의 생각을, 자신의 꿈을, 자신의 세계관을 가족 외의 다른 사람들과 공유할 기회, 가족 외의 다른 사람들 사이에서 존재할 기회, 공적 삶을 살 기회를 박탈당한 채 살았던 여자들이 그 한계를 넘어서서 자신의 실존을 알릴 수 있는 유일한 행위는 글쓰기였을 것이다. 어쩌면 그저 생존하는 것이 아니라 자신의 삶을 살기 위해 그들은 쓰지 않으면 안 되었을 것이다. 여자들은, 그래서, 그럼에도 불구하고, 글을 썼다. 그러니까 러스는 이 책을, 그럼에도 불구하고 썼던 여자들, 그렇기 때문에 썼던 여자들, 그래서 썼던 여자들, 우리가 사랑한 여자들, 우리가 사랑할 여자들을 생각하며 썼던 것이다. 세계를 만드는 여자들, 새로운 세계를 만드는 여자들, 새로운 세계를 만드는 꿈을 꾸는 여자들이 쓴 글을 다른 여자들이 제대로 만날 수 있기를 열망하며 러스는 자료를 뒤지고 또 뒤졌을 것이다. 간절하고 뜨거운 마음으로.

번역하는 동안 글을 쓴다는 행위에 대해 여러 번 생각했다.

말은 하는 도중에 공중에 흩어져 버리기 때문에 사뭇 무상하여 다 뱉어 놓고 보면 그 말이 붙잡았던 시간은 어느새 뒤로 물러나 현재에 없다. 게다가 말을 하면서 동시에 누군가의 말을 들을 수는 없는 노릇이기 때문에 누군가가 말을 시작하면 누군가는 들어야만 말의 행위가 가능하다. 그러니 아무도 듣지 않는 말이란 아무도 하지 않은 말과 같고, 말하지 못하는 위치에 있는 사람은 말 속에서 살아가지 못하는 것과 같다.

글은 그런 말과는 달리 머릿속 생각을 문자로 붙잡아 시간 속에 박제해 둔다. 문자라는 옷을 입은 말은 마치 새로운 생명을 얻은 듯 쉽게 사라지지 않는다. 글 속 생각은 말의 즉흥성은 잃지만 더 짜임새 있고 더 단단하게 고정되고 심지어 그것을 쓴 사람의 손을 과감하게 떠나기도 한다. 그리하여 한 작가로부터 출발한 생각은 다른 곳에 도착해 다른 풍경을 만들어 내기도 한다. 전혀 알 길이 없었던 이들과 완전히 낯선 대화의 창구를 열고 새로운 삶을 살기도 한다. 그렇게 글로 표현된 하나의 생각은 다른 생각과 실타래처럼 엮이고 이어져 새로운 이야기가 되고 새로운 삶의 요람이 된다.

　내게도 사랑하는 작가들이 있었다. 20대 때, 표절과 무관한 글을 쓸 무렵의 신경숙의 작품을 모두 읽었다. 그녀의 글이 청승맞고 주제의식이 협소하다는 평을 받고 있을 때 나는 그것이 부당하다고 느꼈고 그래서 더더욱 그녀의 작품을 애써 찾아 읽었다. 그 전에는 강석경의 《숲속의 방》과 공지영의 《무소의 뿔처럼 혼자서 가라》를 아꼈다. 더 어린 시절에는 헤르만 헤세나 펄 벅의 작품을 읽었다. 그러나 20대를 정리하는 즈음부터 나는 소설을 읽지 않게 되었다. 논문이나 논문에 준하는 텍스트들에 둘러싸여 지내느라 여유가 없기도 했지만, 사회과학도로 훈련된 사람으로 여성학을 연구하면서 사회 문제를 해명하고 해결하기 위해서는 무엇보다 사실 관계를 따질 수 있는 글, 논증할 수 있는 글, 인용과 참고를 통해 정당성과 권위를 증명받을 수 있는 형식의 글을 써야 한다고 생각하게 되었기 때문이다. 그러므로, 미력이라도 발휘하기 위해서는 더 단단하고 확실한 글을 써야 한다고 생각했다. 그러다가 2014년 세월호 참사를 겪게 되었다. 그 뒤로는 어떤 글의 힘도 믿지 않는 시간을 오래 보냈다. 그렇게 마음의 폐허를 물끄러미 바라보며 무기력한 시간을 견디던 어느 날, 나를 그 늪에서 일으켜 세워 준 말을 만나게 되었는데, 바로 황정은 작가의 "계속해보겠습니다"였다. 그저 하나의 '술어'로 이뤄진 그 문장. 그 문장이 일순간 내 마음을 어루만지고 다독이고 격려하고 다짐을 받아 내는 주술적 힘을 발휘했고, 나는 다시 진지한 마음으로 책을 들고 글을 쓰기 시작했다.

> 그래서,
> 그럼에도 불구하고,
> 그러니까,
> 그렇기 때문에,
> 나는, 여자들은 쓴다.
> 살기 위해,
> 죽는 그 순간까지 살기를 멈추지 않기 위해,
> 존재하기 위해.

오역의 바다를 겨우겨우 헤엄쳐 나와 이 책이 그나마 읽을 수 있는 꼴을 갖추게 된 것은 모두 이해심 많고 절대 화내는 일 없이 차분하게, 그러나 냉정하고 결단력 있게 이 과정을 이끌어 준 강설애 편집자님 덕이다. 그녀가 번역 초고를 내게서 처음 받아 들었을 때의 마음이 어땠을지 생각하면 지금도 머릿속이 하얘진다. 그녀는 편집자로서뿐만 아니라 제2번역자라고 해도 될 만큼 이 번역에 지분이 있다. 그러나 번역에서 발견되는 어떤 오역도 전적으로 역자인 나의 책임이며 나의 부족함으로 인한 것이다. 그러니 그 어떤 책망이나 지탄도 오롯이 역자인 나의 몫이다. 독자들께서 오역을 발견하신다면 언제든 알려 주시길 부탁드린다.
혹여 재판을 찍게 될 경우가 생기면 반드시 더 꼼꼼하게 살펴 고
칠 것을 약속드린다. 러스에게 이 정도의 책임은 다하고 싶다.

2021년 3월

지리산 자락 산내마을에서

서문

제사 크리스핀(《죽은 숙녀들의 사회》저자)

나는 꿈이 있다. 맨해튼 중심가가 교수들과 비평가들, 편집자들, 그리고 문학상 심사자들로 온통 가득 차는 것이다. 그들은 모두 몸에 맞지 않는 정장을 입고 있다. 잘 맞는 옷을 입을 수도 있었겠지만 그러면 자신들이 외적인 것을 중요하게 여기는 사람들로 보일까 봐 그렇게 하지 않는다. 그들은 그나마 입고 있던 옷들마저 참회복을 걸치기 위해 찢어 버린다. 그러고는 무릎을 꿇고 재를 뒤집어쓴다.

그들은 푸른빛 유리로 된 고층빌딩과 교외 순환 전철역 그리고 대학 근처에 마련된 사택들 밖으로 천천히 기어 나와 대열에 합류한다. 그들은 목소리를 높여 아우성을 치는 것이 아니라 낮은 목소리로 끊임없이 탄식한다. 개중 몇몇은 보다 극적으로 눈길을 끌기 위해 나뭇가지나 나일론 끈으로 자신을 때린다. 그 남자들 모두, 그 백인 남자들 모두, 파티 같은 데서 출판사 말단 여자 직원을 벽에 밀어붙이며 "알지? 나랑 와이프와의 관계는 개

방적이라는 거?"라고 말한 적이 한 번이라도 있었던 모든 남자들, 여자들의 회고록에 대해 이야기할 때 한 번이라도 "과장"이라는 용어를 썼거나 흑인 남성의 작품에 대해 언급하면서 "절합"[1] 이라는 용어를 썼거나 또는 트랜스젠더 작가가 쓴 작품에 대한 서평에서 그 작가의 신체와 관련해 두 문단 이상을 할애한 적이 있는 남자들, 강의 시간에 자신이 고루하지 않다는 걸 보여주려고 카니예[2]의 가사를 사용하지만 정작 수업 교재로는 오로지 백인이 쓴 작품들만 다뤘던 교수들, 브론테나 에밀리 디킨슨[3] 또는 제임스 볼드윈[4]을 "소수자"로 규정한 모든 남자들, 그들이 모두 기어 나와 있는 것이다.

그들은 속죄하러 왔다. 그들은 용서를 빌러 왔다. 그들은 자신

---

1   '관절'이라는 뜻의 라틴어 'articulus'에서 나온 말인 'articulation(아티큘레이션)'은 마디와 마디가 관절처럼 맞붙어 하나로 작동하는 상태를 가리킨다. 국립국어원 표준국어대사전에는 등재되어 있지 않지만 문화 연구 분야에서 흔히 쓰이는 용어이다. 이 책의 원어는 'articulate'로 '해명하다', '분명히 밝히다'의 뜻을 지니고 있지만, 이질적인 것들을 이어 붙였다는 의미로 '절합'이라는 표현을 택했다.

2   카니예 웨스트Kanye West(1977~). 미국 래퍼, 가수, 작곡가, 녹음 프로듀서. 21세기 가장 호평받은 뮤지션 가운데 한 명이면서, 공개 석상에서 거침없는 말과 행동으로 논란을 낳기도 했다. 2005년과 2015년에 타임지가 선정한 '세계에서 가장 영향력 있는 인물 100인'으로 선정되었다.

3   에밀리 디킨슨Emily Dickinson(1830~1886). 미국의 시인. 19세기와 20세기를 잇는 간결하고도 이미지즘적인 감수성을 선보였다. 극도의 은둔 생활을 했으며 결혼하지 않고 평생 혼자 살았다. 제대로 된 정규 교육을 받지 않고 독서를 통해 문학적 소양을 쌓았으며, 가까운 이들의 죽음으로 구원과 희망에 대해 회의감을 가지고 있었다. 생전에 익명으로 일곱 편의 시만 발표되었으나, 사후에 1775편에 이르는 시들이 출판됨으로써 미국에서 가장 위대한 시인으로 자리매김했다.

4   제임스 볼드윈James Baldwin(1924~1987). 미국의 소설가, 시인. 《조반니의 방》, 《빌 스트리트가 말할 수 있다면》 등 흑인 생활을 묘사한 소설을 주로 썼다. 동성애자 흑인 남성으로서 인종, 계급, 성적 지향성에 대한 차별에 반대하며 1960년대 흑인 민권 운동에 활발하게 참여했다.

의 무의식과 조우하지 않을 수 없게 되었고 자신이 품어 온 편견을 보게 되었다. 자신과 같은 집단에 속한 사람이 아니면 사기꾼이나 따분한 사람일 거라고 믿게 하는 무의식에서 비롯된 편견 말이다. 진실을 알게 된 그들은 바닥으로 쓰러진다.

인도는 그들이 내쫓았거나 배신했던 이들로 가득 찬다. 모두 문학사에서 소외되고 지워진 이들이다. 이들은 이 광경에 관심을 보이는 한편 의심쩍어한다. 이들은 이런 식의 퍼포먼스를 과거에도 본 적이 있다. "어떻게 내가 그런 생각을 할 수가 있었지?"라면서 자신들의 반성을 전시하는 듯한 퍼포먼스. 그러고 나서는 눈곱만큼이나 변했을까, 여전히 똑같은 행동, 그러니까 그저 한번 자 보려는 시도를 계속한다. 이들은 이 광경을 보고 얼어붙는다. 그리고 여전히 희망을 놓지 않았던 자신을 탓한다. 언젠가는 이 남자들의 투사를 통해서가 아니라 진정한 자기 자신으로 보일 수도 있지 않을까 하는 희망 말이다.

남자들은 밤새 타고 있던 모닥불에 옷을 던져 넣는다. 합성섬유가 불에 타면서 악취가 공기를 가득 채운다.

"우리를 용서해 주시오."

관중에게 자신의 자리를 내주고 사직서를 쓰면서 그들이 울부짖는다.

"우리는 몰랐습니다."

조애나 러스의 《여자들이 글 못 쓰게 만드는 방법》을 읽으면
서 나는 그녀가 대체 뭘 하려는 건지 궁금했다. 사실, 수십 년 동
안 우리는 이런 비판을 해 왔다. 우리에게는 무의식적 편견에 대
한 책도 있고, 강의도 있고, 에세이도 있고, 통계도 있고, 과학적
연구 자료도 있다. 하지만 여전히 조너선 프랜즌Jonathan Franzen 같
은 비평가가 활개 친다. 그는 이디스 워튼5의 외모가 그녀가 쓴
작품에 영향을 주었다느니 어쩌느니 하면서 제멋대로 떠들어 댄
다. 문단은 여전히 한 줌도 안 되는 수의 사람들이 좌지우지하고
있다. 문학계에 끼친 모든 주목할 만한 기여는 죄다 백인 이성애
자 남성이 해낸 거라는 생각이 보편적이다. 이런 생각은 문학 교
육을 통해, 역사책을 통해, 그리고 눈에 보이는 모든 곳에서 강
화된다.

러스가 이 책을 쓸 당시의 현실도 그다지 다르지 않았다. 러
스처럼 사람들이 달가워하지 않는 말을 서슴없이 나서서 하려면
언제나 엄청난 용기가 필요하다. 그나마 허용된 파이 조각마저
빼앗길 수 있으니까.

이런 상황을 깨부수려면 무엇을 해야 할까? 러스는 이 책에서
경이로운 시도를 하고 있다. 분노하면서도 독선적이지 않고 집

---

5   이디스 워튼Edith Wharton(1862~1937). 미국의 소설가. 1차 세계대전 당시 헌신적으로 전쟁 구
호 활동을 펼친 공로로 레지옹 도뇌르 훈장을 받았다. 1915년에는 헨리 제임스, 조지프 콘래
드, 토머스 하디, 장 콕토, 월터 게이 등 유럽과 미국 예술가들의 에세이, 예술, 시, 음악을 표
현한 《집 잃은 자의 책》을 출판한 수익금으로 전쟁 난민을 도왔다. 《순수의 시대》로 여성으로
서는 처음으로 퓰리처상을 수상하였다.

요하면서도 진 빼지 않으며 진지하면서도 유머 감각을 잃지 않는다. 이 책은 40여 년 전인 1983년에 출판되었다. 그녀가 당시 묘사했던 세상과 우리가 살고 있는 지금의 세상 사이에는 그다지 변한 것이 없어 보인다.

뭐, 나아진 점이 없지는 않다. 성별과 인종 관련한 상황이 조금은 나아졌다. 하지만 그것은 대체로 온라인상에서 지속되어 온 폭로와 고발 덕분이다. 여성 작가나 흑인 작가, 게이 작가에게 특정한 프레임을 씌우는 무의식적인 가정들은 여전하다. 숫자가 아니라 내용에 주목하면 백인 남성들이 여전히 객관적이고 보편적인 이성적 목소리를 대변하는 전문가로 행세하고 있는 것을 볼 수 있다. 흑인 작가들은 주로 흑인 관련 이슈나 도시 또는 스포츠나 음악 관련한 주제에 관해 원고 청탁을 받는다. 여성 작가들은 그들이 느끼는 감정이나 워라밸work-life balance, 또는 가정사에 대해서 청탁을 받는다. 게이 작가들은 정체성 정치나 섹슈얼리티에 대해 써 달라는 요청을 받는다. 그러다 보면 우리는 결국 나머지 주요한 사항들에 대해서는 객관적이고 보편적인 이성의 목소리를 제공하고 싶어 하는 백인 남성들의 목소리만 듣게 될 뿐이다. 별종들과 젠더 비순응자들, 신비주의자들, 그리고 성별이나 인종 외에 또 다른 어떤 이유로 주변화된 이들의 목소리는 없다. 나는 그들의 목소리 또한 드러나기를 염원한다.

그래서 묻고 또 묻고 계속 묻는다.

어쩌다 문학이 손바닥만 한 세계관에 지배되어 온 건지 샅샅

이 살펴보기 위해, 자신이 속한 젠더나 국가에서 비롯된 우월감이 '위대함'이라는 것에 대한 감각에 어떤 영향을 끼치는지 알기 위해, 그리고 급진적인 다양성을 콩알만 한 자아를 위협하는 것으로 여기지 않고 아름답고 흥분되는 것으로 볼 수 있기 위해 무엇을 해야 하는지 묻고 또 묻는다.

러스는 "여성스럽게" 쓰지 않았다. 그래서 러스를 어떻게 대해야 할지 곤혹스럽다. 그녀는 가정사나 인테리어에 대해 쓰지 않았다. 그녀의 글은 예쁘지도, 사교적이지도 않다. 작가이자 비평가로서 러스는 이 책과 인상적인 또 다른 저서 《누군가 나를 죽이려고 한다. 내 남편인 것 같다: 근대의 고딕들Somebody's Trying to Kill Me and I Think It's My Husband: The Modern Gothic》에서 단순히 정의를 부르짖는 것이 아니라 정의의 원천을 추적한다. 그녀는 어떻게 연약한 자아가 타자를 바탕 삼아 자신을 정의할 수밖에 없는지 이해한다. 이는 여성혐오에 국한되기보다는 우리 모두가 타인에게 악영향을 끼칠 수 있는 잠재력을 가지고 있다는 문제임을 러스는 알고 있다. 무언가로 존재하기 위해서는 타자를 필요로 한다는 것, 타자를 반추함으로써 더 나은 어떤 것이 될 수 있다는 것. 타자를 분명하게 볼 수 있는 렌즈는 오직 자아를 걸 때만 가질 수 있다. 우리는 오직 이 렌즈를 통해서만 예술을 보고 판단할 수 있다.

타인에게 나쁜 영향을 끼치는 행위를 백인 여성들은 비백인 여

성들에게 할 것이고, 부자들은 가난한 이들에게, 게이 남성들은
레즈비언이나 양성애자들에게 할 것이다. 그리고 우리가 가모장
제 사회에서 살았다면, 여성들 역시 남성들에게 똑같이 했을 것
이다. 이런 문제에 대해 글을 쓴 사람들은 몇 되지 않는다. 이
점이 러스를 앤젤라 카터[6]같은 이들보다 치열한 비평가로 만든
다. 앤젤라 카터는 자신의 야생적 개성에도 불구하고 남녀 관계
를 다소 진부하게 표현하는 경향이 있는데, 어쩌면 그 덕에 페미
니즘 고전에 포함되었는지도 모른다. 그녀는 남녀 관계를 포식
자/사냥감 프레임에 너무 끼워 맞춘다. 카터는 "여성스럽게" 썼
고 따라서 우리는 그녀를 어떻게 대해야 할지 안다. 러스만큼 복
잡하게 작업한 비평가가 단 한 명 더 있다면 브리지드 브로피[7]일
것이다. 그녀 또한 정당치 않게 내팽개쳐진 채 잊혔다.

　소설가로서 러스는 단순히 SF라는 스페이스 오페라를 통해 젠
더의 경계가 흐릿한 유토피아를 만들어 낸 것이 아니다. 하인라
인Robert A. Heinlein, 홀드먼Joe Haldeman 또는 엘리슨Harlan Ellison 같은
남자 동료들처럼 쓰지도 않았다. 《그럴 참이었던 우리We Who Are
About To》나 《여자남성The Female Man》 같은 책에서 러스는 단지 현

6　앤젤라 카터Angela Carter(1940~1992). 영국의 페미니스트 SF 작가. 초현실적인 요소를 사용하
여 자신만의 독창적인 문학 세계를 선보였다. 《피로 물든 방》, 《서커스의 밤》, 《여자는 힘이 세
다》 등의 작품을 썼다.

7　브리지드 브로피Brigid Brophy(1929~1995). 영국의 페미니스트 소설가. 비평가이자 사회 운동
가. 동물권 운동, 베트남전 반대 운동 등 다양한 당대의 사회 운동에 참여하며 소설 《헤큰펠러
의 유인원》, 자전적인 경험을 바탕으로 한 논픽션 《검은 배를 지옥으로》 등의 작품을 썼다.

재에 새로운 틀을 부여하기 위해서가 아니라 현재에 이의를 제
기하고 질문하기 위해 사변[8]을 사용하는데, 이는 마지 피어시[9]나
옥타비아 버틀러[10] 같은 보다 여성스러운 작가보다는 새뮤얼 딜
레이니[11] 같은 작가와 가까워 보인다. 그녀는 비범한 정신의 소
유자였다. 이면의 문제를 다루기 위해 필요한 수사와 자기만족
적인 게으른 구성을 귀신같이 알아보았다. 《그럴 참이었던 우
리》에서 러스는 말한다. 역경을 극복하는 이야기는 모든 이들이
쉽게 공감하는 주제인데 사실 이런 이야기는 인고의 영웅 서사
라기보다는 자신의 안녕과 안전을 위해서는 타인과 주변 환경에
무슨 짓이든 할 수 있는 사람들의 이야기라고. 러스가 집단 무의
식 속으로 어찌나 깊이 들어가 있는지, 그녀의 작품이 대낮의 빛
을 본 적이나 있을까 싶다.

　'여성 작가'니 '퀴어 작가'니 하는 특정 지시어를 짊어지게 된

8　　경험에 기대지 않고 논리적 사고로 현실 또는 사물을 인식하는 일.

9　　마지 피어시Marge Piercy(1936~). 미국의 페미니스트 시인, 소설가, 사회 활동가. 1960년대 초
　　　'민주 사회를 위한 학생 연합'에서 반전 운동에 참여했다. 《빠른 몰락》, 《시간의 경계에 선 여
　　　자》, 제2차 세계대전을 다룬 역사소설 《입대》 등을 썼다.

10　　옥타비아 버틀러Octavia Butler(1947~2006). 미국의 SF 작가. 흑인 여성 작가로서 인종과 젠더
　　　문제를 작품에 완벽하게 녹여 낸 그는 백인 남성의 전유물로 인식되던 SF계에서 문학적 성취
　　　와 상업적 성공을 모두 거두며 독보적인 위치를 점유했다. 휴고상과 네뷸러상을 수차례 받았
　　　으며 SF 작가로는 최초로 맥아더 장학금을 받았다. 저서로 《패턴마스터》, 《새벽》, 《킨》, 《쇼리》
　　　등이 있다.

11　　새뮤얼 딜레이니Samuel Delany(1942~). 흑인 SF 작가이자 문학평론가, 뮤지션, 시인. 다층적이
　　　며 복잡한 상징들을 사용한 SF 소설들을 발표해 주목받았다. 네뷸러상, 휴고상 등을 휩쓸어 백
　　　인 남성이 주도하던 미국 문화계에 반향을 일으켰다. 번역이 불가능하다는 말이 나올 정도로
　　　난해한 탓에 세계적인 작가임에도 그의 작품들은 한국에 제대로 소개되지 못했다.

비순응적 작가가 문학사의 틈새로 사라져 버리지는 않을 거라고 생각하는 것은 좋지만, 이 또한 러스가 이 책에서 말하는 '여자들이 글 못 쓰게 만드는 방법' 중 하나다. 누구나 자신을 향한 기대에 조금씩은 부담을 느끼지만 어떤 이들은 그 기대에서 벗어날 때 유독 가혹한 처벌을 받는다.

러스와 러스 같은 작가들—독자의 기대에 부응하지 않는 모든 젠더와 인종 그리고 섹슈얼리티의 작가들—이 받는 처벌 중 하나는 그들이 끼치는 영향력이 실감되지 못하도록 하는 것이다. 러스는《여자들이 글 못 쓰게 만드는 방법》에서 에밀리 디킨슨의 예를 들고 있다. 에밀리 디킨슨은 천재로 인정받았으나 동시에 미국 문학에서 어떤 선례도 없는 단 하나의 예외적 인물로 여겨진다. 그녀는 어머니도 없고, 딸도 없다. 사람들은, 여기서 사람들이란 남성 패권의 버팀목이 되어 온 비평가들을 가리키는데, 당대의 시인들을 그 시절의 디킨슨과 연결 짓지 않는다. 이 비평가들은 우리가 "디킨슨은 누구에게도 영향을 끼치지 않았다"고 확신하게 만든다. 우리는 그녀의 작품을 읽지만 그녀는 우리 안에 통합되지 않는다. 비평가들은 그녀의 계보 안에 누구도 넣지 않는다. 이로써 디킨슨 같은 작가는 외부자가 되고 자신의 나라나 예술사로부터 동떨어져 고립된다. 사실상 번지르르한 공치사로 포장된 배척이다.

러스도 그랬다. 그녀는 때때로 호출되지만, 1970년대와 1980년대의 거친 과학소설의 세계에도, 여성 작가의 계보 또는 미국 문단에도 포함된 적이 한 번도 없다. 우리는 그녀의 어머니들도, 딸들도 볼 수가 없다. 비평가들이 그런 걸 알아내는 데에 전혀 관심이 없기 때문이다.(작가의 우주를 찾아 주지 않는다는 이러한 불평이 사소하게 들릴 수도 있겠지만, 한 작가를 뒤바뀐 아기 혹은 UFO에서 쏘아 내려졌다거나 다 자란 채 땅속에서 갑자기 솟아올랐다는 식으로 취급하는 것은 결코 칭찬이 아니다. 작가들은 영향을 받는다. 그들은 특정한 전통 안에서 쓴다. 만약 그 전통이 호손이나 헤밍웨이 또는 하인라인[12]과 딕[13] 같은 작가들의 지배력 안에 있다면, 이 전통은 그들의 독보적 중요성을 다시금 강화하는 한편, 글쓰기에 도움을 받으려고 특정 전통을 찾는 후배 작가들에게 이것은 읽고 저것은 읽지 말라는 지시까지 내리게 된다. 이렇게 함으로써 패권은 재강화된다.)

그러나 러스의 영향력은 주로 저평가되었거나 주변화된 목소리들을 통해 여전히 느낄 수 있다. 크리스토퍼 프리스트[14]는 사변적

---

12   로버트 A. 하인라인Robert Anson Heinlein(1907~1988). 미국의 SF 소설가. 아이작 아시모프, 아서 C. 클라크와 함께 '빅 쓰리'로 꼽히는 영미 SF문학계의 3대 거장이다. 아시모프가 교양과학 저술가로, 클라크가 미래학자로 유명하다면, 하인라인은 SF 장르가 오늘날의 형태로 정착하는 데 가장 큰 영향을 미친 작가라 할 수 있다. 휴고상을 네 차례 수상했으며, 1975년 미국 과학소설 작가협회가 뽑은 첫 번째 그랜드마스터로 선정되었다.

13   필립 K. 딕Philip K. Dick(1928~1982). 미국의 SF 작가. 생전에 44편의 장편소설과 121편의 중단편을 출간했다. 20세기 과학소설 역사에서 손꼽히는 거장이다. 초현실적인 분위기와 광기 어린 상상력으로 유명하다. 미셸 공드리, 크리스토퍼 놀란, 데이비드 린치, 스티븐 스필버그 등의 영화감독들이 그의 애독자이며 직간접적으로 딕 작품을 영화화했다. 〈매트릭스〉(1999)와 〈인셉션〉(2010)이 딕의 영향을 가장 직접적으로 받은 영화로 평가된다.

14   크리스토퍼 프리스트Christopher Priest(1943~). 영국의 SF 작가. 1970년 발표한 첫 장편 《세뇌자》의 성공으로 작가로서의 입지를 다졌다. 세 번째 장편 《역전된 세계》로 영국 SF 협회의 최

인 질문을 러스만큼이나 많이 던지는데, 확실히 러스의 영향을 받은 것으로 보인다. 캐서린 던Katherine Dunn의 매우 특이한 《별종의 사랑Geek Love》[15]은 러스가 출판을 위해 수 년 동안 싸우며 조금이나마 여지를 만들어 놓지 않았더라면 1980년대 보수적인 문학계에서 자리를 차지하기 어려웠을 것이다. 은네디 오코라포르[16]와 사라 홀[17]처럼 당대의 장르 소설이나 장르 영향을 받은 글들 중 가장 흥미로운 목소리들도 러스의 발자취를 따르고 있다.

나는 러스를 에둘러 접했는데, 라이엇 걸[18]과 AK프레스의 출판물과 그로브프레스에서 나온 캐시 애커[19]의 끔찍하게 못생긴 문고본을 통해서였다. 대중적인 문화 시장에 진입하는 데 실패

우수 장편상을 수상했고, 같은 해 휴고상 장편 부문에서 수상작인 어슐러 K. 르 귄의 《빼앗긴 자들》과 마지막까지 경합했다. 장편 《프레스티지》는 2006년 크리스토퍼 놀란 감독 연출의 영화로 제작되었다.

15 캐서린 던의 세 번째 장편소설로 기상천외한 발상과 괴이한 상상력이 돋보이는 작품이다. 지느러미 손발을 가진 아쿠아보이, 샴쌍둥이, 알비노 곱사등, 미스터리 초능력 소년 등 컬트적인 인물들은 정상과 비정상, 아름다움과 추함, 성과 속을 가르는 통념을 대담하게 뒤엎는다.

16 은네디 오코라포르Nnedi Okorafor(1974~). 미국의 SF 작가. 《누가 죽음을 두려워 하는가》로 세계환상문학상, 《빈티》로 휴고상과 네뷸러상을 수상했다. 나이지리아 이보족 혈통을 지닌 아프리카계 미국인으로서, 아프리카 지역의 역사와 신화, 언어, 문화를 바탕으로 한 미래상을 그린 작품을 꾸준히 써 왔다.

17 사라 홀Sara Hall(1974~). 시인, 소설가. 첫 소설 《호스워터》로 2003년 영연방 작가상 및 여러 상을 수상했다. 《카홀란 군대》로 2007년 존 르웰린 라이스 기념상을 수상했고 2008년 아서 C. 클라크상의 최고 과학소설 부문 최종 후보에 올랐다. 최근작으로 《죽은 사람을 어떻게 칠할까》, 《아름다운 무관심》 등이 있다.

18 라이엇 걸Riot Grrl. 1990년대 중반 생긴 페미니스트 펑크 록 장르. 가부장제 질서에 저항한 여성들이 여성 뮤지션에 부과되어 온 납작한 이미지를 깨부수고 급진적인 여성 해방 메시지를 록 음악에 담아냈다.

19 캐시 애커Kathy Acker(1947~1997). 미국의 실험소설가, 극작가, 수필가, 포스트모더니즘 작가.

한 뒤 아마추어 잡지와 자체 제작 녹음테이프를 통해 자신들만의 문화를 창조했던 펑크락 마니아 여성 청년들 사이에서 러스의 이름이 회자되고 있었다. 내가 보기에 러스의 적통에는 일부러 머리 모양을 보기 흉하게 만든 소녀들, 킨코스Kinkos에서 진분홍 종이에 자신의 선언문을 몇 시간이고 복사하던 소녀들, 청바지에 슬리터-키니[20]의 노랫말을 적어 다니던 소녀들, 한때 라이브저널Livejournal[21]의 열혈 이용자였던 소녀들도 포함된다. 소녀에서 소녀에게, 여자들에서 다른 여자들에게 비공식적으로 전달되며 이어져 온, 학계에서 사라진 글쓰기 계보를 러스는 이 책에서 주석들을 통해 되살려 내 펼쳐 보인다. 공식적인 역사가 당신이 어디서 왔는지 알려 주는 일을 등한시한다면 언제든 당신이 직접 그 길을 만들 수 있다.

이 책, 《여자들이 글 못 쓰게 만드는 방법》은 익숙하고도 낯설다. 알 수 있을 만한 장르의 글이면서 또 뭔가 다르다. 러스는 쉬운 결론을 거부하고, 자신의 격분이 자신의 사유를 압도하는 것도 원치 않으면서 누구도—정말이지 그 누구도—봐주지 않는다. 지나치게 정색하는 태도에 대해서도 미안해하지 않는다. 예술이 결국 우리가 살고 느끼는 방식의 표현이 아니면 달리 무엇

---

[20]   슬리터-키니Sleater-Kinney. 미국의 여성 3인조 인디 록 밴드.

[21]   미국의 소셜 네트워크 서비스.

이겠는가? 그것은 삶에서 동떨어져 있지 않다. 그것은 시시하지도 퇴폐적이지도 않다. 그것은 우리 영혼의 절합이다. 만약 우리의 영혼이 성찰되지 않은 인종차별주의나 여성혐오 혹은 동성애 공포증으로 인해 병들었다면 예술이 그런 우리 영혼을 진단하고 치료하는 처방이 될 수도 있지 않을까. 예술이 올바른 손에 쥐어지기만 한다면 그럴 수 있을 것이다.

나는 두렵다. 러스가 재발견되고 재진열되고 재통합되는 과정에서 그녀의 작품이 여성이나 다른 소수자들이 쓴 모든 기타 책들과 함께 잘못 놓일까 봐. 그럴까 봐 괴롭다. (러스가 속한 곳에 두라. 단서를 달지 않는 곳에. 문학 비평 또는 에세이 또는 그냥 문학 코너에 두라. 러스를 어떤 하위 집단 코너에 둬서 그녀에게 수모를 주지 마라.)

여성들의 목소리가 힘을 얻고 있는 오늘날, 우리 자신의 무의식적 편견은 보지 않고 우리를 향한 편견에만 주목하게 함으로써 다른 이들이 우리 안에 내재된 편견을 보지 못하게 하는 일이 빈번해졌다. 이렇게 하는 여자들이 글을 발표하는 시장이 점점 더 넓어지고 있는 까닭은 그런 글들은 사유하게 하지 않기 때문이다. 어머니도 없고 딸도 없는 또 다른 별종인 시몬 베유[22]는 이렇게 말한 적이 있다.

22 　시몬 베유Simone Weil(1909~1943). 프랑스의 철학자, 정치 활동가. 노동 계급의 삶을 이해하기 위해 공장에서 직접 일하며 《시몬 베유 노동 일지》를 썼다. 1936년에는 무정부주의자 부대에 가담하여 스페인 내란에도 참전했다.

"생각하지 않는 것만큼 편한 것은 없다."

백인(이성애자 중산층 젠더 규범 순응자) 여성들은 이제 확고하게 자리 잡힌 시장이며 우리는 거기에 영합한다. 알고 보면 여성들도 종종 남성들과 마찬가지로 자기 강화하기를 좋아한다. 이는 남성들이 차지하고 또 남성 자신들만을 위해 보호해 왔던 권력의 방을 여성들이 열고 들어가게 되면서 여성들 역시 남성들이 앞서 해 왔던 식으로 행동할 수 있음을 보여 주는 것이다. 자신과 다른 모든 타자 집단을 악마화하고, 의도적으로 곡해하고 구분하는 일 따위를 여자들도 한다. 당신은 이런 일을 여성 작가들을 시상하는 곳에서도 볼 수 있다. (권력을 쥔 엘리트 집단이 한결같이 한 줌의 여자들이 쓴 글, 자신들을 가장 닮은 이들이 쓴 글을 "최고"로 추켜세우는 것은 놀랍지 않다.) 여성 비평가들이 다른 사람들의 작품을 비평하는 방식에서도 볼 수 있고, 심지어 이제는 여성들이 남성 권력자들에 대해 쓰는 방식에서도 볼 수 있다. 그들은 러스가 이 책에서 언급하는 것과 아주 똑같은 전략을 쓴다.

2015년, 한 백인 여성이 출판계에서의 성차별주의를 비판했고, 한 흑인 남성은 출판계에서 일하는 백인 여성들의 인종차별주의에 대해 불만을 토로하며 이에 대응했다. 그러자 또 다른 백인 여성은 《뉴 리퍼블릭The New Republic》에서 (다른 백인 여성들의 상당한 공감을 등에 업고) 그 흑인 남성에게 말할 것도 없이 성차별주의가 훨씬 더 심각한 문제이니 제발 좀 닥치라고 쏘아붙였다.

나는 이 책의 새로운 독자들이 자신을 억압자보다는 피억압자로만 보고 자신이 가진 무의식적 편견과 그 편견이 만들어 내는 반응을 마주하길 거부할까 봐 걱정된다. 예를 들어, 카리브 출신 작가들의 글은 너무 지엽적이고 충분히 보편적이지 않다며 콧방귀를 끼거나, 퀴어 작가들의 작품을 가리켜 "알잖아, 내 취향 아니라는 거"라며 읽어 볼 생각조차 하지 않는 반응 말이다. 또한 우리 모두가 특정한 집단으로 잘디잘게 쪼개져서 오로지 도시에 살고 있는 중서부 출신의 백인 중산층 이성애자, 아니면 비혼 여성, 급기야는 별자리가 게자리나 황소자리인 여자들이 쓴 글만 읽으라는 말을 듣게 될까 봐 걱정된다. 오로지 그들만이 나를 진정으로 이해하고 나와 직결된 문제에 대해 말해 줄 수 있다는 이유로 말이다.

문학이 공감력을 키워 준다는 말은 상투적이다. 문학이 그런 도움을 줄 수도 있을 것이다. 단, 문학을 당신 자신만을 비추는 거울로 취급하려는 충동을 매우 적극적으로 극복할 때에야 그렇다. 그 첫걸음은 당신이 바로 문학을 그렇게 취급하고 있다는 것을 알아차리는 것이다.

조애나 러스는 우리가 어떻게 서로와 진정으로 조우할 수 있는지, 어떻게 개개인을 보는 것을 넘어 우리가 공유한 인간성을 보는 데까지 나아갈 수 있는지 그 방법을 찾고자 애썼다. 이것은 급진적인 프로젝트다. 나는 독자인 당신이 이 책에서 당신 자신의 이름이나 젠더를 찾는 일은 하지 말기를 촉구한다. 이 책이 당신이 가진 세계관을 강화시키지 않기를, 당신이 생각하기를 멈추는 데 사용되지 않기를 바란다. 우리는 러스에게 그보다는 훨씬 더 큰 신세를 지고 있다. 우리는 모두 그녀의 딸들이니까 말이다.

들어가며

글로톨로그.[23] 명사. 은하적 존재.

　지성체들이 사는 행성 타우세티8 Tau Ceti 8은 **프루먼트**frument로 알려졌는데, 프루먼트란 지구 식으로 고함지르기, 화성 식으로 얼음 위에서 자빠지기, 그리고 천왕성 식으로 **드로프**drof하기(천천히 성숙해 가는 크리스탈을 여덟 개의 팔로 감싸 안아 사랑으로 돌보는 것) 등을 결합한 일종의 예술적 수행을 가리킨다. 글로톨로그가 높이 평가하는 활동인 **프루먼트**는 (공식 역사에 따르면) 골뱅이지느러미(혹은 "팔Pal−말mal") 글로톨로그가 거의 독점적으로 수행한다. 떨거지 글로톨로그들은 초승달지느러미, 점박이, 또는 얼

23　글로톨로그GLOTOLOG. 한국에서는 오랫동안 '공상'이라는 말을 덧붙임으로써 인간 사유에 도움이 되는 진지한 글이 아닌 것으로 '폄하'해 왔던 과학소설(SF) 작가인 러스가 자신의 책을 통해 일관되게 주장하는 것. 즉, 특정 집단이 다른 이들이 글을 못 쓰게 하기 위해 온갖 방법을 동원해 방해해 온 현실을 은유적으로 꼬집기 위해 창조한 가상의 존재.

룩이 개체들이 예술에 상당히 기여해 왔다는 증거를 찾아냈다. 그러나 **프루먼트** 역사가들(대부분 골뱅이지느러미들)은 그 같은 노력을 무시하거나 작품이 구조가 빈약하다거나 단순히 기교만 있다거나 무엇보다 나 포이 프루먼티na poi frumenti하다며("프루먼트 정신이 빠져 있다며") 열등한 것으로 매도해 왔다. 한 유명한 글로톨로그 비평가에 따르면 포이 프루먼티poi frumenti가 없다면 **프루먼트**는 예술적 특성을 잃고 "그저 단순히 고함이나 질러 대는 것, 미끄러운 표면 위에서 바보 같고 무의미한 방식으로 시종일관 배를 튕기는 것"이 될 뿐이다.(〈**프루먼트 크로놀로가**Kronologa〉 참조)

글로톨로그 사이에 널리 지켜져 온 전통적 믿음이 있다. 점박이, 초승달, 가시털, 얼룩이 글로톨로그 들의 행동과 겉모양새는 —**프루먼트** 수행이 열등하다는 점을 포함해—이들의 핵심 본질(멍청함)이 골뱅이지느러미 글로톨로그의 우등한 본질(왕멍청함)과 근본적으로 다르다는 것을 가리킨다는 믿음이다. 왕멍청함은 골뱅이지느러미 글로톨로그들이 예술적으로는 물론이고 이 행성에서 사회적·경제적으로도 우월하도록 만들어 줌으로써 여기다 적을 수 없을 정도로 다양한 이득을 누리게 해 준다.

은하 과학은 전형적인 자기기만에 빠진 이 완족류들 사이에서 다만 재생산과 염색체라고 하는 흔하고 사소한 차이를 발견했는데, 이 차이는 행동에 직접적인 영향을 거의 주지 않으며 글로톨로그가 부여해 왔듯 압도적 중요성을 갖지도 않는다는 점을 밝혀냈다.

이로써 최근에는 "글로톨로그스러움"이 자신을 과대평가하기 위해 사회적 허구를 정교하게 만들고 퍼뜨림으로써 터무니없는 자기기만을 강화한다는 뜻의 은하계 속어로 등극했다.

Na potukoi natur vi Glotologi ploomp chikparu.

("당신은 당신의 피지배 계급이 원래부터 초록색이었다고 주장한다. 당신은 매일 한 번씩 그들을 치크파루 주스에 담근다. 당신은 글로톨로그스럽게 행동하고 있다.") - 알데바란 4장

Shloi mopush gustu arboretum, li dup ne, voi Glotolog! ("암 바구미가 나무 타기에 남다른 재능을 보이면 즉각 외면하고는 그 바구미는 수 바구미라고 주장한다. 얼마나 구역질나게 글로톨로그스러운지!") - 디스파르 2장

글로톨로그. 명사. 구어. 은하어.
뜻: 직접적 검열 없이 이루어지는 정보 통제.

만약 특정한 사람들에게는 "위대한" 문학을 만들어 낼 능력이 없다고 전제된다면, 그리고 그 전제가 이들을 자신이 있어야 할 곳에 묶어 두는 수단 중 하나라면, 가장 이상적인 방법은 (사회적으로) 이들이 어떤 문학작품도 써 내지 못하도록 원천 봉쇄하는 것이다. 그러나 그런 공식적인 금지는 어떤 비밀을 드러내기 마

련이다. 만약 어떤 이들에게 글을 가르치지 않는다면, 그것은 곧 기록문학에 접근하는 일 자체를 막는 일임을 조만간 누군가는 알아차릴 것이다. 뛰어난 문학은 라틴어로만 쓸 수 있다고 규정하고는 소녀들에게 라틴어를 가르치지 않는다면, 소녀들이 라틴어를 쓰게 되면 어떤 일이 일어날지 누군가는 궁금해하게 될 것이다. 기존 질서에 대한 이런 식의 논쟁은 너무 순환 논리적이라 불편하다. (사실 이 같은 질문은 유럽에서 수 세기 동안 반복적으로 제기되어 왔고 그 결과 개혁이 이루어졌다.)

평등한 사회의 이상적 상황은 "부적절한" 집단의 구성원들도 문학을 (또는 이와 유사한 수준의 주요 활동을) 할 자유가 주어져 있는 것이다. 그럼에도 하지 않았다면 그들이 문학할 능력이 없다는 것이 증명되는 것이다. 그러나, 그들에게 최소한의 진정한 자유를 줘 보라. 그들은 참여할 것이다. 그러니 남은 방법은 가능한 허울뿐인 자유만을 준 다음—어쨌거나 누군가는 참여할 것이므로—그 결과로 나온 예술 작품들을 무시하고 비난하고 하찮게 취급할 다양한 책략을 개발하는 것이다. 제대로 먹힌다면, 이 책략은 "부적절한" 사람들이 문학이든 회화든 혹은 다른 무엇이든 할 (소위) 자유가 있는데도 실제로 그렇게 하는 이는 극히 드물고, 설사 하더라도 잘되지는 않은 (것 같은) 결과를 낳을 테니 이제 모두 발 뻗고 자면 되는 것이다.

위에 제시된 책략은 다양하지만 대체로 특정 핵심 영역에서 일어난다. 비공식적 금지(말리기와 자원과 교육 기회 최대한 안 주기 포함), 논란이 된 작품의 저자 지위 부정하기(이 술책은 단순한 착오에서부터 머리를 돌게 만드는 교묘한 심리전에 이르기까지 다양함), 온갖 방식으로 작품 자체를 하찮게 만들기, 작품이 속할 전통에서 해당 작품 소외시키기와 예외적 사례로 만들기, 작품이 저자의 나쁜 특징을 드러내고 있으므로 기본적으로 추문에 불과한 수준이라거나 애초에 나오지 말았어야 했다고 주장하기(이런 일은 19세기에 끝나지 않았음), 마지막으로 작품과 작품을 만든 사람들, 그리고 전통 전체를 통째로 그냥 무시해 버리기가 있는데, 이 전략이 가장 흔히 사용되는 기술이고 또 가장 맞서기 어려운 것이다.

이제부터 보게 될 것들은 문학 비평사가 아니다. 그보다는, 분석을 위한 도구들, 그러니까, 여자들이 글 못 쓰게 만드는 전형적인 방법들에 대한 것이다.

1. 금지하기

Prohibitions

Bad Faith

Denial of Agency

Pollution of Agency

The Double Standard of Content

False Categorizing

Isolation

Anomalousness

Lack of Models

Responses

Aesthetics

delete this aspect of her work and emphasize her love poems, declared to be written to her husband

delete any of her work that depicts male inadequacy or independent female judgment of men

suppress it and declare her an unhappy spinster

invent an unhappy heterosexual affair for her to explain the poems

delete everything of that sort in her work and then declare her passionless, minor, and ladylike

forget it; she's cracked

지난 몇 세기 동안 유럽과 미국에서 여자들이 쓴 문학(주로는 영문학에 초점을 맞출 것이고 그 외에 문학과 미술에서 가져온 사례 몇 개를 함께 제시할 것이다.)을 고려해 보면 (예를 들어) 미국 흑인 노예의 풍부한 시적·서사적 전통을 품고 있는 글을 단지 작가가 여자라는 이유로 금지한 것 같지는 않다. 비록 실제로 흑인 노예들이 글을 썼을 때는 여자라는 이유가 그 작품들을 사소한 것으로 만드는 데 이용되었지만 말이다. 제임스 볼드윈²⁴의 "기나긴 위대한 시인 목록, 호메로스Homer 이후 가장 위대한 시인들"¹은 쓰인 내용 그대로가 중요하다고 여겨지는 주류 문화에서 흔히 다뤄진다. 남은 조각들은 대개는 무시되는데 혹여 그것들이 표면 위로 드러나기라도 하면 보다 정교한 방법들—이후 논할 것

24   제임스 볼드윈James Baldwin(1841~1925). 여기서 볼드윈은 흑인 소설가 제임스 볼드윈과 다른 인물이다. 미국의 저술가이자 교과서 편찬자로, 미국 교과서의 반 이상이 그의 손을 거쳤을 정도로 20세기 미국 교과서의 기초를 이룬 인물이다.

이다—이 동원된다.(예를 들어, 흑인이 교육받는 일은 처음에는 불법이었다. 그러다 해방이 되자 이제는 불법은 아니지만 교육받을 기회가 주어지지 않거나 교육의 질이 낮거나 재정 지원이 되지 않았다. 진보란 이런 것이다.)

그러나 흑인 여성들과 흑인 남성들, 또 다른 유색인들과 몇몇 백인 여성들은 종이 위에 뭔가를 쓰는 고약한 습관을 기어이 가지게 되었고 그중 몇몇은 인쇄가 되었으며 인쇄된 것들, 특히, 책은 서점으로 들어가고, 사람들 손에 쥐어지고, 도서관으로 들어가고 가끔은 대학 교재가 된다.

그럼 이제 무엇을 할까?

우선, 예술을 하지 못하게 공식적으로 금지하지 않는다고 해서 비공식적인 금지까지 없어지는 건 아니라는 사실을 알아야 한다. 예를 들어, 빈곤과 여가 시간 부족은 예술 활동을 방해하는 강력한 원인이다. 하루 14시간씩 일하는 19세기 영국 노동자가 완벽한 소네트[25]를 짓는 데 평생을 바칠 수는 없을 것이다.(물론, 노동자 계급 문학이 실제로 등장할 때—등장했고 계속 등장하고 있다—여성의 예술 활동을 가로막아 왔던 방법이 동일하게 동원될 수 있다. 두 집단은 분명 서로 겹친다.) 지난 세기 동안 빈곤과 여가의 부재가 흔히 중산층의 예술 활동에 방해가 되지는 않았던 것으로 여겨지지만 실제로는 방해가 되었다. 중산층 여자들

---

25   유럽의 대표적인 정형시 형식. '작은 노래'라는 뜻으로, 14행으로 구성된다.

의 경우에는 말이다. 이 여자들은 중산층 남자들에게 속해 있었
다고 보는 것이 맞을 것이다. 당시 독립적으로 경제적인 분투를
통해 중산층으로 살아갈 수 있었던 여자들은 거의 없었을 것이
기 때문이다. 만약 그 여자가 배우나 가수였다면 부도덕한 사람
들로 여겨졌고(이에 대해서는 나중에 다룰 것이다.), 결혼했다면 그
시대 영국에서 그들은 아무것도 자신의 것으로 소유할 수가 없
었다.(기혼 여성의 재산소유권이 성문화된 해는 1882년이었다.) 결
혼하지 않은 여성이 할 수 있었던 최선은 가정교사였는데 그런
이례적인 직업의 사회적 지위는 상류층 여성과 하녀 사이 어디
쯤이었다.

여기 버지니아 울프가 《3기니Three Guineas》26에서 망각으로부터
구해 낸 1811년의 미스 위튼27이 있다. 위튼은 "라틴어와 불어, 예
술, 과학 등 온갖 것을 배우는 데에 열정적이었다."—아마도 가정교사의
임무가 수업뿐만 아니라 바느질과 설거지까지 포함한 것이었기 때문에
가중된 욕망이었을 것이다.2 30년 후, 우리는 《제인 에어Jane Eyre》의
저자가 일 년에 20파운드를 받았음을 알게 되는데, 엘렌 모어즈
28의 《문학하는 여자들Literary Women》에 따르면, 이는 "여자 가정교사의

26   버지니아 울프가 1938년에 발표한 서간 형식의 에세이로, 다른 작품들에 비해 현실 인식이 날
     카롭게 드러나는 작품이다. 전쟁과 파시즘, 제국주의가 여성 및 가부장제와 어떻게 연결되어
     있는지 파헤치는 이 책은 그 자체로 페미니즘적 반전 선언문이라 할 수 있다.

27   넬리 위튼Nelly Weeton(1776~1849). 영국의 가정교사이자 여행가. 《가정교사의 일기》에서 19세
     기 초 여성으로서 살아가는 자신의 삶을 탁월한 재능으로 묘사했다.

28   엘렌 모어즈Ellen Moers(1928~1979). 20세기 미국의 페미니스트 영문학자이자 비평가.

얼마 안 되는 옷들을 세탁하는 비용의 다섯 배"였고(임금에서 세탁비로 연 4파운드를 차감당했다.) "《제인 에어》 책값의 약 열한 배였다".[3] 1865년에 글을 썼던 잔느 피터슨 스웰 부인M. Jeanne Peterson, Mrs. Sewell에 따르면, 보육교사의 급여는 귀부인의 하녀 급여와 동일했으며 식견은 있지만 자격증은 없는 가정교사의 급여는 남자 하인의 급여와 동일했고, 고등교육을 받은 가정교사의 급여는 마부나 집사의 급여와 동일했다.[4] 에밀리 디킨슨은 돈이 한 푼도 없어서 책을 사기 위해서 아버지에게 우표와 돈을 부탁해야만 했다. 울프가 《자기만의 방A Room of One's Own》[29]에서 말한 것처럼, "《빌레트Villette》, 《에마Emma》, 《폭풍의 언덕Wuthering Heights》, 《미들 마치 Middlemarch》 등 모든 훌륭한 소설들"은 "너무 가난해서 글 쓸 종이를 한 번에 얼마간밖에 살 수 없었던 여자들"이 썼다.[5] 이 같은 극심한 빈곤 상태에서 가질 수 있었던 여가 시간에 대해 말하자면, 그나마 에밀리 디킨슨이 (비록 나머지 가족들을 돌보며 살림을 맡아 했고 어머니가 사망할 때까지 그녀의 병수발을 들어야 했지만.) 가졌던 것으로 보인다. 그러나 전기 작가 고든 하이트Gordon Haight에 따르면 유명했던 메리 앤 에번스[30](이후 조지 엘리엇이 되었다.)는

---

29 버지니아 울프가 케임브리지대학교 내 여자 대학인 거턴과 뉴넘에서 '여성과 픽션'을 주제로 한 강의를 위해 쓴 연설문으로, 여성으로서 글을 쓴다는 것에 대해 해박하고도 재치 있게 풀어냈다. 20세기의 페미니즘 정전으로 평가받는다.

30 메리 앤 에번스Mary Anne Evans(1819~1880). 19세기 영국의 소설가, 시인. 영국인들이 가장 사랑하는 국민 소설가 중 한 명이며 필명인 조지 엘리엇으로 널리 알려져 있다.

20대 후반 내내 가족들을 위해 살림을 하고 죽어 가는 아버지를
돌보는 데 시간을 쓰라는 압박을 받았다. "밤낮으로 아버지를 간
호했던 그녀는…… 마치 유령 같아" 보였다. 1859년, 10년 동안
하숙 생활을 한 뒤, 이 유명 소설가와 조지 헨리 루이스[31]는 집을
샀는데, 그녀가 맡은 일은 "살림—즉, 가구를 사고, 하인을 고용
해 관리감독하고, 식사를 주문하는 등—이었다. 가끔은 그녀가
글을 쓸 수 있도록 루이스가 맡아 하기도 했다."[6] 마리 퀴리[32]의
전기 작가인 그녀의 딸 이브Eve는 어머니가 청소하고, 쇼핑하고,
요리하고, 아이를 돌보던 모습을 묘사하는데 아버지 피에르 퀴
리는 집안일을 전혀 나눠 하지 않았고 그 일은 마담 퀴리가 과학
자로서 첫발을 떼는 시기와 맞물려 진행된 전일제 노동이었다.[7]

　20세기가 되어서도 상황은 크게 달라지지 않았다. 글을 쓰기
위해 새벽 다섯 시에 일어났던 실비아 플라스[33]는—불충분한 작
업 시간에 관한 한—틸리 올슨[34]에 비하면 운이 좋은 편이었다.
노동 계급이었던 올슨은 가족으로 인한 부담이 플라스보다 세

---

[31]　조지 헨리 루이스George Henry Lewes(1817~1878). 조지 엘리엇과 동거한 문학 및 연극 비평가.

[32]　마리 퀴리Marie Curie(1867~1934). 폴란드 출신의 프랑스 물리학자, 화학자. 방사능 분야의 선
　　　구자이며 노벨물리학상과 화학상을 차례로 받은 유일한 과학자이다. 파리대학의 첫 여성 교수
　　　이기도 하다.

[33]　실비아 플라스Sylvia Plath(1932~1963). 20세기 미국의 소설가, 시인. 우울증으로 젊은 나이에
　　　목숨을 끊었다. 대표작으로 소설 《벨 자》와 시집 《거상》이 있다.

[34]　틸리 올슨Tillie Olsen(1912~2007). 미국의 페미니스트 작가이자 활동가. 제2물결 페미니즘 형성
　　　에 큰 기여를 했다.

배 정도는 더 많았고, 글을 쓰면서 가족들을 먹여 살리기 위해
전일제로 일했다. 올슨은 이렇게 썼다.

> 우리 집 네 아이 중 막내가 학교에 있을 땐 (……) 일하고
> 살림하는 틈틈이 글쓰기, 나의 세계를 어떻게든 내 안에 아
> 우를 수 있었다. 버스에서, (……) 혹은 집안일을 끝내고 난
> 뒤 도둑맞은 글쓰기 시간을 벌충하던 그 깊은 밤들……. 이
> 삼중 생활이 더는 가능하지 않아진 때가 왔다. 매일 15시
> 간을 들여야 하는 현실은 글쓰기에 너무 많은 방해가 되었
> 다. 미친 인내심은 바닥났다. (……) 글쓰기는 매번 나를 자
> 극했고 또 매번 억눌렀다. (……) 내 작업은 끝장났다.[8]

올슨은 또한 캐서린 맨스필드[35]를 인용했다.

> 집은 너무 많은 시간을 잡아먹는 것 같다. (……) 이번 주
> 에는 내가 설거지를 하는 동안 당신(존 미들턴 머리John
> Middleton Murry)과 고든이 이야기를 나누는 일이 잦았다. 당
> 신이 나가고 나면 내 정신은 온통 냄비와 프리머스 스토브
> 의 환영에 사로잡힌 채 서성였다. 당신은 글을 쓰면서 내가

---

35 캐서린 맨스필드Katherine Mansfield(1888~1923). 뉴질랜드 출신의 모더니스트 시인이자 작가.
    성인이 된 뒤 영국으로 이주하여 D. H. 로렌스, 버지니아 울프 및 블룸즈버리 그룹의 일원들과
    교류하며 〈인형의 집〉, 〈가든파티〉, 〈파리〉 등의 단편소설을 썼다.

무엇을 하고 있든 상관없이 나를 불러 댄다. "티그, 차 마
실 시간 아니야? 다섯 시잖아."

 맨스필드는 자신을 비난하면서("나는 오늘 내가 혐오스러웠다.")
그런 생활을 이어 갔고 머리가 "이해해"[9]라고 말해 주기를 바랐
다.(그녀는 도움을 청하지는 않는다.)

 또, 올슨은 레베카 하딩 데이비스[36]에 관한 가슴 아픈 전기《제
철소에서의 데이비스의 삶Davis's Life in the Iron Mills》[10]을 쓰면서 예
술가이자 전업주부이자 어머니이자 생계 부양자로 사는 것의 불
가능함에 대해 속속들이 체감했다. 1881년, 데이비스는 아들 리
처드 하딩 데이비스에게 "영감이나 연습이 아니야. 오래도록 남
는 진정한 성공은 시간과 인내심 그리고 꾸준한 작업으로 이루
어진단다"라고 써 보낸다. 그러나 정작 그녀 자신은 자신의 충
고를 따르지 않았고 따를 수도 없었다. "그녀는 집안일과 클라크
Clarke(그녀의 남편), 아기들을 연달아 챙기고 난 다음 남는 자투리
시간에야 피곤에 찌든 채 겨우 앉아 남은 힘과 집중력을 끌어모
아 책을 써야 했다." 그녀는 매달 매정한 마감일을 지키기 위해
종종 많은 부분을 읽지도, 쓰지도 못한 채 원고를 보내야 했다."

---

36 레베카 하딩 데이비스Rebecca Harding Davis(1831~1910). 미국 작가이자 저널리스트. 아프리카
    계 미국인들과 미국 원주민들, 이민자들과 노동자 계급의 현실을 고발하는 내용의 작품들을
    통해 미국 리얼리즘을 이끌었다.

조지 엘리엇과 브론테, 크리스티나 로세티[37]가 아이를 낳지 않았다는 것, 엘리자베스 배럿이 (말년에 아이 하나에 하인을 두고) 살았던 것이 우연은 아닐 것이다. 데이비스는 어땠나.

> (……) 의문의 여지없이 받아들여야 한다. 여자로서 그녀가 할 일은 남자인 클라크가 자신의 일에 최선을 다할 수 있도록 돕는 것이며, 그러기 위해서는 집안일과 돌봄의 책임을 다하고 그가 집중하거나 잘 쉴 수 있는 분위기를 만들어야 한다는 것을.

케이트 윌헬름[38]은 이렇게 말한다.

> 다시 글쓰기를 포기하고 어머니, 전업주부, 혹은 그와 같은 것이 되라는 압력이 너무 많이 가해졌다. (……) 남편은 그런 나를 안타깝게 여겼고 내가 계속 글을 쓰기를 원했지만 힘이 없었다. (……) 나는 세계가, 그러니까 사실상 모두

---

37 크리스티나 로세티Christina Rossetti(1830~1894). 19세기 영국의 시인. 1842년부터 소네트, 발라드, 찬송가를 비롯한 다양한 장르의 시를 쓰기 시작했다. 엘렌 엘라인Ellen Alleyne이라는 가명으로 라파엘전파 작가들이 만든 문학잡지 《더 젬The Germ》의 출간부에서 일했다. 시인들이 사랑하는 시인이었으며 대표작으로 〈고블린 마켓〉, 〈내가 죽거든〉이 있다.

38 케이트 윌헬름Kate Wilhelm(1928~2018). 미국의 소설가. SF, 미스터리, 추리 장르를 넘나들며 남다른 두각을 드러내 네뷸러상, 휴고상, 로커스상을 수상했다. 대표작으로 《노래하던 새들도 지금은 사라지고》가 있다.

가 여자들에게 점점 더 많은 책임을 전가하고, 여자들은 계속해서 그 일들을 해 나갈 것임을 알았다. 여자들에게 떠맡겨진 책임이 너무 많아 그들은 정작 자기 자신을 책임지는 일은 포기해야 한다. 아니면 철저히 이기적인 입장을 취함으로써 세계를 거부하고, 어떤 죄책감이든 받아들이든지. 자신이 또 한 명의 버지니아 울프거나 제인 오스틴[39]이라고 믿지 않는 이상 어떤 여자가 그런 책임을 거부할 수 있겠는가? 대부분의 여성들에게는 아이들, 가사일, 학교 행사들, 남편이 필요로 하는 것들, 정원 가꾸기 등이 우선한다. 우선순위를 뒤바꾸기란 (……) 어렵다. 우리를 둘러싼 어떤 것도 우리가 뒤바뀐 순서로 살아갈 준비를 시켜 주지 않았다. **11**

시간이 중요한 만큼, 도구와 교육의 기회 또한 그렇다. 이런 것들이 화가들만큼 작가들에게도 필요해 보이지는 않을 수 있지만 누군가가 질 좋은 종이와 연필을 쓸 수 있었다면 그것은 오로지 그것을 금지하는 것이 불가능했기 때문일 것이다. 여자들이 고등교육을 받지 못하게 막아 온 역사는 여기서 다시 말할 필

---

39   제인 오스틴Jane Austen(1775~1817). 영국의 소설가. 첫 작품인 《이성과 감성》을 비롯하여 《오만과 편견》, 《맨스필드 공원》 등의 소설을 썼다. 담담한 문체와 은근한 유머를 담은 그녀의 작품은 20세기에 들어서면서 높이 평가되었다. 42세로 생을 마감할 때까지 평생 독신으로 살았다.

요가 없을 만큼 너무나 많이 알려졌다. 대신 지금까지도 형태만 바뀌었을 뿐 그 역사가 계속되고 있다는 사실은 잘 알려져 있지 않다. 예를 들어, 1953년 내가 코넬대학교 문리대에 합격한 것은 (나도 모르는 사이에) 여학생 할당제가 적용된 덕에 가능했다. 1967년에 교수로 대학에 들어갔을 때 여학생 할당률은 50퍼센트로 증가했고, 내가 대학을 떠나던 1973년에는 할당제를 폐지할 것인지 말 것인지, 그리고 역사상 처음으로 신입생 중 여학생이 남학생보다 수가 많아진 상황(여학생들이 대체로 남학생들보다 성적이 좋았기 때문이다.)을 그대로 두고 볼 것인지 말 것인지를 두고 갑론을박 중이었다.

물론 도구와 교육의 기회를 통제할 수 있다면 그렇게 했다. 카렌 피터슨Karen Petersen과 윌슨J. J. Wilson이 《여성 예술가들Women Artists》에서 지적했듯이, 요한 조파니John Zoffany가 그린 영국왕립아카데미 설립자들의 단체 초상화 〈영국왕립아카데미 회원들 The Academicians of the Royal Academy〉40에 두 명의 여성 설립자(메리 모저 Mary Moser와 안젤리카 카우프만Angelica Kauffman)는 직접 등장하지 않는다. 그들은 "모델이 여자든 남자든 누드모델이 있는 스튜디오에 여성 화가가 동참하는 것이 법과 관습으로 금지되어 있었기

---

40 미술사에서 악명 높은 요한 조파니의 작품이다. 아카데미 창립 멤버 36명 가운데 여성 멤버 2명은 오른쪽 벽에 걸린 초상화로만 등장함으로써 사실상 배제되었다. 여성들은 아카데미의 형식적인 멤버일 뿐임을 보여 주는 셈이다. 이 작품에는 두 명의 남자 누드모델이 등장하는데, 당시에 여성은 남성의 누드를 봐서는 안 되었기에 더더욱 여성은 참석할 수 없었다.

에 오직 벽 위에 걸린 초상화로만" 등장할 뿐이다.(다른 여자들은 1922년까지 영국왕립아카데미에 들어갈 수도 없었다.) 다음 세기인 1848년에는 여자들은 누드 실물 대신 석고 조형물로 누드 연구를 할 수 있었지만 "펜실베이니아 미술아카데미의 누드 조각상 갤러리는 월, 수, 금 오전 10−11시에만 여자들에게 개방되었다". 1883년까지 펜실베이니아 순수미술아카데미의 토머스 에이킨스Thomas Eakins '숙녀 모델 수업'에서는 "누드모델 접근이 금지되어 있어서" 해부학을 암소로 배웠다.**12**

　종이와 연필은 캔버스나 물감보다 쉽게 구할 수 있다손 치고, 시간 부족과 무엇보다 우선시해야 할 가족에 대한 책임은 어찌어찌 처리하고, 공교육이 공식적으로는 금지되어 있지 않았다 하더라도, 문제는 남는다. 여자들에게 기대되는, 뭐라 콕 집어 말할 수 없는 어떤 분위기가 여전히 강력하다는 것이다. 1661년, 윈칠시 백작부인인 앤 핀치[41]는 여가 시간이 많은 재력가였고 (버지니아 울프에 따르면) 이해심 많은 남편이 있었는데도 사정이 다르지 않았다.

　　슬프도다! 펜을 쓰려고 하는 여자는
　　주제넘는 존재로 간주되어

41　앤 핀치Anne Finch(1661~1720), 영국 왕정복고기의 시인이자 윈칠시 백작부인. 여성으로서 글을 쓰고 공적 업무에 참여하는 어려움을 작품으로 토로했다. 영국에서 최초로 시집을 출간한 여성 시인으로 알려져 있다.

어떤 미덕으로도 그 잘못을 만회할 수 없구나.[42]

도로시 오스본Dorothy Osborne은 앤 핀치처럼 여가 시간이 많고 재력 있으며 "최고의 남편감과 결혼한" 마거릿 캐번디시[43]에 대해 "그 딱한 여자는 다소 산만했는데, 책이나 문장을 쓰는 말도 안 되는 웃기는 짓을 하려는 것이었다. 2주씩이나 잠도 못 자며 해야 하는 일을 뭐 하러 하는가"라고 말했다.[13]

1837년 샬럿 브론테는 당시 영국 국민시인 로버트 사우티Robert Southey에게 편지를 써 보내 자신이 쓴 시에 대한 의견을 구했다. 사우티는 "재능은 있어 보인다" 그러나 "시인이 되려는 생각은 접으라고 충고했다". "문학은 여자들의 일이 될 수 없으며 그래서도 안 됩니다. 본연의 역할에 충실한 여성이라면, 취미 삼아 해 보는 글쓰기라도 시간을 내기 어려울 것입니다"라는 그의 말에 브론테는 다음과 같이 답장을 보냈다.

나는 지나치게 몰두하거나 남들과 다르게 보이지 않으려고 조심하고 있습니다. (……) 나는 여자가 짊어진 의무를 다하

---

42   버지니아 울프의 《자기만의 방》에 소개된 윈칠시 부인의 시.

43   마거릿 캐번디시Margaret Cavendish(1623~1673). 철학자, 시인, 자연과학자, 소설가, 극작가. 당대 뛰어난 학자들과의 학문 교류 모임인 '뉴캐슬 서클'의 중심인물이었던 윌리엄 캐번디시 후작과 결혼해 '뉴캐슬 공작부인'으로 불린다. 1666년에 발표한 《불타는 세계》와 《실험과학에 관한 논평》은 자연과학이 남성의 전유물로 여겨지는 관습에 대한 비판 의식을 잘 보여 준다.

기 위해 애써 왔을 뿐만 아니라, 그 일들을 좋아해 보려고도 애썼습니다. 늘 성공하지는 않았죠. 아이들을 가르치거나 바느질을 할 때면 책을 읽거나 글을 쓰고 싶어졌으니까요. 그러나 나는 그런 내 자신을 부정하고자 노력합니다.[14]

엘렌 글래스고[44]는 자신의 첫 소설의 초고를 뉴욕에 있는 "문학 고문"(출판사)에게 가져갔고, "당신은 소설가가 되기에는 너무 예쁜데요. 옷 안에 들어 있는 당신 몸매도 그렇게 탐스럽나요?"라는 소리나 들어야 했다. 그런 뒤 그는 그녀를 강간하려고 했고 그녀는 사정사정을 한 뒤에야 풀려났다. "나중에 꼭 다시 오겠다고 약속을 해 주자 나를 놔 주었어요. 그자는 내 원고뿐만 아니라 내 돈 오십 달러도 갈취해 갔어요. (……) 나는 멍투성이가 되었고 분노로 온몸이 떨렸어요." 그녀가 다시 원고를 가져가 만난 출판 담당자는 그런 공격은 하지 않았다. 대신 "그는 여자들이 쓴 글은 더 이상 받고 싶어 하지 않았다. 특히, 가임기 젊은 여자들에게서는. 그는 말했다. '내가 당신한테 해 줄 수 있는 최고의 충고는…… 그만 쓰고 남부로 돌아가 아이들을 낳아 기르라는 거요. (……) 가장 위대한 여자는 훌륭한 책을 쓴 여자가 아니라…… 훌륭한 아이를 가진 여자요.'"[15]

1881년, 버지니아 울프의 아버지 레슬리 스티븐은 조지 엘리엇에 대해 ""진짜 남자다운 영웅을 알아볼 만큼 충분히 **여성적인 품성**을 가지고 있지 못하다"라고 썼다.[16] 버지니아 울프의 작업을 더없이 적극적으로 지원했던 그녀의 남편 레오나드Leonard는 근대 언어협회장을 지낸, 삼십대 중반의 플로렌스 하우[45]에게 이런 말을 했다. "왜 당신처럼 예쁜 여자가 도서관에서 시간 낭비를 합니까?"[17]

의욕 꺾기는 여자들이 뭔가 배우려 들 때 포기하게 만드는 보편적인 행위이며 여전히 만연해 있다. 따라서 플로렌스 하우의 학생 하나가 "가족의 삶에 어떤 파문"도 일으키지도 않았음에도 자퇴했다가 22살에야 대학으로 돌아갔던 일화는 놀랄 일도 아니다. 가족은 "그녀가 대학으로 돌아가는 게 돈 낭비는 아닌지 논했다". 그랬던 그녀의 가족은 "그녀의 오빠가 학교를 그만두려 하자 긴급한 사안으로 여겼고" 그의 복학을 기념하기 위해 "성대한 파티를 열어 주었다". 하우는 "여자들의 교육은…… 남자들의 교육만큼 중요치 않은 것으로 (……) 취급하는 다양한 이야기들"을 보탠다.[18] 엘리자베스 포초다Elizabeth Pochoda는 명문 여대에 입학했음에도 같은 좌절감을 느꼈다. 그녀는 수잔 랭거[46] 같은 헌신적이고 독창적인 여성 사상가를 창피해하고 두려워하는 학생

---

45   플로렌스 하우Florence Howe(1929~2020). 미국의 페미니스트 작가, 출판업자이자 역사학자.

46   수잔 랭거Susanne Langer(1895~1985). 미국의 철학자, 작가이자 교육가. 예술론과 상징 이론으로 유명하며 대표적인 저서로 《예술이란 무엇인가》가 있다.

들의 예를 보여 준다.

> 성적 관계[47]는 (······) 무엇보다도 지적 추구가 얼마나 현실
> 과 동떨어져 있는 일인지를 자꾸만 상기시킨다. 지식 추구
> 는 박사모를 빌려 쓰는 것과 같은 일이고 바보들이나 식장
> 밖에서까지 그런 걸 쓰려고 할 것이다.[19]

한편 1969년에 시카고대 사회학과 여자 대학원생들은 교수들
로부터 이런 말을 들었다.

"여기까지 온 여자들은 죄다 별종들이다."

"입학처가 일을 제대로 하긴 한 거야? 강의실에 반반한 여학
생이라고는 없으니 말이야."

"나한테 너무 많은 여학생이 오고 있어. 어떻게 좀 해야겠어."

"우리는 여기 오는 여학생들이 유능할 것으로 기대하지만 총
명하거나 독창적일 거라고는 생각지 않네."

"나도, 자네의 지도교수도 자네가 유능하다는 것은 알고 있네.
문제는 자네가 하고 있는 것을 정말 진지하게 여기고 있는가, 하
는 걸세."(박사 과정을 위해 5년이라는 시간과 1만 달러가 넘는 돈을

---

47 여기에서 '성적 관계'는 여성이 남성과 가지는 사적인 성생활의 의미로 쓰였다고 볼 수 있을 듯
하다. 수잔 랭거는 미국 최초의 여성 철학자로서 후학들에게 여러 방면에서 지적 영향을 남긴
것으로 알려졌지만, 그런 그녀조차 남성과의 관계에서는 한 사람의 여성에 불과했던 것 아니
었느냐는 의견으로 읽을 수 있겠다.

썼던 한 젊은 여성이 들은 얘기다.)[20]

　의욕 꺾기는 대개 뚜렷하게 드러나지는 않는다. 나는 내 학생 중 한 명이 내 사무실에서 흐느끼던 모습을 기억하는데, 그 학생이 운 이유는 가족이 그녀가 글 쓰는 것을 반대했기 때문이 아니라 그녀가 그 일을 결혼할 때까지 소일거리 삼아 하는 것일 뿐이라고 여기기 때문이었다. "아무도 이걸 **진지하게** 생각해 주지 않아요!" (여기에는 남자들뿐이었던 수업에서 남학생들이 그녀가 "헤르만 헤세 이야기"(그녀가 쓴 말이다.)의 주인공을 여자로 세웠다며 비웃었던 일도 포함된다.) 소설을 두 권이나 쓴 내 동기는 자신의 아버지가 자신이 출간한 첫 책보다 ("편충 정도의 뇌만 있어도 할 수 있는") 자신의 매듭 공예에 훨씬 감탄했다며 씁쓸해했다. 그리고 여기 다시 케이트 윌헬름의 이야기가 있다.

　　여성이 이야기를 쓰기 시작할 때 그 가족은 그저 귀엽다거나 조숙하다고 여기거나 혹은 최소한 위험하지는 않다고 생각할 것이다. (……) 내가 남편 가족으로부터 들은 말은 그게 누구에게도 해가 되지 않고, 내가 밤에 집에 붙어 있게 하고, 누구의 돈도 쓰지 않을 일이라는 것이었다. 누구도 (……) 그것을 한때에 불과한 일 이상으로 생각하지 않았다. 가장 받아들이기 어려웠던 것은 우월감이었다. 내 첫 남편은 내가 그를 떠날 때까지 내가 쓴 글을 단 한 글자도 읽지 않았다. 그는 내 글이 시시하다고 생각했다.[21]

편집자들은, 당대 작가인 퀸 야브로[48]가 "남편에게 좀 더 부탁해야겠다"고 말하고 있듯[22] 여자 작가들이 누구에게 돈을 빚지고 있는지 알아낼 수도 있고, 여자 작가들에게 (필리스 체슬러[49]가 받았던 질문처럼) 돈을 어디에 쓰려 하는지 물을 수도 있다.[23] 집에 온 손님들은 남편이 의뢰받은 작품을 완성하는 동안 글을 쓰는 그의 아내를 당연하다는 듯이 방해할 수도 있다. (야브로가 또 말한다. "남편은 내가 자기보다 글 쓰는 일을 더 중요하게 생각한다며 화를 내기 시작했다.")[24] 윌슨은 화가 캐링턴[50]을 평생 둘러싸고 있던 기대뿐만 아니라 현대 비평가들이 여전히 기대하고 있는 것에 대해 다음과 같이 말한다.

> 그(리튼 스트래치Lytton Strachey)를 둘러싼 기대가 팽배했다. (……) 전도유망한 남성 작가가 집필할 수 있도록 모든 것이 마련되었다. (……) 캐링턴 당신에 대해서는 아무도 이런 기대를 하지 않았던 것 같다. 당신에 대한 기대는 이런 것이다. 그러니까, 만약 당신이 성적인 문제를 잘 처리하기만 했더라면 당신도 그럭저럭 괜찮았을 거라는. (……)

48   퀸 야브로Chelsea Quinn Yarbro(1942~). 미국의 SF, 호러 소설 작가.

49   필리스 체슬러Phyllis Chesler(1940~). 미국의 페미니스트 작가이자 심리치료사. 유명한 저서로 《여성과 광기》가 있다.

50   도라 캐링턴Dora Carrington(1893~1932). 영국의 화가. 예술가 지식인 집단인 블룸즈버리 그룹의 일원이었다. 당시로서는 파격적인 단발머리를 시도했다.

리튼 스트래치가 모두가 인정하는 창작자로 인정받고, 랄
프 파트리지Ralph Patridge가 적당한 직업을 물색하느라 모두
의 에너지를 집어삼키고 있던 그 집에서 당신은 화가로서
자신에 대한 믿음을 점점 잃어 가고 있었다.[51] [25]

　여자는 예술가가 될 수 없다거나 되어서는 안 된다는 교훈은
때때로 삶의 문제를 다루는 전문가들이 내놓는 조언의 형태를
띠는 경우가 많다. 아나이스 닌[52]은 자신의 정신분석가였던 오토
랭크Otto Rank에게서 "신경증에 걸린 여자가 치료가 되면 한 사람
의 여성이 됩니다. 신경증에 걸린 남자가 치료가 되면 예술가가
되고요. 창조하기 위해서는 파괴가 필요한 법이죠. 여자는 파괴
를 못합니다"[26]라는 말을 들었다. 이후 다른 분석가(역시 남자)가
이 조언의 파괴력을 무화시키기 위해 많은 애를 써야만 했다.
　이런 식의 "전문가" 조언은 수십 년 전에 사라졌을 거라고 믿
고 싶을 것이다. 그러나 여기 야브로가 십대 시절에 들었던 이야
기가 있다.

51　화가 도라 캐링턴은 작가인 리튼 스트래치를 사랑하면서, 자신과 결혼을 원했던 랄프 파트리
　　지와 결혼했다. 이후 세 사람은 한집에서 생활하면서 각자의 연인을 두기도 했다. 캐링턴은 스
　　트래치가 병에 걸려 죽자 그의 소지품들을 모두 불태운 후 자살한 것으로 알려졌다. 세 사람의
　　이야기는 1995년 영화 〈캐링턴〉으로 제작되어 엠마 톰슨이 캐링턴 역을 맡았다.

52　아나이스 닌Anaïs Nin(1903~1977). 쿠바계 프랑스 태생의 미국 작가. 11살 때부터 죽을 때까지
　　일기를 썼다. 소설과 에세이, 비평 등 그녀의 작품 대부분이 사후에 출간되었다.

1959년, 모든 여자들이 결혼해서 시 외곽 주거 단지에서 살려고 할 때, 나는 정신과 의사에게 갔다. 나는 그런 걸 기대하지 않았기 때문이었다.(2년을 목발에 의지해 살던 여자가 데이트 신청을 어떻게 받겠는가.) (……) 실은 고등학교에서 일을 시작할 계획이었다. (……) 정신과 의사는 내가 내 안의 여성성을 부인하고 있고 (……) 남자의 페니스를 부러워하고 있으며 내게 필요한 것은 섹스와 임신이니, 그렇게 하면 괜찮아질 거라고 내게 말했다.[27]

아마 가장 의욕이 꺾이는 일은 예술 입문자들이 그토록 열망했던 고급문화에서 똑같은 조언을 듣게 된다는 점일 것이다. 소설가들이 만들어 내는 여성 인물들은 화가들이 그리는 여자들의 나체처럼 의욕을 꺾을 수 있다. 당대 학자인 리 R. 에드워드Lee R. Edwards는 그녀의 대학시절을 회상하면서 딱 잘라 말한다. "내가 소설 속에서 접한 어떤 여자도 내가 살아온 삶이나 살고 싶은 삶과는 관련이 없으니 나는 여자가 아니었던 거죠. (……) 몰리 블룸[53]이 여자라면, 나는 뭐겠어요? 돌연변이거나 공룡이겠죠."[28]

에이드리언 리치[54]는 다음과 같이 말한다.

53　몰리 블룸Molly Bloom은 제임스 조이스의 소설 《율리시스》에 등장하는 인물로, 외판원이자 가장인 리오폴드 블룸의 아내이다.

54　에이드리언 리치Adrienne Rich(1929~2012). 미국의 페미니스트 시인, 에세이스트. 여성의 섹슈얼리티와 정체성, 반전주의 등을 폭넓게 아우르는 리치의 작품들은 1970년대와 1980년대 제2

여성에 대해 남자들이 쓴 모든 시에서 남자는 쓰고 여자
는 (……) 그 안에서 사는 것이 주어진 숙명인 듯 보였다.
이 여자들은 거의 항상 아름다웠지만 그 아름다움을 잃
을 수 있다는, 혹은 젊음을 잃을 수 있다는 위협을 받았다.
(……) 또는 루시Lucy와 르노어Lenore55처럼 아름다웠지만 일
찍 죽는다, 아니면 (……) 잔인하게도 (……) 시는 시인의
호사품이 되길 거부했다는 이유로 그녀에게 치욕을 안겼
다. (……) 글을 쓰고자 하는 소녀나 여자는 (……) 언어에
특별하게 민감하다. 그녀는 세계 안에 존재할 자신만의 길
을 찾기 위해 시나 소설에 다가간다. (……) 그녀는 길잡
이를, 지도를, 가능성들을 간절히 찾고 또 찾는다. (……)
그녀는 자신이 하려는 모든 것을 부정하는 것들에 맞선
다. (……) 그녀는 공포와 꿈을 본다. (……) 무정한 미인.56
(……) 그러나 그녀는 보지 못한다. 악착같이 몰두하고 같
은 일을 반복하느라 진이 빠진 채 혼란스러워하지만 때론
영감을 주는 피조물, 바로 그녀 자신을.29

물결 페미니즘의 구심점이 되었다. 대표작으로는 산문집 《거짓말, 비밀, 그리고 침묵》과 시집
《며느리들의 스냅 사진》이 있다.

55 루시와 르노어는 에이드리언 리치의 시에 등장하는 가공의 여성 인물로 보인다. 어느 작품에
    등장하는 인물인지 리치가 쓴 영어 원문에서도 밝히고 있지 않아 인물 정보에 대해서는 정확
    히 옮기지 못했다.

56 〈무정한 미인La Belle Dame Sans Merci〉은 영국 시인 존 키츠John Keats가 1819년에 발표한 대화
    형식의 담시로, 남자를 유혹해 죽이는 시 속 등장인물이 여성 팜므 파탈의 시초가 되었다.

문화적 메시지는 여성 예술가가 기록한 여자의 경험과 같은 구체적인 증거조차도 지워 버릴 수 있으며, 아주 어린 시절부터 여자들과 관련한 글은 읽지 않게 할 수 있다. 소설가 새뮤얼 딜레이니는 "진 리스[57]가 쓴 여섯 권의 책 모두를 걸신들린 듯 읽어 치운 매우 총명한" 열두 살 난 아이와의 대화를 전한다.

나: 어떤 종류의 책을 좋아해요?

리비: 글쎄요, 뭐, 사람들에 관한 책이죠.

나: 읽었던 책에 나오는 여성 인물들 중에서 특히 좋아하는 인물이 있어요?

리비: 어, 여자들에 관한 책은 한 번도 읽은 적이 없는데.

비극적인 것은 열두 살 난 아이조차 여자는 사람이 아니라는 것을 이미 안다는 점이다.[30]

특히 창작자가 되지 말라는 경고가 야기하는 치명적인 의욕 꺾기는 시간, 에너지, 자신감을 파먹을 뿐만 아니라 여성 자신의 내면 깊숙이 자리를 잡고서 분열적 정체성을 만들어 낸다. 비평가이자 시인인 수잔 주하즈Suzanne Juhasz는 실비아 플라스가 극단적인 분열로 인해 고통받았다는 사실을 알아낸다. "고통에 유독

---

[57]   진 리스Jean Rhys(1890~1979), 도미니카 출신의 소설가. 16세에 영국으로 이주한 뒤 《광막한 사르가소 바다》를 비롯하여 《어둠 속의 항해》, 《한밤이여, 안녕》 등의 소설을 썼다.

민감한 그녀의 천성은 (……) 50년대 뉴잉글랜드에서 중산층으로 살았다는 데서 비롯했다." 주하즈의 말은 계속된다.

> 예쁜 여자애들과 똑똑한 여자애들 중 어느 쪽이 더 불리한 지에 대해 자주 일어나는 논쟁에서 어느 한쪽을 택할 필요 는 없다. 둘 다 불리하므로. (……) 특히 1950년대 미국 고 등학교에서, 총명한 여자아이가 지성을 가지고 있음을 입 증하는 유일한 방법은 자신이 다른 사람들과 같은 "평범 한"(평범함의 의미는 당연히 예쁘고 평판이 좋은 것이다.) 여자애라는 것을 보여 주는 것이었다.

주하즈는 이렇게 덧붙인다. "그녀는 모든 것을 잘해야 한다. 왜냐하면 그래야 모든 것, 여자인 동시에 시인일 수 있기 때문이 다." 요컨대, 플라스는 완벽해야만 했다. 그러나 (다른 모든 사람 이 그렇듯) 그럴 수가 없었다. 단 하나, 완벽해지는 방법이 있었 다. "죽음은 완벽했다".[31]

> 여자는 완벽해졌다.
> 그녀의 죽은
> 몸은 성취의 미소를 짓고 있다[32]

플라스는 서른한 살에 자살했다.

에이드리언 리치는 자신의 대학생활에 대해 이렇게 말했다. "심지어 당시에도 나는 시를 씀으로써 자신을 규정하는 여자애와 남자와의 관계를 통해 자신을 규정하는 여자애 사이에서 분열을 경험했다."[33]

앤 섹스턴[58]도 비슷한 정체성 충돌을 겪었던 것으로 보인다. 1968년에《파리 리뷰Paris Review》와의 인터뷰에서 그녀는 다음과 같이 말했다.

> 내가 원했던 것은 오로지 (……) 결혼해서 아이를 갖는 것이었다. 충분히 사랑받게 되면 악몽과 망상이 사라질 것이라고 믿었다. 나는 관습적인 삶을 꾸려 가기 위해 최선을 다했는데 그렇게 살아야 한다고 배우며 자랐고 내 남편이 원했기 때문이다. (……) 스물여덟 살 쯤 나에게 분열이 일어났다. 나는 정신착란을 일으켰고 자살 시도를 했다.[34]

인터뷰를 한 지 6년 뒤 그녀는 다시 자살 시도를 했는데, 이번에는 성공을 거두었다. 이보다 더한 의욕 꺾기가 있을까.

58　앤 섹스턴Anne Sexton(1928~1974). 20세기 미국의 시인. 시집《살 것인가 죽을 것인가》로 1967년 퓰리처상 시 부문을 수상했다. 양극성 장애를 치료하는 과정으로 시를 쓰기 시작해 문단과 대중 모두의 찬사를 받는 시인으로 미국 문학사에 자리매김했다.

2. 자기기만

Prohibitions

Bad Faith

Denial of Agency

Pollution of Agency

The Double
Standard of Content

False Categorizing

Isolation

Anomalousness

Lack of Models

Responses

Aesthetics

delete
this aspect of her work and emphasize her love poems, declared to
be written to her husband

delete any of her work that
depicts male inadequacy or independent female judgment of men

suppress it
and declare her an unhappy spinster

invent an unhappy heterosexual affair for her to explain
the poems

delete
everything of that sort in her work and then declare her passionless,
minor, and ladylike

forget it; she's
cracked

그럼에도 그들은 쓴다. (성, 인종, 계급에서) "부적절한" 집단은 종종 "적절한" 가치, 즉, 예술을 창조하기 위해 일하고, 요리조리 피하고, 심혈을 기울이고, 혹은 남몰래 하면서 모든 비공식적 금지 사항들을 뻔뻔하게 밀쳐 낸다.

이렇게 비공식적 금지가 먹히지 않으면 이미 세상에 나온 예술 작품을 묻어 버리기 위해, 구실을 찾기 위해, 무시하기 위해, 폄하하기 위해, 그러니까 한마디로 없애 버리기 위해 무엇을 해야 할까?

무슨 짓을 하든지 간에 한 가지 공통점은 있다. 논리적 오류라는 점이다. 그리고 그 오류는—속이 빤히 비치는 기만은—중요한 질문으로 이어진다. 이를테면, 사람들은 어떻게 그런 걸 철석같이 믿게 되는가 하는 것이다.

심리학자 에이브러햄 매슬로Abraham Maslow의 견해를 살펴보자.

> 이미 어떤 규범 안에 들어가 있는 사람은 거기에 계속 머무르려는 경향이 강하다. 규범과 상충하는 행동은 어떤 것이든 (……) 진지하게 여길 필요가 없는 예외적인 것으로 취급되기 때문이다. (여기서 우리는) 어떻게 사람들이 진실을 눈앞에서 보면서도 계속해서 거짓을 믿게 되는가 하는 문제에 대한 해답을 찾을 수 있다.[35]

규범은 어떻게 시작되었을까? 그리고 그것의 어떤 점을 "합리적인" 사람들이 계속해서 믿는 것일까? 여성 작가들과 예술 활동을 하는 "부적절한" 집단의 사람들에게 가해지는 견제, 비하, 부정은 터무니없어서 (게다가 너무 광범위하게 일어나고 있어서) 그것이 의도적인 음모가 아니라고 믿는 게 오히려 어려울 지경이다. 어떻게 그처럼 멍청한 논쟁을 하면서 모르는 채로 있을 수 있을까? 어리석음이 무지 때문이라고 주장하는 것 역시 똑같이 쉬운 일이다.—어떻게 멍청한 짓이라는 것을 알면서도 멈추지 않을 수 있는 걸까. 그저 창피해서 멈추지 못하는 게 아니라면. 음모론으로 설명되지 않는다면(주로 돈이 개입되어 있는 몇몇 예외를 제외하면), 무지론으로도 설명되지 않는다면, 대체 무엇 때문에 이런 일이 벌어지는 것일까? (제3의 이론도 있는데, 성차별주의, 인종차별주의, 또는 계급적 불이익이 **여기서는** 개인적인 문제로,

저기서는 기회로, 또 다른 곳에서는 동기로 설명되는 것이다. 이 같은 이론은 문제의 일부가 될 뿐 문제의 원인을 설명해 주지 않는다. 이는 문제가 있다는 사실 자체를 부정하는 것에 다름 아니다.)

의식적인 음모에 대한 죄책감? 그럴 리가. 특권 집단은, 다른 모든 이들처럼, 자신이 좋은 사람이라고, 너그럽고 정의롭게 행동하고 있다고 믿고 싶어 한다. 의식적인 음모는 곧 멈출 수도, 혹은 백인 중심의 남아프리카에서 일어나곤 하는 심각한 무장 냉전으로 치달을 수도 있다.

순수한 무지? 물론 그런 경우도 가끔은 있다. 그러나 성차별주의나 인종차별주의에 대해 이야기할 때, 적극적으로 저지르는 여성혐오나 편견과 평범하고 괜찮은, 심지어 마음씨 좋은 사람들이 예의를 빠뜨림으로써 무심결에 애매하게 저지르는 죄, 즉 제도화된 성차별주의와 인종차별주의 덕에 쉽게 저지르게 되는 이런 죄는 구별되어야 한다.

나는 성차별주의, 인종차별주의, 계급 등의 사회적 차원을 언급하는 게 꺼려지는데, 변화를 바라기에는 너무 지쳤거나 너무 짜증나거나 너무 괴롭거나 혹은 너무 편안한 이들에게 쉽사리 탈출구로 쓰일 수 있기 때문이다.

저마다 자신의 행동에 책임이 있는 것은 맞지만, 사회적 맥락이나 자신들이 가용할 수 있는 사회적 자원에 대해서까지 책임이 있는 것은 아닌 것도 사실이다. 문화의 상당 부분이 이미 만들어진 기성품이라는 것을 부득이하게 받아들여야만 한다. 일일이 따져 보고 생각하기엔 기운도, 시간도 충분치 않으니까. 그럼에도, 사유하지 않으면 그 결과가 끔찍할 수 있다. 이 책이 이야기하는 고급문화 수준에서 적극적 편견은 아마 드물 것이다. 또한 거의 그럴 필요가 없기도 한데 사회적 맥락이 이미 중립적인 것과는 거리가 멀기 때문이다. 성차별주의자인 동시에 인종차별주의자가 되려면, 더불어 자신의 계급적 특권을 유지하려면 그저 관습적이고, 평범하고, 일상적이고, 심지어 예의 바르게만 행동하면 된다.

그렇더라도 사람들이 무언가 잘못되었다는 것을 전혀 모른 채 그렇게 하는지는 의심스럽다. 자신이 무슨 짓을 하고 있는지 알려고 하지 않고 슬그머니 결정을 내리는 것, 자신이 누리는 특혜가 무엇인지 (그리고 누가 그런 특혜를 못 누려 왔는지) 분명히 알려고 애쓰지 않으면서 특혜를 누리고 있다는 것만 어렴풋하게 느끼는 것, 납득하기 어려운 일을 단지 관례적이고 편하다는 이유로 받아들이면서 그런 관습적인 행위가 마치 적극적이고 도덕적인 행위라도 되는 양 뿌듯해하며 정신 장부를 조작하는 것, 알지 않기로 선택하는 것, 반은 진심이고 반은 이기적인 열정을 "객관"으로 알고 있는 자신의 지위를 변호하는 것.

이 위대하고 알쏭달쏭한 인간의 독창성에 장폴 사르트르는 자기기만이라는 이름을 붙였다. 하나하나 살펴보면, 자기기만을 유지하는 데 사용되는 기술은 도덕적으로 형편없고 끔찍하게 어리석다. 그 이유는 그것들이 **실제로** 도덕적으로 형편없고 끔찍하게 어리석기 때문이다. 그러나 이는 그것들을 오직 낱낱이 밝힐 때, 즉, 그것들을 자각하게 될 때라야 드러난다.

그러므로 바로 그것을 하기 위한 많은 일들 중 하나, 오 글로톨로그!

3. 행위 주체성 부정하기

Prohibitions

Bad Faith

Denial of Agency

Pollution of Agency

The Double Standard of Content

False Categorizing

Isolation

Anomalousness

Lack of Models

Responses

Aesthetics

delete this aspect of her work and emphasize her love poems, declared to be written to her husband

delete any of her work that depicts male inadequacy or independent female judgment of men

suppress it and declare her an unhappy spinster

invent an unhappy heterosexual affair for her to explain the poems

delete everything of that sort in her work and then declare her passionless, minor, and ladylike

forget it; she's cracked

자, 여자가 무언가를 써 버렸다면 이제 어쩔 것인가? 첫 번째 방어선은 그녀가 썼다는 사실을 부정하는 것이다. 여자들은 쓸 수 없기 때문에, 다른 누군가(남자)가 쓴 것임에 틀림없다. 버지니아 울프는 뉴캐슬 공작부인이었던 마거릿 캐번디시가 남성 학자를 고용해 글을 쓰게 했다는 혐의를 받았다고 말한다.

> 그녀가 교육받은 이들이 사용하는 용어들을 썼고 "자신의 시야 밖에 있는 많은 문제들에 대해 썼기" 때문이었다. 그녀는 남편에게 날아가 도움을 요청했고, 남편은 공작부인이 "배우는 과정에서 교수직 학자와 어떤 대화도 한 적 없으며 대화를 나눴다면 오빠와 나밖에 없다"고 대답했다. (공작부인이 첨언하기를) 그녀는 데카르트와 홉스를 본 적만 있을 뿐 그들에게 질문한 적은 없으며, 사실 홉스 씨를 저녁식사에 초대한 적이 있지만 그가 오지는 못했다.[36]

울프는 이것을 "흔한 문제 제기"라고 했는데, 실제로 그랬다. 캐번디시보다 한 세기 뒤 해협을 가로질러 엘리자베스 비제 르 브룅[59] 또한 "똑같은 혐의"를 맞닥뜨려야 했다. 그녀는 이렇게 말했다.

> 내 작품이 내가 만든 것이 아니라는 얘기가 있었다. 메나조 M. Menageot가 내 그림을 그렸고 심지어 내 초상화도 그렸다는 것이었다. 내가 그림 그리는 걸 직접 본 사람들이 그렇게나 많았는데도 말이다. 이 터무니없는 소문은 내가 (1783년) 왕립미술아카데미에 입성할 때까지 끊이지 않았다.

피터슨과 윌슨에 따르면, 이보다 61년 앞서 1722년에 마르하레타 하버만[60]이 파리에 도착해 아카데미 회원으로 받아들여졌다. 그때 "그녀가 그린 그림이 진품인지 의혹이 제기되면서" 그녀가 아니라 그녀의 선생이 그린 것이라는 말이 돌았다. 하버만은 (르 브룅과 달리) 아카데미에서 축출되었고 "이 소문 때문에 여자는 더 이상 왕립아카데미에 들어올 수 없다는 결정이 내려

---

59   엘리자베스 비제 르 브룅Elisabeth Vigee-Lebrun(1755~1842). 프랑스의 초상화가. 프랑스 왕립미술아카데미의 회원이었다. 대표작으로 〈마리 앙투아네트의 초상〉이 있다.

60   마르하레타 하버만Margareta Haverman(1693~1739). 네덜란드 출신의 화가. 정물화로 유명했으며, 얀 반 하위쉼Jan Van Huysum의 제자였다.

졌다". 아델레이드 라빌 기아드[61]는 비제 르 브룅과 같은 시기에 같은 의혹을 받게 되자 "아카데미 결정권자들을 자신의 작업실로 각각 초대해 초상화 그리는 것을 눈으로 직접 보도록" 해서 문제를 해결했다.[37]

  회화에서는 "흔한 문제 제기"에 대한 반증이 비교적 쉽지만, 작가를 잘못 아는 일이 빈번하다. 지난 수 년 동안 제대로 된 원작자 찾기가 이루어져 왔다. 프란츠 홀[62]은 사실 주디스 레스터[63]였고, 자크-루이 다비드는 마리-루이즈 샤르팡티에[64]일 가능성이 있는(어쨌거나 다비드는 아니다.) 등 원작자 찾기는 계속되고 있다. 이렇게 된 연유는 그림을 팔아야 했기 때문이었던 듯하다. ―그렇지만 인명사전에서 3세기 이상이나 조반니Giovanni로 있어야 했던 불쌍한 조반나[65]는 어떻게 하나?[38]

61   아델레이드 라빌 기아드Adelaide Labille-Guiard(1749~1803). 프랑스의 여성 초상화가. 1783년 엘리자베스 비제 르 브룅과 함께 프랑스 왕립미술아카데미의 회원이 되었다. 대표작으로 〈두 제자와 자화상〉과 〈작곡 중인 마담 셀브〉가 있다.

62   프란츠 홀Franz Hals(1582~1666). 네덜란드 황금기의 남성 화가.

63   주디스 레스터Judith Leyster(1609~1660). 네덜란드 황금기의 정물화가, 초상화가. 동시대 작가들에게 인정받는 화가였음에도 죽음과 함께 존재가 잊혀졌다. 1893년 이전까지 그녀의 모든 작품이 스승인 프란츠 홀이나 남편 얀 민스 몰레나르의 작품으로 여겨졌다.

64   마리-루이즈 샤르팡티에Marie-Louise Charpentier(1767~1849). 프랑스의 화가. 프랑스 신고전주의의 거장으로 알려진 자크-루이 다비드의 제자 중 한 명이다. 한때 자크-루이 다비드의 작품으로 알려져 많은 이의 찬사를 받았던 〈샤를로트 뒤 발 도네양의 초상〉이 1951년에 샤르팡티에의 작품으로 알려지면서 혹평을 받았는데, 이 작품은 이후 다시 마리-드니즈 빌레르Marie-Denise Villers가 그린 것으로 확인되었다. 샤르팡티에의 작품으로 확인된 그림으로 〈우울〉이 가장 유명하다.

65   조반나 가르초니Giovanna Garzoni(1600~1670). 17세기 이탈리아 바로크 시대의 여성 화가. 피

문학계에서도 원작자 이름 되찾아 주기가 이어지고 있다. 1930년대 말로 거슬러 올라가서 스텔라 기븐스[66]는 브란웰 브론 테Branwell Brontë가 그의 여동생 작품의 진짜 저자라는 남자들의 주장을 (자신의 작품 《춥고 편한 농장》에 등장하는 로렌스 풍 멍청이 마이벅이라는 인물에 빗대) 풍자했다. 그녀는 여성 작가의 작품을 남자가 썼을 거라는 가설은 남성 우월주의, 그리고 가설을 만든 이들의 자만심에서 나온 것이라고 보았다.[39]

그러나 그렇게 딱 잘라 행위 주체를 부정하는 것, 그러니까 그녀가 쓴 게 아니라 그가 썼다는 주장 대신 더 교묘한 대안도 있다. 그중 하나는 저절로 쓰여졌다는 주장이다. 이런 일이 일어날 가능성은 전혀 없지만 그럼에도 그런 술책이 공공연하게 쓰였다.

예를 들어, 퍼시 에드윈 위플Percy Edwin Whipple은 1848년의 《노스 아메리카 리뷰the North American Review》에서 《제인 에어》를 검토한 뒤 이 작품은 두 사람, 그러니까 남매가 썼을 거라고 추정했다. "여성 작가한테서 무심코 표출되곤 하는 (……) 여자들 마음속 미묘한 생각과 감정이 작품 속에 있다"[40]는 게 이유였다. 이런 일은 19세기에 끝나지 않았다. 엘렌 모어즈는 20세기에 《프랑켄슈

렌체와 로마, 파리를 넘나들며 메디치가를 비롯한 귀족 가문과 성당 들의 주문을 받아 작품 활동을 펼쳤다.

66   스텔라 기븐스Stella Dorothea Gibbons(1902~1989). 영국의 작가, 언론인, 시인. 그녀의 첫 소설 《춥고 편한 농장》이 2019년 BBC가 선정한 '전 세계에 영향을 끼친 100권의 영어 소설'에 포함되었다. 이 작품은 로렌스, 하디 등을 중심으로 한 낭만적이며 숙명적인 세계관을 재치 있게 풍자하고 있다.

타인》의 저자에 대해서 이렇게 말했다.

> 그녀의 성별뿐만 아니라 젊음은 그녀가 저자이기보다는 주
> 변 생각들이 통과해 나오게 되는 일종의 투명한 매개체라
> 는 일반적인 의견에 힘을 실어 주었다. 마리오 프라즈^{Mario}
> ^{Praz}는 "결혼한 셸리⁶⁷가 한 모든 일"은 "그녀 주변에 이미
> 존재하던 야생적인 상상을 수동적으로 반영한 것일 뿐이
> 다"라고 썼다. **41**

훨씬 더 교묘한 버전은 1949년에 마크 쇼러^{Mark Schorer}가 쓴《폭
풍의 언덕》에 대한 평에서 볼 수 있다. 그는 그 소설이 작가가 온
전히 관장하며 쓴 것이 아니며, 설사 작가가 어떤 식으로 쓰겠
다는 생각을 미리 가졌다 하더라도 결과적으로는 그것과 거리가
먼 책이 나왔다고 주장했다. 그리하여 그 책은 소설가의 "도덕
성"을 일깨웠고, "그녀가 사용한 은유들이 무엇을 쓸지를 그녀에
게 지시했으며 은유들이 그녀를 쉽게 한 것처럼 동사들이 그녀
를 끝까지 몰아갔다"는 것이다. 캐롤 오만은 이 소설에 대한 이
러한 관점을 다음과 같이 요약했다. "이 작가에게 작법이란 허락
되지 않았다. 에밀리 브론테가《폭풍의 언덕》을 시작한 건 맞지
만, 그 소설은 그녀가 끝낸 것이 아니라 스스로 끝이 났다". **42**

67   메리 셸리Mary Wollstonecraft Shelley(1797~1851). 《프랑켄슈타인》의 저자.

소설 일부는 소설 스스로 썼고 나머지만 그녀가 썼다. 소설이 소설 스스로 썼다며 소설에게 후한 점수를 주는 19세기 비평가들의 폭넓은 해석은 신선할 지경이다.

1895년 조지 세인츠버리George Saintbury는 조지 헨리 루이스의 "과학적인 용어가 (……) 그의 동료(엘리엇)의 글에―의심할 여지없이 홍역처럼―침투해 긍정적으로 전염시켰다"고 주장한다.[43] 조지 엘리엇의 전기 작가들 중 한 사람에 따르면 그녀는 루이스를 만나기 훨씬 전부터 과학 공부를 해 왔는데도 말이다.[44]

책이 저절로 쓰였다는 말은 아무리 은유라 하더라도 너무 황당하게 들리므로 어떤 비평가들은 여자 작가의 행위 주체성을 얼핏 복원시키는 듯 보이는 비교적 완곡한 표현을 개발했다. 그것은 바로 "그 남자"가 그 책을 썼다는 표현이다. 말하자면, 그녀 안의 그가 그것을 썼다는 것이다. 메리 엘만[68]은 이러한 논리는 "한 사람 안의 반쪽이 나머지 반쪽으로부터 떨어져 나와 양분되어 책을 썼다는 양성구유적[69] 오류"라고 일축했다. 이런 맥락에서 메리 매카시[70]는 (……) '남성적 정신세계'로 칭송받을 수 있었다.[45]

---

68 메리 엘만Mary Ellmann(1921~1989). 20세기 미국의 작가이자 평론가. 대표 저서로 영미권 문학에서 나타나는 여성의 재현에 관한 비평집인 《여성에 관한 고찰》이 있다.

69 남성와 여성의 생물학적 특징을 동시에 가지고 있는 사람.

70 메리 매카시Mary McCarthy(1912~1989). 미국의 소설가, 문예 평론가, 정치 활동가. 상류 계급 여성들의 생활을 신랄하게 추적한 《더 그룹》이 2년간 〈뉴욕 타임스〉 베스트셀러 리스트에 오르는 대중적인 인기를 누렸다. 베트남 전쟁을 반대하며 《하노이》와 《베트남》을 썼고, 1949년 호라이즌상을 수상했다.

콜레트[71]는 《이 즐거움Ces Plaisirs》에서 유사한 방식으로 자신을 둘로 나눠 여성이 글을 쓴다는 불가능한 일을 처리하는데, 자기 자신은 "완전하게 여자가 되려는 열망"을 품고 있으면서도 작품에서 등장인물을 그릴 때는 "남성적인 기질"을 표현하는 방법이 그것이었다. 그녀가 만든 또 다른 인물은 "남성적인 재치" 혹은 몇몇 남성에게 보이는 "여성적인 구석"을 가지고 있다. 집요할 만큼 완전한 여성이 되고 싶었던 콜레트는 남성 역시 "완전한 남성을 동경하는" 존재로 본다.[46] 이로써 인간의 혹은 개인의 복잡성은 두 가지 특성으로 간단히 축소된다. 남자 아니면 여자로. 글을 쓰는 "미련한" 여자들은 자신 안의 "남성적 기지"를 발휘하여 그 일을 가능하게 만드는 것이다.

몇몇 현대 작가들이 자주 써먹던 아니마/아니무스에 대한 융 이론도 내가 보기에는 동일한 이분법의 연장이다. 다소 완곡한 버전의 자기 안의 "남성적 정신" 버전과 씨름했던 작가 어슐러 K. 르 귄[72]의 말을 들어 보자.

---

71   시도니 가브리엘 콜레트Sidonie-Gabrielle Colette(1873~1954). 프랑스의 여성 작가, 배우, 저널리스트. 가장 유명한 불문학 소설가 중 한 명으로 공쿠르 아카데미 최초의 여성 회장을 역임했으며, 1948년 노벨문학상 후보에 오르기도 했다. 프랑스에서 국장을 치룬 두 번째 여성이다. 《지지》, 《암고양이》, 《셰리》 등 모든 작품이 베스트셀러가 되었고, 특유의 감각적 표현과 심리묘사로 높은 평가를 받았다.

72   어슐러 K. 르 귄Ursula kroeber Le Guin(1929~2018). 미국의 SF 작가. 대표작으로 《동쪽 바다의 마법사》, 《어둠의 왼손》 등이 있으며 여덟 번의 휴고상과 여섯 번의 네뷸러상, 스물네 번의 로커스상을 수상했다.

남성 예술가들은 작품에서 자신의 아니마가 하는 필수적인 역할을 충분히 알고 있다. (……) 뮤즈, 여성적 젠더의 창조적 영혼……. 내 경험으로 볼 때 창조적 영혼은 여성적이기보다는 남성적이다. 그러나 보다 심층적 지점에서는 둘 다이다. 사실 나는 내가 왜 여성보다 남성에 대해 더 자주 써 왔는지 의문을 가져 왔다. 아마도 내 안의 아니무스가 (……) "여성적인" 것으로 여겨지는 나의 삶에서는 제약을 받는 어떤 표현을 탐색하고 있기 때문일 것이다. 남성 위주의 직업 시장에서 일하는 독신 여성이나 아이가 없는 여성은 (……) 여자들에 대해 글을 쓰고 이를 통해 여성성을 표현함으로써 균형을 얻을 수 있을 것이다. **47**

1972년 무렵에 내가 직접 겪은 일이다. 작가들의 파티에서 한 남성 동료로부터 내가 "여자처럼 쓰지 않는" 대단한 작가이며—피아노 연주자로 비유하자면—남성 피아니스트가 손가락을 벌릴 수 있는 만큼의 "수준"에 도달했다는 말을 들었다. 단편소설가이자 시인인 소냐 도르만[73]은 1970년에 출간한 자신의 책에 대해 이렇게 말한다.

소냐 도르만Sonya Dorman(1924~2005). 미국의 시인이자 SF 소설가. 단편소설 〈내가 미스 도우였을 때〉로 제임스 팁트리 주니어상에 노미네이트되었다.

나는 (……) 팬이 보낸 엽서를 받았는데, 그는 나의 시 〈잘
가, 바바나새야Bye Bye Banana Bird〉를 좋아한다면서, 하인라
인도 그보다 더 잘 쓸 수는 없었을 거라고 적어 놓았다.
제기랄. 하인라인은 결코 나처럼 쓸 수조차 없을 것이다.
나는 이제 N.O.W.[74]든 뭐든 나를 받아 주는 반기득권층
(기득권층은 물론 남자들이다.) 단체는 어디든 가입하고 있
다.[48]

행위 주체성의 부정은 최종적이고 가장 교묘한 형태로 그 모
습을 취한다. 여자가 이것을 쓰지 않았는데 왜냐하면 이것을 쓴
여자는 **여자 이상**이기 때문이다. (찰스 디킨스가 고인이 된 자신의
처제인 메리 호가스[75]에게 보낸 최고의 찬사는 "이제 천국에 있으니
그녀의 삶은 **성별과 나이**가 갖는 결점과 허영심으로부터 **최대한 떨어
져 있다**"는 것이었다.)[49] 로버트 로웰Robert Lowell이 실비아 플라스
의 《아리엘Arie》에 붙인 발문의 찬사 또한 유사한 시각을 보인
다. "실비아 플라스는 하나의 개인 혹은 여성으로만 보기 어
려운, 현실을 뛰어넘어, 완전히 새롭고, 야생적으로 창조된
어떤 존재가 되었다. '여류 시인' 이상인 건 물론이고."[50]

---

74   N.O.W.는 National Organization for Women(전미여성기구)의 약어.

75   메리 호가스Mary Hogarth(1819~1837). 찰스 디킨스의 처제. 19세라는 어린 나이에 사망했으며,
      찰스 디킨스 여러 소설에서 주인공들의 모티프가 되었다.

여자 이상의 '사람'이란 과연 누구인가? 1974년이던가 1975년 초였던가, 새뮤얼 딜레이니는 새 출판사에서 일하게 된 한 영국 편집자와 런던에서 점심을 먹었다. 딜레이니에 따르면 다음과 같은 대화가 오갔다.

"조애나 러스에 대해 아십니까?"

"아⋯⋯." 그가 말했다. "2년 전 다른 출판사에서 일할 때 그녀의 소설을 퇴짜 놓은 적이 있죠. 실은 그 소설을 읽어 보지도 못했어요. 제 상사가 여자가 쓴 과학소설은 안 팔린다고 했거든요."

"그 출판사에서 어슐러 르 귄의 책을 내지 않았나요?" 내가 물었다.

어슐러는 지난 6개월간 하인라인과 (⋯⋯) 아시모프Asimov, 앤더슨Anderson, 올디스Aldiss 다음으로 영국에서 가장 많이 팔린 SF작가였다.

"그렇긴 하죠. 사실, 어슐러의 판권을 산 건 여성 작가가 쓴 과학소설은 안 팔린다고 제게 말했던 바로 그 상사였어요."

"저런⋯⋯ 상황이 변했나 보네요. 르 귄의 책은 아주 잘 팔리잖아요."

"맞아요⋯⋯. 솔직히 르 귄을 아직 못 읽어 봤어요. 그렇지만 그 남자의 글은 분명 좋을 거예요."

그런 다음 그는 어슐러를 지칭할 때 이후 이어진 다섯 문장

에서 최소한 여섯 번은 "그"와 "그녀"를 섞어 썼다.[51]

물론 유사시에는 케케묵은 방법이 동원될 수도 있다. 퀸 야브로는 자신의 두 남자 동료들이 여성 저자들에 관해 나눴던 이야기를 소개한다. 다음 대화에서 첫 번째로 언급된 작가는 본다 매킨타이어[76]였다.

> "자, 봐요. 그 여자가 모든 워크숍을 진행했잖아요. 다른 사람에게 도움을 엄청나게 받은 거예요." (또 다른 남자인) 미스터리 전문가는 주춤하더니 어슐라를 언급하면서 그녀를 엄청나게 존경한다고 말했다. "그럼요!" 과학소설 전문가가 맞장구치고는 덧붙였다. "그렇지만 그녀 아버지가 누구였는지 알죠?"[52]

---

[76]   본다 N. 매킨타이어Vonda Neel McIntyre(1948~2019). 미국의 SF 소설가이자 생물학자. 소설 《드림스네이크》로 휴고상, 네뷸러상을 수상했다. 스타트렉 시리즈와 스타워즈 시리즈 소설판의 공동 작가이다.

4. 행위 주체성 오염시키기

Prohibitions

Bad Faith

Denial of Agency

Pollution of Agency

The Double Standard of Content

False Categorizing

Isolation

Anomalousness

Lack of Models

Responses

Aesthetics

delete this aspect of her work and emphasize her love poems, declared to be written to her husband

delete any of her work that depicts male inadequacy or independent female judgment of men

suppress it and declare her an unhappy spinster

invent an unhappy heterosexual affair for her to explain the poems

delete everything of that sort in her work and then declare her passionless, minor, and ladylike

forget it; she's cracked

그녀는 정말로 그것을 썼다.

그런데 정녕 그걸 써야만 했을까?

예술에서 여성의 행위 주체성을 부정하는 또 다른 방법은 행위 주체성을 오염시키는 것이다. 그러니까, 여자들은 예술 행위를 통해 스스로 웃음거리로 전락한다거나 아니면 글을 쓰고 그림을 그리는 일은 (자신을 무대에 전시하는 일과 마찬가지로) 천박한 행위라서 정숙한 여자가 하기에는 가당치 않은 것이라거나, 그도 아니면 예술 창작 행위는 여자를 비정상적이고, 신경질적이고, 불쾌하고, 따라서 사랑받을 수 없어 보이게 만든다는 생각을 널리 퍼뜨리는 것이다. 그녀는 썼다. 좋다. 그러나 그러지 말았어야 했다.

이로써 작품을 직접 쓰지 않았다고 비난받던 우리의 불쌍한 뉴캐슬 공작부인은, 이제는 그것을 썼다는 이유로 미쳤다는 판정을 받는다. 윈칠시 백작부인은 자신의 "시구가 주제넘은 것으로 매도된다는" 느낌을 받는다.

문학의 역사는 딜레마 상황에 익숙한데, 고결한 여자들은 글을 잘 쓸 수 있을 만큼 인생을 충분히 알지 못하는 반면, 잘 쓸수 있을 만큼 인생에 대해 충분히 아는 여자는 고결할 수가 없다는 논리가 그것이다. 이 문제에 관한 19세기적 태도는 충분히 잘알려져 있다.(여성 화가가 누드모델을 앞에 두고 누드화를 그리는 것을 금지했던 문제는―심지어 같은 여성의 누드조차도 금지되었다―명백히 이런 종류의 태도에서 기인한다.) 그러나 적어도 1892년에는 이 같은 제약에 대한 비판의 목소리가 있었다는 버지니아 울프의 말(《3기니》)은 귀 기울일 만하다.

> 거트루드 벨은 "그녀의 하녀였던 리지와 함께 그림 전시회에 갔다. 그녀는 자신을 데리러 온 리지를 따라 디너파티에서 나왔다. 그녀는 리지와 함께 (……) 화이트채플로 갔다."

울프는 벨의 삶에 대해 다음과 같은 설명을 보탰다.

> 그녀가 의학 공부를 하지 못하게 하기 위해, 누드화를 그리지 못하게 하기 위해, 셰익스피어를 읽지 못하게 하기 위해, 오케스트라에서 연주하지 못하게 하기 위해, 본드 가를 혼자 걷지 못하게 하기 위해 (……) 정조를 들먹이곤 했다. 현 세기 초기 철기 제조업자였던 휴 벨Hugh Bell 경의 딸은

"피카딜리를 혼자 걸어 보지도 못한 채 27세에 결혼했다."

놀랍게도, 여자가 연기를 한다는 것은 매춘하는 것과 다르지 않다는 생각이 집요하게 이어졌다. (이 생각이 사라진 것은 영화의 등장으로 성적 문란함이라는 특정 신화를 여성 스타 배우들이 인계받은 덕이다.) 샬럿 브론테의 《빌레트》에서 가장 맥 빠지게 하는 대화 중 하나가 주인공인 루시 스노우Lucy Snowe가 여성 비극 배우인 "바쉬티Vashti"(프랑스의 유명 배우 라셀Rachel을 모델로 한 인물)의 공연을 보러 갔을 때 나온다. 그녀의 연기에 감명받은 루시는 루시 퍼라는 인물과 비교하며—인상적인 묘사가 세 쪽에 걸쳐 나온다—바쉬티가 그에 버금간다고 본다. 예를 들면 이렇다.

> 그녀는, 아마, 사악할 것이다. 그러나 또한 강하다. 그녀의 힘은 아름다움을 정복했고 우아함을 능가했으며, 둘 모두를 그녀 옆에 묶어 두었다. (……) 나락으로 떨어졌고 폭동을 일으켰고 추방되었던 그녀는 자신이 반란을 일으켰던 천국을 기억한다. (……) 이제 클레오파트라(《빌레트》 앞부분에서 부적절하다는 이유로 루시가 쳐다보는 것이 금지되었던 누드상)든 민달팽이든 그 어떤 장애물이든 그녀 앞에 놔 보라. 살라딘의 언월도偃月刀가 새틴을 채워 넣은 방석을 조각내듯 그녀가 그 물컹한 덩어리를 잘라 뚫고 나아가는 것을 보게 될 것이다.

루시는 극장에 함께 갔던 그녀의 애인 존 브레튼에게 그 예술가에 대한 의견을 묻는다.

> 나는 그의 정확한 견해가 알고 싶었다. (……) "그는 바쉬티를 어떻게 생각할까?" (……) 퉁명스러운 몇 마디로 그는 자신의 견해와 배우에 대한 느낌을 말했다. 그는 그녀를 예술가가 아니라 여자로만 평가했다. 그것은 부당했다. **53**

《빌레트》는 1853년에 출간되었다. 1890년대는 여배우는 문란하다는 근거 없는 생각이 여전히 팽배했던 때였다. 조지 버나드 쇼George Bernard Shaw는 당시 잡지 《위대한 사상Great Thoughts》의 한 인터뷰에서 클레멘트 스콧Clement Scott이 "여배우들은, 원칙적으로 (……) '순수'하지 않다. 그들의 성공 여부는 대개 그들이 그 천성을 얼마만큼 따르느냐에 달려 있다"고 말했던 것과 관련해 1897~1898년 사이 신문에서 일어난 논쟁을 유쾌하게 묘사했다. 1897년 12월 25일 논평에서 쇼는 "여배우가 뛰어난 재능이 있고 무대에 없어서는 안 될 존재라면 그녀는 자신이 원하는 대로 살 수 있다"고 반박하면서도 "스타 배우들의 변변찮은 동료 배우들"은 예외라는 단서를 달았다. 1898년 1월 22일 논평에서 그는 다음과 같이 선언한다.

> 무대 위의 도덕성에 관한 논쟁은 한 경구로 종결되었다. "수

천 명의 고결한 여성들이 무대 위에 섰지만, 여배우는 단 여섯 명뿐!"이라는 뷰캐넌[77] 씨의 말은 부정할 수가 없다.

아마도 쇼는 이전에 자신이 저질렀던 어리석은 짓("변변찮은 동료 배우들")을 만회하고자 "신문 지면에 넘쳐나는 여성에 대한 호색적인 문장들이 (……) 도덕적 문제를 가려내기 위한 것이라고 보기는 어렵다"는 문장을 추가했다.[54]

일레인 쇼월터[78]는 영국에서 여성 작가들을 비난하거나 방해할 때 항상 등장하는 부적절함에 대한 두려움을 기술했다.

비평에서 글의 내용이 아니라 여성 자체를 공격하는 일은 1840년에서 1870년에 걸친 시기의 특징이었다. 일일이 거론할 수 없을 지경이다. 그 시기의 재능 있는 여성 작가들은 죄다 "조악하다" 혹은 숙녀다운 교양이 부족하다는 비난을 받았다. 제임스 로리머James Lorimer는 《노스 브리티시 리뷰The North British Review》에서 앤 브론테[79]의 《와일드펠 홀의 소작인The Tenant of Wildfell Hall》은 "조악하고 야만적"이라며

77   에드거 뷰캐넌Edgar Buchanan(1903~1979). 미국의 영화배우.

78   일레인 쇼월터Elaine Showalter(1941~). 미국의 페미니스트 문학 비평가, 작가. "글 쓰는 사람으로서의 여성"을 연구하는 여성 비평 창시자 중 한 사람이다.

79   앤 브론테Anne Bronte(1820~1849). 영국의 소설가이자 시인. 브론테 자매의 셋째다. 대표작으로 《애그니스 그레이》, 《와일드펠 홀의 소작인》이 있다.

분개했다. (……) 《에든버러 리뷰Edinburgh Review》에서는 〈오로라 리Aurora Leigh〉를 쓴 엘리자베스 배럿 브라우닝[80]을 가리켜 "다른 어떤 여성 작가보다 투박하다"고 평했고, 《웨스트민스터 리뷰The Westminster Review》에서는 "그녀는 자신의 남자다움을 증명하기 위해 잘못된 방법을 취한다. (……) 그녀는 (……) 거칠다. 그녀는 이유도 없이 욕부터 퍼붓는다" 라고 썼다.

한편 《제인 에어》와 관련해 "많은 비평가들이 그 책을 남자가 썼다면 대작이지만 여자가 썼기에 충격적이거나 역겹다고 생각했다는 것을 대놓고 인정했다". 부적절함은 삶에서 작품으로까지 번졌다.

조지 엘리엇은 《플로스 강변의 물방앗간The Mill on the Floss》[81] 을 마치는 동안 (루이스와의 결합이 "초래할 공분"에 대한

---

[80]   엘리자베스 배럿 브라우닝Elizabeth Barrett Browning(1806~1861). 19세기 빅토리아 시대의 영국 시인. 수많은 시와 산문으로 당대 영국과 미국에서 명성을 떨쳤다. 윌리엄 워즈워스가 죽은 이후 계관 시인 자리의 후보로 알프레드 테니슨과 함께 거론되었다. 노예제 폐지와 아동노동법 개혁을 위한 캠페인에도 목소리를 냈다. 후대 작가인 에드거 앨런 포우와 에밀리 디킨슨의 작품 세계에 큰 영향을 끼쳤다. 대표작으로 시선집인 《포르투갈어에서 옮긴 소네트》와 《오로라 리》가 있다.

[81]   영국의 성 오그스 마을 근처의 플로스 강변을 배경으로 한 조지 엘리엇의 장편소설로 1860년에 세 권으로 간행되었다. 성 오그스 마을과 플로스 강은 실재하지 않는 가상의 공간이다.

걱정으로)[82] 극도로 불안하고 예민해져서 출판사 블랙우드
에 편지를 써 보내 자신이 어떤 사람인지 알려졌는데도 자
신의 책을 계속 내 줄 계획인지 물었다.(출판사는 그렇게
했다.)

이런 식의 행위 주체성 오염시키기는 정기 간행물들이 더 이
상 익명 기고를 받지 않게 된 19세기 후반에 여성 작가들 사이에
서 남성적인 필명을 쓰는 일이 늘어난 이유를 설명해 준다. 쇼월
터는 1850년대에서 1880년대 사이에 있었던 12개의 사례를 열
거한다.[55]

확실히 부적절함을 이유로 행위 주체성을 오염시키는 일은 19
세기와 함께 사라졌다. 그럼에도 루이스 심슨Louis Simpson은 1967
년에 앤 섹스턴의 《사느냐 죽느냐Live or Die》에 대해 이런 리뷰를
썼다. "〈마흔 살의 월경Menstruation at Forty〉이라는 제목의 시는 낙타
의 등을 부러뜨린 지푸라기처럼 이미 쓰러져 가는 것의 마지막
을 툭 건드렸다."[56] 더 중요하게, 현대 학자인 돌로레스 팔로모
Dolores Palomo는 18세기 여성 소설가들에 대한 20세기 비평을 읽다
가 "문학에서의 이중 잣대는 (……) 여성 작가가 질릴 정도로 도
덕적인 것은 얼마든지 용납하지만, 거침없이 발언하거나 방종하

---

82   조지 엘리엇은 당시 유부남이었던 비평가 조지 헨리 루이스와 동거했다. 이 동거는 사회적으
로 큰 파장을 일으켰지만, 사실 루이스의 아내는 이미 남편의 친구와 동거 중이었다. 엘리엇은
정신질환을 앓았던 루이스의 아내를 대신해 아이들까지 부양했다.

거나 자유롭게 생각하는 것은 용납하지 않는다"는 사실을 깨달았다. 그녀가 든 사례는 메리 맨리[83]인데 그녀는 생전엔 정치적으로 악명이 높았지만(그녀는 그녀의 책이 휘그당[84]의 명예를 훼손했다는 이유로 감옥에 수감되었다.), 죽고 나서는 작품이 외설적이라는 것과 남편이 떠난 뒤 두 번의 불륜을 저지르며 방탕한 삶을 살았다는 것으로 악명 높아졌다. 일반적인 영문학 역사부터 트리벨리언[85]의 역사에 이르기까지 근대 작품들에 내려지는 평가에는 다음과 같은 표현들이 빈번하게 등장했다. "불미스러운 스캔들", "개성 없는 여자", "천박하고 상스러운", "값싼 미덕", "낯뜨거운 외설", "부정한 기혼녀", "타락"……. 이러한 비방은 작가와 작품을 가리지 않고 공평하게 주어졌다. 스위프트[86]는 "그녀를 '참으로 너그러운 원칙을 가진' 못생기고 뚱뚱한 사십대라고 묘사하면서 그녀에 대한 가장 유명하고 종합적인 평"을 남겼다.[57]

월경이 부적절한 것으로 여겨지긴 했어도 여자들이 겪는 일들

---

83 메리 맨리Mary Manley(1670~1724). 17세기 후반에서 18세기에 활동한 영국의 작가, 극작가, 팸플릿 집필자. 애프러 벤Aphra Behn, 엘리자 헤이우드Eliza Haywood와 함께 "빼어난 위트 삼인방"으로 불린다. 실존 인물의 스캔들이나 당대 실제로 일어난 사건들에 기반을 둔 실화 소설과 정치 풍자로 유명했다.

84 영국 자유당의 전신. 1988년 사회민주당과 합당하여 자유민주당이 되었다.

85 조지 매컬리 트리벨리언George Macaulay Trevelyan(1876~1962). 영국의 역사가.

86 조너선 스위프트Jonathan Swift(1667~1745). 영국의 풍자 작가. 대표작으로 《걸리버 여행기》가 있다.

중 극히 일부일 뿐이고 남자들도 익숙해질 것이다.(누군가는 이 말에 이의를 제기할지도 모르지만.) 더욱이, 리사 앨더[87]의 첫 소설 《킨플릭스Kinflicks》와 에리카 종[88]의 《비행 공포Fear of Flying》를 베스트셀러로 만든 세대는 더는 여성 작가를 부도덕하다는 이유로 공격하지 않는다.

그러면 이제 여자들은 무엇이든 써도 되는 것일까?

글쎄, 꼭 그렇지가 않다.

나는 행위 주체성 오염시키기가 그 기반이 이동했을 뿐이라고 본다. 《비행 공포》와 《킨플릭스》가 용인되는 이유는 이 책들이 성적으로 정직하지 못하며, 책 속의 여자들은 귀엽게 받아 줄 정도로만 "상스럽게 말하기" 때문이다. 이는 로이스 굴드[89]의 《참 좋은 친구들Such Good Friends》이 허용될 정도까지만 피학적인 것과 같고, 여성 인물들의 불행을 여성 특유의 민감함의 징표로 보는 조앤 디디온[90]의 수동적이고 억눌린 여주인공들과 비슷하다.

---

[87]　리사 앨더Lisa Alther(1944~). 현대 미국 작가, 소설가. 소설 《킨플릭스》, 《원죄들》, 《다른 여자》, 《천국에서의 5분간》을 썼으며, 프랑수아즈 질로와 함께 《여자들의 사회》를 출간했다.

[88]　에리카 종Erica Jong(1942~). 미국의 소설가, 시인. 1973년 제2물결 페미니즘의 대표작으로 꼽히는 《비행 공포》를 발표했다. 1975년 지그문트 프로이트상 문학 부문에서 수상했으며 도빌 문학상과 페르난다 피바노 문학상을 수상했다.

[89]　로이스 굴드Lois Gould(1931~2002). 미국의 소설가. 여성의 삶을 다룬 소설과 단편들로 널리 알려졌다. 1970년에 쓴 첫 소설 《참 좋은 친구들》이 7주간 〈뉴욕 타임스〉 베스트셀러 순위에 오르고, 이내 영화화되며 대중과 평론가들 모두의 인기를 얻었다.

[90]　조앤 디디온Joan Didion(1934~). 미국의 소설가, 에세이 작가, 시나리오 작가. 기사에 스토리텔링 기법을 접목시킨 뉴 저널리즘 스타일로 잘 알려졌다. 1960년 작 소설 《달려라, 강이여》, 뉴 저널리즘 스타일이 잘 드러난 1986년 작 논픽션 《베들레헴을 향해 웅크리다》를 썼다.

"부도덕함"(19세기적 용어)보다 더 용납되지 않는 것은 현대적 의미로 "자기 고백적"이라는 꼬리표이다. 페미니스트 언어학자 줄리아 페넬로페[91]는, 경멸 어린 이 딱지에는 두 가지 신념이 들러붙어 있다고 보았다. 하나는 그것이 예술이 아니라는 것('여성은 스스로 쓰지 않는다'라는 19세기 버전의 신념), 다른 하나는 그 글들은 **부끄러울 만큼 지나치게 사적**이라는 것이다.(애초에 여자는 무언가를 느껴서도, 써서도 안 되었으며, 혹 그랬다면 누구에게도 말해서는 안 되었다는 신념) 케이트 밀레트[92]의 《비행Flying》을 "자기 고백적"이라고 비난한 여성 평론가에 맞서 페넬로페는 이렇게 주장한다.

비평가들은 "자기 고백적" 문학은 내용상 너무 사적이고 특정해서 (……) "문학"으로서 가치가 없다고 몰아 간다.

그러고는 덧붙인다.

《비행》을 "자기 고백적"인 작품으로 특징지어 버리면, 케

---

91 줄리아 페넬로페Julia Penelope(1941~2013). 미국의 언어학자, 작가, 철학자. 20세기 레즈비언 소설과 페미니즘 문학 비평을 포함한 여성학을 가르친 최초의 학자 중 한 사람이었다.

92 케이트 밀레트Kate Millett(1934~2017). 미국의 페미니스트 작가이자 활동가, 화가. 제2물결 페미니즘을 이끌었던 주역으로 낙태죄 폐지, 반전 평화, 성적 자유와 인종차별 폐지를 위해 헌신했다. 1970년 출간된 《성의 정치학》이 가장 널리 알려져 있다.

이트가 용서를 구해야 할 부끄럽고 부적절한 죄를 지은 것
인 양 암시할 수 있다.

페넬로페는 루소의 고백이나 성 아우구스티누스의 고백, "존
던John Donne의 황홀한 종교적 시들", 그리고 "제라드 맨리 홉킨스
Gerard Manley Hopkins의 '끔찍한' 소네트"가 "자기 고백적"이라는 비
난을 받은 적은 없다는 사실에 주목하면서, "자서전과 고백은 편
의적 구분일 뿐이다"라는 결론을 내린다. 간단히 말해, "그런 꼬
리표는 순전히 비평가가 하찮게 보고자 작정하고는 작품을 묵살
해 버리는 손쉬운 방법일 뿐이다". 그녀는 에리카 종의 말을 가
져온다. "그것은 여자들을 깎아내리는 용어, 여성들의 시에 따라
붙는 성차별주의적 꼬리표가 되었다."58

페넬로페가 지적하듯이, 남성 작가가 강렬한 자전적 경험을
썼을 땐 "자기 고백적"이라며 깎아내리지 않는다. 나는 여류 예
술이라는 꼬리표가 붙은 것들은 (단순히 그것이 갖는 여성적 성격
때문이 아니라) 경험 자체의 성격 때문에 "고백적"이라 규정되는
것이라고 덧붙이고 싶다. 플라스의 분노, 섹스턴의 광기, 그리고
밀레트의 레즈비어니즘lesbianism은 "자기 고백적"인 데 반해, 사회
적으로 허용될 만한 디디온의 마조히즘과 (유쾌한 풍자와 흡족한
외설로 포장된)《킨플릭스》의 성적 고통은 자기 고백적이 아닌 것
이다. 심지어 로웰이《아리엘》에 붙인 찬양 일색 발문은 자동적
으로 비난조로 바뀌어 버린다. 플라스는 자기 고백적이지도 환

각에 빠져 있지도 않았으며 물론 "여류 시인"도 아니다. 그녀는 대개의 사람들이 그녀일 것이라 마땅히 기대하는 그런 사람이 아니다.

> 시 속의 모든 것은 개인적이고 고백적이며 느낌에서 나온
> 다. 그러나 그 느낌은 시인에 의해 세심하게 통제되는 환각
> 이다.[59]

여기서 문제가 되는 것은 부도덕함이라는 오래된 망령이다. 그것은 근본적으로 같은 곳에 금기를 두고 있다. 격렬한 분노, 비난(혹은 비난조의 자포자기), 그리고 허용 불가한 섹슈얼리티.

이런 금기는 새삼스럽지 않다. 1848년 《분기별 리뷰Quartely Review》는 《제인 에어》의 문체가 "권위를 전복시키며 모든 인간적이고 신성한 관례를 위반했고 차티즘Chartism[93]과 가정 내 분란을 부추겼다"고 비난했다.[60] 심지어 여성 소설가들의 친구이자 독려자였던 조지 헨리 루이스조차 샬럿 브론테의 《셜리Shirley》(혐오스럽고 타락한 남편을 닮았다는 이유로 자식을 버린 프라이어 부인에 대한 묘사 부분)에 대한 리뷰에서 다음과 같이 썼다.

---

93   1830년대에서 1840년대에 걸쳐 일어난 영국 노동자의 참정권 확대 운동. 투표권을 유산 계급에게만 부여하는 데에 불만을 품고 선거법 개정을 요구하여 정부의 탄압을 받았으나, 마침내그 요구 사항 대부분이 실현되었다.

"커러 벨[94]! (……) 만약 한 번이라도 당신의 심장 아래 꿈 틀거리는 아이를 느껴 본 적이 있었더라면, 아기―당신의 나머지 부분들이 모두 빨려 들어간, 당신의 영혼이 전달되 어 흡수된 당신의 그 신비한 일부―에게 당신의 젖가슴을 눌러 봤더라면 그와 같은 그릇된 행동은 상상할 수조차 없 었을 것입니다!"[61]

1977년, 예일의 젊은 시인, 올가 브루마스[95]는《O와 함께 시 작하다Beginning with O》라는 제목으로 시집을 냈다.[62] 많은 시들이 레즈비언 사랑시였다. 그 결과는? 그녀는 오리건주의 유진에 거 주하는 시민들로부터 갖은 협박과 음란 전화를 받았다. (이 글을 쓰고 있는 지금 유진은 고용과 주거 문제에서 동성애자 차별을 금지 하는 법안을 막 폐지한 참이다.) 용납할 수 없는 섹슈얼리티와 분 노라는 금기시된 영역은 여전히 유지되고 있다. 플라스의 작품 은 "자기 고백적"이지만, 앨런 긴즈버그[96]의 작품은 그렇지 않 다. 남성의 분노는 혁명적인 것에서부터 어리석은 것까지 무엇

94 브론테 자매는 모두 남자 이름을 필명으로 썼는데, 샬럿 브론테의 필명은 커러 벨Currer Bell이 었다. 1847년 샬럿 브론테는 이 필명으로 《제인 에어》를 발표한다. 바로 전 해인 1846년에는 세 자매 합작의 시집을 커러Currer, 엘리스Ellis, 엑튼 벨Acton Bell이라는 이름으로 출간하기도 했다.

95 올가 브루마스Olga Broumas(1949~). 미국에서 활동하는 그리스 출신의 시인. 레즈비언의 성애 를 묘사한 첫 시집 《O와 함께 시작하다》로 사회적 파장을 일으켰다.

96 앨런 긴즈버그Allen Ginsberg(1926~1997). 미국의 시인. 군국주의, 물질주의, 성적 억압에 반대 하는 시를 썼으며, 외설적인 표현을 즐겨 썼다.

이든 허용된다. 대부분의 논평이 그것들을 "고백적"이라 말하지 않는다.

보다 더 명백한 행위 주체성 오염시키기 사례는 회화에서 찾아볼 수 있다. 회화는 천박함을 들어 행위 주체성을 오염시키는 일이 여전히 만연한 분야다. 그 한 예가 여성들이 남성의 전신 누드를 그리기 시작한 것이 불과 최근 일이라는 사실이다. 《남성에 대하여About Men》에서 필리스 체슬러는 젊은 남성의 전면, 후면 누드를 묘사한 실비아 슬레이[97]의 〈이중 이미지: 폴 로사노 Double Images: Paul Rosano〉를 재현했다. 체슬러는 "슬레이는 자주 남성 누드를 전시하는 데 어려움을 겪었다. 사람들—남자들과 여자들—은 시위를 하고, 압력을 가하고, '모독적인' 전면 누드 그림을 대중 눈에 띄지 않도록 치워 버렸다. (……) 슬레이는, 동성애 남성으로서 동성애 남성을 위해 그림을 그린 다빈치나 베로키오 또는 미켈란젤로와 달리 (……) 여성으로서 여성을 위해 남성의 누드를 그린다. 그녀의 남성 누드는 (……) 여성들의 관심에 부응한다. 이것이 바로 그녀가 일으킨 문제의 핵심이다."[63]

천박함과 관련이 있는 오염의 한 형태로 사랑스럽지 않음이라는 것이 있다. 이 또한 일찌감치 시작된다. 1753년, 메리 워틀리

---

97   실비아 슬레이Sylvia Sleigh(1916~2010). 미국의 페미니스트 화가. 1960년대 페미니즘 운동의 영향을 받아 기존 서양 미술사에서의 여성과 남성의 위치를 뒤트는 작품을 선보인 것으로 유명하다.

몬터규 부인⁹⁸은 자신의 딸, 뷰트Bute에게 편지를 써서 "남자들
은 그들 자신(명성)에 몰두"하기 때문에 뷰트의 딸(자신의 손녀)이
"마치 기형이나 다리를 절룩이는 사실을 숨기려 애쓰는 것과 같
은 간절한 마음으로 이전에 배운 것이 무엇이든 감춰야만 한다"
고 경고했다.⁶⁴ 루소Rousseau는 다음과 같이 말했다.

> 여자의 기지는 그녀의 남편, 아이들, 하인들, 그러니까 모
> 두에게 재앙이다. (……) 여자는 항상 자신을 남자로 만들
> 려 애쓴다. (……) 집 밖으로 나도는 여자는 비난받아 마땅
> 하다. (……) 우리는 어떤 예술가나 친구가 펜으로 작업했
> 는지 혹은 연필로 작업했는지 언제든 알 수 있다.⁶⁵

루소의 다목적 비난은 비정상성("스스로를 남자로 만들려고 애쓰
는 것")을 행위 주체성 부정하기에 보탠다. 스탕달Stendahl은 비교
적 관대했지만 메시지는 동일하다.

> 여자는 어떤 것도 쓰지 말아야 한다. 유작 외에는. (……)
> 쉰이 안 된 여자가 책을 내는 일은 자신의 행복을 최악의
> 도박에 거는 짓이다. 행여나 그녀에게 연인이 생긴다면,

---

98 메리 워틀리 몬터규 부인Lady Mary Wortley Montagu(1689~1762). 영국 시인 겸 서간문 작가. 개
인적인 편지와 많은 시가 실린 《메리 워틀리 몬터규 서간 전집》이 사후에 출간되어 문인들의
찬사를 받았다.

그를 잃는 것으로 시작하게 될 것이다. **66**

엘렌 모어즈는 마담 드 스탈[99]의 터무니없이 영향력 있는 소설 《코린Corinne》에 대해 다음과 같이 적고 있다.

이 소설은 낭만적이고도 은밀한 곳에서 그녀를 기다리는 연인을 기분 상하게 하고, 자극하고, 결국엔 잃게 되기까지 자신을 적나라하게 열어 보이는 여자에 수반되기 마련인 매혹적이고도 위험한 요소를 모두 갖추고 있다. **67**

최근, 문학하는 여자들을 향한 불평이 다른 노선을 택하면서, 사랑스럽지 않은(또는 사랑받지 못하는) 여성 예술가에 대한 고정관념은 영화—〈분홍신!The Red Shoes!〉[100]의 그림자—로 옮겨 간 듯하다. J. M. 러들로는 엘리자베스 게스켈[101]의 《루스Ruth》에 관한

---

99 마담 드 스탈Madame de Staël(1766~1817). 본명은 안 루이즈 제르멘 드 스탈-홀스타인Anne Louise Germaine de Staël-Holstein. 18세기 프랑스의 낭만주의 작가이자 비평가, 정치 이론가. 프랑스 혁명과 나폴레옹 독재 시절에 개인의 자유를 억압하려는 권력을 강하게 비판했으며 낭만주의 정신을 널리 퍼트렸다. 저서로 《델핀》과 독일 문화와 낭만주의를 다룬 《독일에 대하여》가 있다.

100 안데르센의 동화를 발레로 각색한 1948년의 영국 영화. 마이클 파웰과 에머릭 프레스버거가 연출했다.

101 엘리자베스 게스켈Elizabeth Gaskell(1810~1865). 19세기 빅토리아 시대 영국의 소설가, 전기 작가. 소설 《남과 북》, 《마녀 로이스》, 《루스》, 《아내와 딸》 등의 작품을 통해 당대의 사회상과 다양한 계급의 사람들이 살아가는 모습을 그렸다. 샬럿 브론테의 사후 전기인 《샬럿 브론테의 삶》을 썼다.

19세기 논평에서 "손가락에는 반쯤 잉크가 묻어 있고 더러운 숄을 걸친 채 꾀죄죄한 머리를 늘어뜨린 여성 작가"를 도무지 존경할 수 없다며 조롱했다. 그러나 19세기에는 여자가 여자로 존재한다는 사실 자체가 비웃음을 사지는 않았다. 여자가 열등한 존재라는 것이 더 심각한 문제였다. 그래서 헨리 루이스는 어머니와 자식 간의 유대를 성스러운 것으로 여기지 않는다는 이유로 "커러 벨"을 상스럽다고 공개적으로 비난할 수 있었고, 정반대로 토마스 무어Thomas Moore는 익명으로, 해리엇 마티노[102]를 가리켜 "성적 특징이 없는" 불모성을 운운할 수 있었다.

> 나와 혼인합시다……
> 고전의 영혼에서 쫓겨난 것들은
> 모두 천박한 후손의 생각
> 그대는 두꺼운 12절판 문고본들로 이루어진
> 미소 짓는 줄을 따라 걸어야 하리
> 나는 그대의 책들과 보조를 맞추기 위해
> 일 년의 4절판만큼 늦잠을 자겠소[68]

---

102 해리엇 마티노Harriet Martineau(1802~1876). 19세기 영국 작가이자 평론가. 첫 여성 사회학자로 평가받는다. 사회과학, 종교 그리고 여성의 시각에 관한 에세이들을 썼다. 저서로 노예제 폐지에 힘을 실어 주기 위해 쓴 1837년 작 《미국의 사회》와 아담 스미스의 철학을 대중에게 전달하기 위해 1832년에 쓴 《정치 경제 일러스트레이션》이 있다.

19세기에 (그리고 20세기에도) 여성의 열등함을 지적하는 글들은 충분히 있었다. 메리 엘만의 《여성에 관한 고찰Thinking about Women》에서 발췌한 근대의 사례들에서 두드러지는 것은 논조의 변화다. 진지한 대학 강의에서부터 고정관념에 물든 무의식적인 멸시에 이르기까지, "부적절한" 여자들(아이가 없거나 부도덕한 여자들)을 향한 적대가 모든 여성에 대한 적대로 확장되었다. 엘만의 책을 읽다 보면, 최근 몇 년 동안, 그토록 많은 남성 비평가들과 작가들이 단지 여자로 존재한다는 자체를 뭔가 잘못된 것으로 여긴다는 인상에서 벗어날 수가 없다. 더불어, 처음으로, 남성성에 대한 선호가 생식기적 용어로 표현되기 시작했음을 알 수 있다.

제인 오스틴의 소설을 싫어했던 앤서니 버지스Anthory Burgess는 "나는 강한 정력과 (……) 냉엄한 지성이 결여된 책을 읽는 데서는 어떤 즐거움도 느끼지 못한다"고 썼다. 그러나 버지스는 막상 브리지드 브로피에게서 지적인 내용을 발견하자 그것을 싫어했다. "사랑스럽지" 않다는 것이 이유였다. 조지 엘리엇에 대해서도 좋지 않게 생각하기는 마찬가지였다. "남자 흉내 내기가 완전히 성공적"이라면서 비아냥댔다. 아이비 콤튼 버넷[103]에 대해서는 "남자도 여자도 아닌 거구의 힘"이라고 썼다. 무슨 까닭인

---

103 아이비 콤튼 버넷Ivy Compton Burnett(1884~1969). 영국의 소설가. 후기 빅토리아 시대와 에드워드 시대의 중상류층 가족 이야기를 주로 다뤘다. 소설 《어머니와 아들》로 제임스 테이트 블랙 메모리얼상을 탔다.

지, 브로피는 이어지는 장들에서 최악의 경우로 언급되는데, 《타임스 문예 부록Times Literary Supplement》 1967년 6월 1일자에 따르면 "브리지드 브로피는 최근 문단의 잔소리쟁이 중 하나라는 작은 명성을 얻었다". 아마도 그녀가 예쁘기 때문이었을 텐데, "미국인 교수 하나는 브로피 양의 작품을 좋아했던 사람이었지만, 그녀의 실물을 본 뒤로는 더 이상 그녀를 작가로 생각할 수가 없었다. '저 아가씨는 사랑을 위해 만들어졌어!' 그는 외치듯 말했다". 시몬 드 보부아르[104]를 혹평하기 위해 한 비평가가 쓴 문장은 "그 숙녀"(사드François de Sade에 대한 그녀의 관용을 고려해서[105])라는 단어로 시작했고, 그 다음은—그런 관용을 베풀 자격이 그녀에게 있는가에 대해—그녀가 사드에게 "몸을 주기"는 주저했다는 내용으로 이어졌다. 엘만은 엘리자베스 하드윅[106]과 프레더릭 크루스Frederick Crews 사이에서 있었던 언쟁을 인용하면서 이런 종류의 성적 비방은 간결하고 넘쳐난다고 강조한다. 크루스는 하드윅을 한마디로 "신경질적"이라 평한다. 한편, "이상적인 연극 비평"은 유대계 연극 비평가 라이오넬 에이블Lionel Abel이 말한 것처럼—빅토리아조 설교 따위는 치우고 간결하게—묘사하는

104   시몬 드 보부아르Simone de Beauvoir(1908~1986), 프랑스의 페미니스트 작가이자 철학자, 사회 운동가, 사회 이론가. 1949년 여성이 받아 온 억압을 상세하게 기술하여 제2물결 페미니즘의 초석이 된 책 《제2의 성》을 펴냈다.

105   보부아르는 〈사드를 화형시켜야만 하는가?〉라는 글에서 사드를 옹호한 바 있다.

106   엘리자베스 하드윅Elizabeth Hardwick(1916~2007), 미국의 문학 비평가, 소설가.

것만으로도 충분하다.(이렇게 해야 대중에게 받아들여진다.) 에이
블은 "나는 그게 뭐든 간에 여자가 아닌 남자가 먼저 하길 바란
다.(그렇다. 나는 편견이 좀 있다.) 그리고 그 남자가 여성적인 것
과는 결단코 무관하길 바란다(나는 편견이 좀 많이 있다.)"라고 노
골적으로 말했다. 여자로 존재하는 자체가 잘못이므로 남성 동
성애자들 안에 있다고 여겨지는 여성성 역시 부적절한 것이 된
다. 이런 까닭에 "플래너리 오코너[107]는 남자처럼 잘 쓴다는 점
에서만이 아니라, 트루먼 카포티[108]나 테네시 윌리엄스[109]보다 덜
'소녀같이' 쓰는 것에 성공한 여자 작가로서 찬사를 받는다". 한
편 리처드 길먼Richard Gilman은 필립 로스Philip Roth를 "여성 잡지" 수
준이라는 표현으로 헐뜯었는데, 이런 식의 비평은 최악의 경우
"여자들은 적이다"라는 메시지가 되어 버린다.(적이라는 말이 평론
가 레슬리 피들러Leslie Fiedler에게 주어지자, 그는 짧은 다리의 사냥개
바셋마냥 즉각, 어느 단체에서든 회원권을 들이미는 중산층 중년 여
성을 묘사해서는 자유로운 상상을 봉쇄해 버렸다.)

엘만의 말처럼 "남근적 비평"은 "한 사람의 이력 곳곳에 성적

107　플래너리 오코너Flannery O'Connor(1925~1964). 미국의 소설가. 감상주의를 지양하고 사람들의
　　　편견과 어리석음을 블랙 유머로 폭로했다. 단편집 《좋은 사람은 찾기 어렵다》, 장편소설 《현명
　　　한 피》 등이 알려져 있다.

108　트루먼 카포티Truman Capote(1924~1984). 미국의 남성 소설가, 각본가, 배우. 동명의 오드리
　　　헵번 주연 영화의 원작 소설인 《티파니에서 아침을》을 썼다.

109　테네시 윌리엄스Tennesse Williams(1911~1983). 미국의 극작가. 환상과 낭만 이면에 숨어 있는
　　　현실을 그려 내는 데 천착했다. 《욕망이라는 이름의 전차》(1947)와 《뜨거운 양철지붕 위의 고
　　　양이》(1955)로 두 번의 퓰리처상을 받았다.

인 면"을 부여한다. 그 한 예로 엘만은 영화평론가 스탠리 카우 프만Stanley Kauffman의 말을 가져온다. "불쌍한 노년의 프랑수아즈 사강[110]…… 미국에서 그녀의 이력은 14세에 피어서 15세에 시들어 버리고 30세에 늙고 40세에는 쭈그렁바가지가 되었던 중세 시대 미녀들의 인생과 닮았다."

《여성에 관한 고찰》이 출간되고 1년 후, 내가 쓴 짤막한 희곡 세 편이 1969년에 오프 브로드웨이[111] 무대에 오를 때까지도 나는 엘만이 과장한다고 생각했다. 〈빌리지 보이스The Village Voice〉는 이 연극에 대해 대체로 호의적인 리뷰를 실으면서 "결혼에 필요한 것들을 하나하나 표로 정리하는 데에는 영리하고 요령 있지만, 식장을 따라 걸어가 식을 마치지는 못한 신부 같다"는 평을 실었다.[69]

그리고, 수전 손택[112]이 평론가로서 급부상한 것에 대해 노먼 포도리츠Norman Podhoretz는 다음과 같이 말했다.

110 프랑수아즈 사강Francoise Sagan(1935~2004). 19세 때 발표한 장편소설 《슬픔이여 안녕》이 세계적인 베스트셀러가 되어 문단에 큰 반향을 일으켰다. 프랑스 소설가 프랑수아 모리악은 사강을 두고 "유럽 문단의 매혹적인 작은 악마"라 평했고, "지나칠 정도로 재능을 타고난 소녀"라고 말했다.

111 뉴욕 외곽 지역의 소극장 거리. 오락성을 강조하는 상업적인 브로드웨이 연극과 달리 문학적·사회적 요소를 강조한 소규모 연극을 주로 공연한다. 그러나 이 역시 점차 상업화되어 브로드웨이의 등용문으로 전락하자, 이에 반발해 1960년대 중반 더 모험적인 공연을 하는 오프 오프브로드웨이 운동이 일어난다.

112 수전 손택Susan Sontag(1933~2004). 미국의 페미니스트 소설가, 에세이 작가, 문예 평론가, 활동가. 사진과 문화 미디어, 에이즈와 질병, 인권과 진보 이데올로기에 대한 에세이로 널리 알려져 있다. 공개적으로 베트남 전쟁과 이라크 전쟁 반대에 목소리를 높인 대표적인 미국의 지식인이다. 저서로 《사진에 대하여》, 《해석에 반대한다》, 《은유로서의 질병》 등이 있다.

매카시 양이 귀부인으로 승격되면서 (……) 미국 문화계
에 다크 레이디 자리가 하나 비었는데 (……) 다음 다크 레
이디 주자는 그녀처럼 영리하고, 박식하고, 예쁘고, 외설
성이 강한 소설을 잘 쓸 뿐만 아니라 가족형 비평에도 능
란해야 할 것이다. 그러나 (……) 1960년대까지는 브룩스
브라더스[113] 셔츠를 입은 남자와 잤다고 고백하는 것으로
는 충분치 않았고, 변태 혹은 난봉꾼 정도는 되어야 했다.
(……) 손택은 신기할 정도로 젊은 메리 매카시를 닮았고
똑같이 풍성한 검은 머리카락을 가졌다.

일레인 루벤Elaine Reuben은 "여성 비평가/지식인은 그녀의 외모,
머리카락, 그리고 얼마나 지저분한 말을 할 수 있는지의 능력에
따라 평가된다"면서 (엘만이 언급한) 이런 "성적" 강요에 대해 엘
리자베스 하드윅(그녀 역시 비평가다.)의 걱정스런 코멘트를 가져
온다.

가정교사 같은 진지하고 건조한 이미지에서 벗어나려면
상당한 개인적 매력과 낭만적 개성을 갖춰야 할 것이다.
(……) 마담 드 스탈에게는 자신의 빈틈없어 보이는 이미지

---

113   미국 상류층이 애용하는 패션 브랜드로, 미국의 여러 대통령이 브룩스 브라더스의 수트를 착
       용하면서 유명해졌다.

를 화장크림을 바르듯 덮어 버리기 위해 조금은 창피한 연
애사가 필요했다.

루벤은 덧붙인다. "하드윅이 규칙을 받아들였음을 누가 봐도
알 수 있다. 여자들은 외모만이 아니라 글쓰기에 있어서도 남자
들에게 매력적으로 보여야 한다"는 규칙 말이다.[70]

여자들은 침대 위에 있을 때 말고는—때로는 침대 위에서도
—우스꽝스럽고 혐오스럽다고 여겨지거나, 공적인 자리에서조
차 오로지 성적 기준으로 판단된다. 이러한 "남근적 비평"의 바
탕에는 아마도 대중화된 프로이트주의, 즉 이례성을 통한 행위
주체성 오염시키기가 깔려 있을 것이다. 대중화된 형태라고 해
서 남근적 비평에서 그렇게 동떨어져 있는 것도 아니다. 루소는
여성 지식인이 "항상 스스로를 남자로 만들려고 한다"고 주장했
다. 에바 피지스Eva Figes는 《가부장적 태도Patriarchal Attitudes》 집필을
위해 독일의 반페미니즘을 추적하는 과정에서 프로이트의 생식
기 이론에 관한 괴기스러운 풍자를 오토 바이닝거[114]의 글에서
만나게 된다.

지적인 여자들은 (……) 남자다움을 자기 안에 상당 부분

---

[114] 오토 바이닝거Otto Weininger(1880~1903). 오스트리아의 사상가. 유일한 책 《성(性)과 성격》을
발표한 뒤 23세에 자살했다. 이 책은 반유대주의, 여성혐오주의의 경향을 띠는 것으로 평가받
는다.

가지고 있다. 이것이 왜 조르주 상드가 필명으로 남자 이름을 사용하면서 바지를 입었는지 설명해 준다. "남자의 어떤 해부학적 특징"이 그 벨벳 바지 아래에 도사리고 있기 때문이다. 그는 조지 엘리엇의 남자다운 넓은 이마에 대해서도 언급한다.

다음은 프로이트가 직접 한 말이다.

> 페니스를 갖고 싶다는 바람은 성숙한 여성이 분석받게 하는 동기가 될 수 있다. 그녀가 분석에서 합리적으로 기대할 만한 것—예를 들면, 지적인 직업에 계속 종사할 수 있는 역량—은 대체로 억압되었던 이 열망이 승화되어 변형된 것으로 이해될 수 있다.

칼 아브라함Karl Abraham은 다음과 같이 말한다.

> 상당수의 여자들이 여성 역할에 신체적으로 온전하게 적응하지 못한다. (이런 여자들은 동성애자가 된다. 또한) 동성애 (……) 남자가 되고자 하는 억눌린 바람은 (……) 지적이고 전문적인 특징을 추구하는 남성성의 승화된 형태로 발견된다.

헬렌 도이치Helen Deutsch는 또 이렇게 말한다.

> 여자의 지성은 대개 소중한 여성적 자질을 상실하는 대가
> 를 치르고서 얻어진다. 그것은 정서적 삶을 뜯어먹고 산
> 다. (……) 지적인 여자는 남성화된다. 그녀는 자신의 온
> 기와 직감을 차갑고 비생산적인 생각에 자리를 내준다.
> (……) (조르주 상드는) 매우 문란한 삶을 살았고 많은 남자
> 들을 망쳤다. 71

그녀는 쓸 수 없었을 것이다(또는 그릴 수 없었을 것이다.), 그녀는 그걸
훔쳤다, 그녀는 사실 남자다, 여자를 능가하는 여자만 그렇게 쓸 수 있
었을 것이다. 혹은 그녀가 그걸 쓴 것은 맞지만 보라, 그것이 얼마나 그
녀를 상스럽게 만드는가, 얼마나 우스꽝스러운가, 얼마나 사랑스럽지 못
한가, 얼마나 비정상인가! 행위 주체를 향한 갖은 부정에 대해 여
성들이 보여 줄 수 있는 반응은 무엇일까? 한편에서는 열등감
을, 또 한편에서는 다양한 수준에서의 개인적 삶의 붕괴를 맞닥
뜨린 여자는 (엘리자베스 제인웨이Elizabeth Janeway가 말하듯) "사실 유
명한 화가가 된다는 건 상상할 수도 없었고 꿈꿀 수 있는 최상의
삶은 화가와 결혼하는 것뿐이었던" 그웬 라베라115처럼 반응할

---

115 그웬 라베라Gwen Raverat(1885~1957). 영국의 목판화가. 찰스 다윈의 증손녀이며, 프랑스 화가
인 자크 라베라Jacques Raverat와 결혼했다. 인상파와 후기 인상파의 영향을 받아 자신만의 화풍
을 발전시켰다. 회고록 《시대의 조각》이 1952년 출판되었다.

것이다.

> 렘브란트 부인으로 지내는 것에 (……) 만족해야 했지만 그
> 건 상상만으로도 끔찍했다. 그렇긴 해도 나 자신을 베윅 부
> 인이라 생각하는 것이 불가능할 정도로 터무니없어 보이지
> 는 않으니 (……) 그에게 소고기를 보기 좋게 구워 주고 옷
> 을 수선해 주고 아이들을 배려한다면 언젠가는 가끔씩이라
> 도 내가 그림을 그리거나 그를 위해 꼬리 장식이라도 새길
> 수 있게 해 줄 것이다. (……) 그림에 서명을 하지는 않을 것
> 이다.[72]

다른 한편에는 형식적으로나마 주류 집단에 받아들여지기를
바라면서 굴욕적으로 항복하는 이들이 있다. 마르야 마네스[116]는
1967년 한 광고에서 "찰스 잭슨[117]은 자기 자신보다 남자를 더
사랑한다는 것을 솔직하게 인정하는 여성 영웅을 만들어 낼 용
기가 있었다"고 말했다.[73]
마네스가 이보다 앞서 1963년에 출판한 글은 여성이 자신에게
주어진 상황에 저항할 때 필연적으로 처하게 되는 혼란과 타협

---

116 마르야 마네스Marya Mannes(1904~1990). 미국 작가, 평론가. 《보그》, 《글래머》 등에서 피처에
  디터로 일했으며, 주로 미국의 생활 방식에 대해 신랄하고 통찰력 있는 글을 썼다.

117 찰스 잭슨Charles Jackson(1903~1968). 미국의 작가. 대표작으로 《잃어버린 주말》이 있다.

을 보여 준다. 마네스는 〈창조적인 여자들의 문제Problems of Creative Women〉에서 말하고자 한 것은 "급진적으로 사고하는 것"이라고 선언하면서 모든 여성을 "정형화된 여성성"으로 밀어 넣는 "사회의 집요하고 한결같은 강제"에 저항하지만, (조심스럽게 언급한 것처럼) 정말 모든 여성에 대해 말하지는 않았다. 그녀는 "여자는 60~70퍼센트가 여성이고 30~40퍼센트가 남성이어도 여전히 생물학적으로 문제없이 기능한다"고 믿는 오토 바이닝거와 마찬가지로 "성별 이원론"을 받아들였다.

따라서 "평등이 문제는 아니다. (……) 문제는 소수자에 대한 인식이다". 그녀는 여성에게 주어진 불가능한 이중 노동에 저항하면서도, 이상화되고 사실이 아닌 과거를 들먹인다. "아무도 조지 엘리엇이 아름답길 기대하지 않았다. 아무도 잔 다르크의 머리 모양을 걱정하지 않았다. 에밀리 디킨슨은 아이가 없다는 이유로 멸시당하지 않았다." (사실 조지 엘리엇의 전기 작가는 엘리엇이 자신의 못생긴 외모에 대해 속상해했다고 묘사하고 있고, 잔 다르크를 재판까지 끈질기게 따라다닌 비난 중 하나는 남자 옷을 입었다는 것이었다. 아이가 없는 것에 관해서는 무어의 시에서부터 해리엇 마티노까지 얼마든지 찾을 수 있다.) 마네스는 자신의 "소수자성이 혁명의 선봉에 있다"고 믿었지만, "남자를 사랑하되 매몰되지는 않는, 아이를 사랑하되 전념하지 않는, 집안일을 즐기되 헌신하지 않는, 여성적일 수 있지만 그것에 집착하지는 않는"(확실히 온순한 혁명이다.) 이 여자들은 결혼을 미룰 수 있을 뿐이며, 그저 드물게 섬세한 행운의 남편감을 기다리면서 외로움을 견디다가 결국 일과 죄책감이라는 이중 부담을 지게 된다. "몇 안 되는 우리 독신녀들은 계속해서 이렇게 살아갈 수밖에 없을 것이다."[74]

나는 마네스의 글이 서글프지만, 어떤 이들은 반박하거나 분노를 드러낼 수도 있다. 틸리 올슨은 실비아 플라스가 대학원생들에게 쓴 편지를 지적한다. "(……) 작가로 살기 위해 여자는 여성성과 가족과 관련한 모든 것을 희생해야 합니다." 그리고 여기 토마스 만Thomas Mann의 딸인 엘리자베스 만 보르게세[118]는 이렇게 썼다.

> 불행한 사랑을 극복하는 데 도움을 받기 위해 정신분석가를 찾은 그녀는 (……) "여자는 위대한 음악가가 될 수 없다"는 속설에도 불구하고 위대한 음악가가 되겠다는 속내를 내비치고 말았다. "당신은 예술과 여성으로서의 역할 중 하나를 선택해야만 합니다." 분석가가 그녀에게 말한다. "음악과 가정생활 사이에서." "왜?" (……) "왜 선택해야만 하지? 토스카니니든 바흐든 혹은 내 아버지에게든 예술과 남자로서의 역할, 가정생활 중에서 하나를 선택해야

---

118 엘리자베스 만 보르게세Elizabeth Mann Borghese(1918~2002). 국제적으로 인정받는 해양법과 정책 및 환경 보호 전문가. "바다의 어머니"라고 불리는 그녀는 《마의 산》을 쓴 노벨문학상 수상 작가 토마스 만의 막내딸이다. 전 세계 고위 정치인 및 과학자, 경제학자 등으로 구성된 〈로마 클럽Club of Rome〉에서 오랫동안 유일한 여성 멤버로 있었다. 스위스 취리히 음악원에서 피아노와 첼로를 공부하여 1938년 고전음악 학사 학위를 받기도 했다.

만 한다고 말한 사람은 아무도 없었다. (……) 불평등은 어
디에나 있다."[75]

어떤 이들은 극도의 절망감으로 될 대로 되라는 식의 반응을
보인다. 19세기 초의 여성 미리암 헨더슨Miriam Henderson을 보라.

여자들이 쓴 모든 책이 결국 불태워질 것들이라면, 출판을
멈춰라. 하지만 세상에 존재하는 모든 책, 모든 문학은 유
베날리스[119]로 거슬러 올라갈 만큼 오랜 역사를 가지지 않
던가. (……) 교육이란 언제나 그 책의 역사와 만나는 것을
의미했다. (……) 어떻게 뉴넘Newnham과 거튼Girton[120]의 여자
들은 그걸 견딜 수 있었을까? 어떻게 계속해서 살고 웃고
말할 수가 있었을까? (……) 남자를 용서할 수가 없다. 여
자들에게 남은 유일한 길은 자살. 모든 여자들은 자살에 동
의해야 한다.[76]

그러나 몇몇은 살아남는다. 사실 "미리암 헨더슨"은 도로시
리처드슨[121]이 가공해 낸 인물이다. 리처드슨은 많은 걸 썼고

119 고대 로마의 풍자시인. 당시의 부패한 사회상에 대하여 격렬한 분노를 담은 풍자시를 주로 썼다.
120 케임브리지대학교 내의 여자 대학.
121 도로시 밀러 리처드슨Dorothy Miller Richardson(1873~1957). 영국의 작가, 저널리스트. 한 여성

1957년 84세까지 살았다. 그웬 라베라는 화가와 결혼했다. ─제인웨이는 말한다. 그러나 그녀 역시 화가가 되었다고. "젊고 참한 부인 역할에 대한 세간의 기대를 완전히 저버린 채 말이다. 그로 인해 그녀는 인격이 형성되는 시기에 관습에서 벗어나 이상한 소녀로 살았기 때문이라는 비난을 들어야 했다. (……) 무언가를 간절히 원한다면 그런 과정 정도는 겪어야 하는 것이다."77 실비아 플라스는 적어도 서른한 살에 자살할 때까지 글을 썼다.

어쨌거나 그들은 썼다. 그리고 그렸다. 그러니 다양한 형태로 행위 주체성을 부정하고 오염시키는 멍청한 말들은 (잠시) 무시하자. 남성이든 여성이든 대다수의 비평가들은, 저자가 여성이라는 이유로 작품이 나쁘다고 판결하지는 않을 것이고, 저자가 그 자체로 부적절하다거나 말도 안 된다거나 비정상이라는 식의 단정을 남발하며 행위 주체성을 오염시키는 방종에 빠져 있지는 않을 것이다.

그럼 다음엔 무엇일까?

의 17년간에 걸친 생활을 그린 연작 《성지순례Pilgrimage》가 대표작이다. 처음으로 내러티브에 의식의 흐름 기법을 사용한 모더니스트 작가로 일컬어진다.

5. 이중 기준으로 평가하기

Prohibitions

Bad Faith

Denial of Agency

Pollution of Agency

The Double Standard of Content

False Categorizing

Isolation

Anomalousness

Lack of Models

Responses

Aesthetics

delete this aspect of her work and emphasize her love poems, declared to be written to her husband

delete any of her work that depicts male inadequacy or independent female judgment of men

suppress it and declare her an unhappy spinster

invent an unhappy heterosexual affair for her to explain the poems

delete everything of that sort in her work and then declare her passionless, minor, and ladylike

forget it; she's cracked

그녀가 쓴 게 아니다라는 버전을 택하기에는 분별력이 있고 그녀
가 썼지만 쓰지 말았어야 했다는 (다소 비열한) 버전에 의존하기에는
점잖은 비평가들은 아름다운 요들송을 부르며 우아하게 얼음 위
를 미끄러지는 이 부적절한 모양의—혹은 부적절한 색깔의—글
로톨로그, 자신 앞에 늘어선 온갖 방해물들에도 불구하고 어떻
게든 끈질기게 예술 작품을 생산하고야 마는 이 글로톨로그들을
묵살할 또 다른 방법을 찾아낸다. 묵살하는 이유는 다양하다. 습
관, 게으름, 역사 혹은 이미 타락한 비평에 대한 의존, 무지(틀림
없이 가장 변명이 될 만한 것), 무지에 기댄 편안함을 포기하고 싶
지 않은 욕망(변명거리가 되기 훨씬 어려운 것), 자신의 자존감이
나 성에 관련된 이해관계가 걸려 있는 흐릿한 (혹은 그리 흐릿하
지 않은) 인식, 문제가 무엇이든 간에 그저 익숙하고 편안해서,
외부자를 한번 받아들이고 나면 경제적으로든 다른 이유로든 집
단을 유지시키는 보상 구조가 훼손될 것이기에 백인 남자들로만

채우려는 욕망. 포도리츠는 수전 손택이 비평가가 될 수 있었던 것은 "미국 문단의 다크 레이디 자리가 하나 비어 있던" 덕이었다고 분명히 말하지 않았던가. 일레인 루벤이 지적하듯이 말이다.

> 1인자 여성 아래 있는 여성에게는 (남성) 문화계에 오직 단 하나의 여성 역할만이 존재하는 것으로 보일 것이다. 파티 당 단 한 명에게만 할당되는 다크 레이디가 그것이다. 아니면 세대당 한 명이거나.[78]

(포도리츠에 따르면 직접 다크 레이디 자리를 "개척해 낸") 메리 매카시는 자신의 비평 이력이 어떻게 시작되었는지 이야기한다.

> 그 잡지는 마지못해 나를 받아들였다. (……) 왜냐하면 내가 회의록에 쓸 만한 "이름"을 가지고 있었고 나를 대신해 포고를 내릴 수 있는 "사내들" 중 한 명의 여자 친구였기 때문이다. (……) 내게 할당된 지면은 연극 비평이었는데 내가 배우와 결혼했었기 때문이었다. (……) 어떤 편집자들은 연극이 주의를 기울일 만큼 가치 있지 않다고 생각했다. (……) 바로 그 점이 내게 그 일을 맡기게 된 핵심 이유였다. 내가 실수를 한들 누가 신경이나 쓸까? (……) 아무도 내가 가진 비평가로서의 능력을 확신하지 않았다.[79]

자신이 전문가로서 첫 등장을 하게 된 상황에 대한 매카시의 설명은 최근 한 인터뷰에서 《킥킥Titter》의 편집자들 중 한 명이 했던 말과 닮았다. 그녀는 《내셔널 램푼National Lampoon》 스태프로 뽑혔는데 이유는 당시 그 잡지 남성 편집자들 중 한 명과 "사귀는 사이"였기 때문이었다.

여자든 다른 외부자든 (백인 남성 중심의) 집단에 들어맞지 않으면 입장하는 것이 더 험난하다. 나는 내 친구 하나가 소설 창작을 가르쳤던 서부의 한 작은 대학을 기억한다. 그녀는 공식적인 휴가를 얻어 떠날 채비를 막 마친 참이었다. (그녀 빼고 남자들뿐인) 글쓰기 프로그램에서는 1년 동안 그녀의 공백을 채울 남자 강사를 구했는데, 그 남자 강사의 고용 기간을 2년 더 연장해야 한다는 주장이 나왔다. 그래야 공정하다, 그에게 부양가족이 있다는 등의 이유에서였다. 이 주장에 반대한 사람은 위원회에서 유일한 여성으로, 계약 연장이 도리에 어긋나고 불법이라고 지적했다. 위원회는 일을 매듭짓기 위해 이미 그에게 계약 연장을 약속했다는 증거를 내놓았다.(그 남자의 계약은 연장되었다.)

물론, 초승달 모양 지느러미나 또 다른 모양의 지느러미를 가진 글로톨로그는 대개는 이보다는 윤리적인―그래서 더 혼란스러워하는―비평가들을 만난다. 내용에 대한 이중 기준은 아마 무기고에 있는 것 중에서도 가장 핵심적인 무기일 것이다. 어떤 면에서 무고한 남자들, 여자들, 그리고 백인과 유색인은 살면서 서로 다른 경험을 하게 되며, 경험의 차이는 그들 각각이 창조하는 예술 작품에 반영되기 마련이다. 나는 (성에 비해) 상대적으로 작은 영역인 생물학에 대해 말하려는 것이 아니다. 흔히 남자들이 궁금해하고 흥미로워하는 경험 말고, 사회적으로 강요된 차이에 대해 말하려는 것이다. 내용을 이중 기준에 따라 판단하는 요령은 어떤 경험 세트는 다른 경험 세트보다 가치 있고 중요하다는 꼬리표를 붙여 두는 것이다. 이로써 우리는 그녀가 쓰지 않았다와 그녀가 썼지만 쓰지 말아야 했다에 이어 세 번째의 명예 훼손 방법을 하나 더 갖게 되는데, 바로 그녀가 썼지만 뭘 썼는지 한번 봐라이다. 이 점에 관해 버지니아 울프가 분명하게 밝히고 있다.(그리고 경험에서 나오는 가치의 문제를 더하고 있다.)

> 여자의 가치는 (남자의) 가치와 매우 다르다. (……) 자연적으로 그렇다. 그런데도 남성적 가치만이 지배적이다. 노골적으로 말하자면, 축구와 스포츠는 "중요하다". 패션 숭배, 의류 구입은 "사소하다". 그리고 이러한 가치들은 결과적으로 삶에서 소설로 이동한다. 이것은 중요한 책이다. 비평가가 천명한다. 왜냐하면 전쟁을 다루기 때문이다. 이것은 사소한 책이다. 왜냐하면 응접실에 둘러앉은 여자들의 감정을 다루기 때문이다. 전쟁 장면은 쇼핑 장면보다 더 중요하다.[80]

그로부터 39년이 지난 후 메리 엘만은 다음과 같이 말한다.

여성 소설가에 대한 언급 중 가장 익숙하고 확고부동한 것
은 그들의 경험이 제한적이며 소설 속 인물들은 "침실과
응접실"(또 다른 표현으로는 "안방과 거실")을 절대 떠나지
않는다는 대목이다. 또한 이 방들을 "밀폐된" 곳들이라 표
현하는 것도 관례적이다. 여자들은 월스트리트나 펜타곤
같은 열린 공간을 다룰 능력이 없다.[81]

많은 페미니스트들은 여성들의 경험에 대한 자동적인 폄하와
이에 따른 태도, 가치 판단이 여성 자체에 대한 무의식적 편견과
남성다움은 "표준"이고 여성다움은 어쨌든 "일탈"이거나 "예외
적"인 것이라는 믿음에서 비롯된다고 주장한다. 필리스 체슬러
는 이렇게 말한다.

> (그 같은 믿음이) 남자들이 여성의 고통을 대표적인 인간
> 의―즉 남자의―고통으로 느끼지 않아도 되게 한다. 여성
> 적 괴로움은 (……) 남자에게 닥친 아픔보다 덜 적절하고,
> 덜 중요하며, 덜 위협적이다.[82]

이런 주장이 받아들여질 수 있을까? 그럴 수 있다. 내용에 대
한 이중 기준의 희생자가 된 이들 중 한 사람이 버지니아 울프이
다. 그녀는 《자기만의 방》에서 이렇게 썼다. "이 모든 훌륭한 소
설들, 《빌레트》, 《에마》, 《폭풍의 언덕》, 《미들 마치》는 삶의 경

힘이라곤 존경할 만한 목사의 집을 방문해 본 것밖에 없는 여성들에게서 나왔다."[83]

물론 사실이다. 울프는 거기서 더 나아가지는 않는다. 조지 엘리엇이 창조한 여성 영웅을 톨스토이(엘리엇은 나중에 톨스토이의 경험이 얼마나 폭넓었는지 언급한다.)는 묘사는커녕 생각해 낼 수조차 없었다고, 《빌레트》에 나오는 여학생들은 어떤 남성 소설가도 만들어 낼 수 없는 생생함을 갖고 있다고, 존경받을 만한 성직자의 가정에 묶여 있는 여성들은 자신들의 남자 형제들과 아버지보다 덜 알고 있는 게 아니라 다른 것을 알고 있고, 여자들이 남자들이 알고 있는 것을 모른다면 남자들 역시 여자들이 알고 있는 것을 모른다는 것 또한 진실이라는 것까지 말하지는 않는다. 더불어, 남자들이 모르는 것은 여자가 무엇인지까지 포함한다는 것도. 울프는 여기서 그녀 스스로 만든 오류의 희생자다. 빅토리아 시대 여자들의 경험이 같은 시대 남자들의 경험에 비해 "편협"하다면, 그와 꼭 같이 빅토리아 시대 남자들의 경험도 같은 시대 여자들의 경험에 비해 편협하다. 1935년에 데이비드 세실David Cecil 경은 메리 앤 에번스(조지 엘리엇)가 "여성이라는 취약함"에 굴복하여 "다른 모든 여자 작가들과 마찬가지로 영웅을 자신의 갈망을 비추는 이미지로 (……) 그리는 경향이 있다"고 말한다.[84] 그뿐인가. 남성 작가들에게 찬사를 보내는 데 급급했던 페미니스트 비평가들의 말을 인용하는 것만으로도 책 한 권은 될 것이다. 현대 비평가 주디스 페털리[122]는 이를 한마디로 요약해 이렇게 말한다. "자기 자신을 주제로 한 무의미한 시들의 양이 압도적이다."[85]

흔히 여자들의 경험은 남자들의 경험보다 덜 폭넓고, 덜 대표하고, 덜 중요하다고 여겨질 뿐 아니라 작품의 내용도 저자의 성이 무엇이냐에 따라 왜곡될 수 있다.

1847년, 알려지지 않은 소설 하나가 영국에 등장했다. 캐롤 오만은 당시 평론가들이 그 소설을 "힘 있고 독창적"이라고 봤다고 말한다. 그 소설의 "핵심 주제는 잔인함, 잔혹함, 폭력 (……) 극단적인 악의 재현"이라고 표현되었다. "(……) 평론가들은 여러 면에서 불쾌감과 우울과 충격과 고통과 비통함과 매스꺼움을 느꼈고, 역겨워했지만 (……) 이 소설이 전도유망하고, 가능성이 크며, 새로운 작가의 작품이라는 것을 (……) 인정하지 않을 수 없었다." 오만에 따르면, 《북아메리카 리뷰North American Review》의 퍼시 에드윈 위플Percy Edwin Whipple은 이 소설 속 주인공을 "짐승 같고, 악랄하고, 사실상 괴물스럽다"고 표현하면서 이 소설을 쓴 작가는 "불경스럽고 적의에 찬 방탕아"일 것이라고 추측했다. 《아메리카 리뷰》의 조지 워싱턴 펙George Washington Peck은 주인공의 말투가 "요크셔 농부나 어부 혹은 '술집이나 증기선 안에

122   주디스 페털리Judith Fetterley(1938~). 페미니즘 문학 비평가. 19세기와 20세기 여성 문학을 재평가하고 여성의 경험에 관한 여자들의 글쓰기에 영향을 끼쳤다.

마련된 바의 단골들'"이 주로 쓰는 언어라고 말했다. 그는 작가를 가리켜 여자를 이해하지 못하고 여자를 있는 그대로 보지 못하는 "난폭한 선원"이라고 표현했다. 1850년에 그 소설의 두 번째 판이 등장했고, 책의 저자가 누구인지 알려졌다. 쉼표 하나라도 바뀐 것이 없었지만 소설의 주제는 즉각적이고 불가사의한 변화를 겪었다. 잔혹한 사실주의는 《애서니엄Athenaeum》의 평론가에게 "저자와 일치하는 괴물"이 되었다. 그는 2,000자를 작품이 아닌 작가의 사생활에 할애했다. 저자가 누구인지를 3개월 전에 이미 눈치챘던 시드니 도벨Sydney Dobell은 《팔라디움Palladium》에서 이 소설을 러브스토리로 요약하고는 "저자의 젊음을 새장 창살에 날개를 부딪치며 파닥이는 작은 새에 비유"했다. 《북아메리카 리뷰》는 이 작품의 "기이함과 생소함은 '비뚤어진' 상상으로 가득한 저자의 삶에서 나온 것이며, 그 삶은 궁핍하고 고립되어 있다"고 보았다. 20세기 비평가들은 계속해서 이 소설이 순진한 저자가 자기도 모르게 쓴 것(마크 쇼러Mark Schorer)이라고 보거나 저자가 의도한 진짜 주제는 주인공의 "마술적인 성적 능력"이지만 후반부에 가서는 "여성화"되어 버리고 예술적 기교가 떨어져 불완전하게 통제된 작품(토마스 모저Thomas Moser)이라고 보았다. 이 소설가는 부지불식간에 글을 썼으며, 소설의 진짜 주제를 "의식하지도" 못했다. 오만은 장담한다. "나는 이런 식의 글들을 끝없이 나열할 수 있다. 데이비드 세실 경, 리처드 체이스Richard Chase, 엘리엇 고스Elliott Gose, 알버트 게랄드Albert Guerard, 제임스 하플리

James Hafley, 해리 레빈Harry Levin, 세실 데이 루이스C. Day Lewis, 웨이드 톰슨Wade Thompson, 심지어 아놀드 케틀Arnold Kettle까지. 여기서 끝이 아니다."

이 소설의 제목은 무엇일까?

바로 에밀리 브론테의 《폭풍의 언덕》이다. 캐롤 오만은 "독자가 짐작하거나 알고 있는 작가의 성별과 그들이 '그' 혹은 그녀의 작품에서 실제로 보거나 혹은 보지 못하는 것 사이에는 상당한 연관성이 있다"고 말한다. [86]

여자는 요크셔의 포악한 뱃사공과 같은 악마에 대해서 쓸 수 없다. 따라서 안 썼다. 그러니 그 소설은 틀림없이 연애 이야기이고 "자기모순 없는 괴물"이다. 《폭풍의 언덕》에 대한 이런 시각은 필연적으로 히스클리프의 가학성과 그 다음 세대(캐시 린튼Cathy Linton과 헤어튼 언쇼Hareton Earnshaw)의 이야기를 수치스럽게 받아들이게 한다. 멀 오베론Merle Oberon 과 젊고 잘생긴 로렌스 올리비에Laurence Olivier 주연의 1939년작 영화는 토마스 모저에 동의한다. 그들은 히스클리프로 분한 올리비에를 아름답게 비추고, 그의 잔인함을 삭제해 버리고, 소설 후반부를 과감하게 압축해 버렸다. 1978년 7월 24일자 주간 《TV 가이드》는 여기서 더 나아가 이 영화를 "에밀리 브론테의 뇌리에 박혀 있던 이야기로, 속물적인 처녀와 (……) 오만한 마부 총각 사이의 비극적 로맨스를 다룬 (……) 걸작"이라 평했다.

여성 작가를 향한 경멸의 방법으로 남성 작가를 찬양하는 일
은 사라지고 있다고 생각할 수도 있을 것이다. 과연 그럴까.
1975년에 유명 작가이자 (내 생각엔) 탁월한 SF 편집자인 로버트
실버버그Robert Silverberg는 다음과 같이 알려지지 않은 익명의 새로
운 작가의 작품을 소개했다.

> 내가 보기에 팁트리의 글에는 불가피하게 남성적인 무언
> 가가 있다. (……) 그의 작품은 헤밍웨이의 작품과 유사한
> 데—용기에 관한 질문, 절대 가치, 신체를 극한으로 몰아
> 감으로써 드러나는 삶과 죽음의 신비와 열정 등에 몰두한
> 다는 면에서 (……) 두 사람의 작품 모두 남성성이 넘쳐흐
> 른다. [87]

1977년, 제임스 팁트리 주니어[123]는 61세에 은퇴한 생물학자
앨리스 셸든의 필명임이 밝혀졌다. 그녀는 이 가명을 슈퍼마켓
에서 물건을 사다가 자신이 좋아하는 마멀레이드 병에 적혀 있
던 이름에서 따왔다.
1848년, 《북아메리카 리뷰》의 퍼시 에드윈 위플은 《제인 에

---

123 제임스 팁트리 주니어James Tiptree Jr.(1915~1987). 20세기 미국의 SF 작가. 본명은 앨리스 브
래들리 셸든Alice Bradley Sheldon이다. 《사랑은 운명, 운명은 죽음》, 《휴스턴, 휴스턴 들리는가》,
《체체파리의 비법》으로 네뷸러상을, 1974년 《접속된 소녀》, 1977년 《휴스턴, 휴스턴 들리는
가》로 두 번에 걸쳐 휴고상을 탔다. 2012년 SF 명예의 전당에 이름을 올렸다.

어》를 남매가 함께 썼다고 믿었고 "드레스에 대한 정교한 묘사"
나 "병실의 세부 특징들" 그리고 "감정에 관한 다채롭지만 얄팍
한 묘사들" 같은 "여성적 특징들"을 제외하고는 남자 쪽이 다 썼
다고 주장했다.[88] 1974년에는 수지 맥키 차나스[124]가 첫 출간된
자신의 소설을 페미니스트 서점들에 우편 발송했다. 그녀는 다
음과 같이 말했다.

> 그중 한 곳은 알고 보니 페미니스트 서점이 아니라 여러 급
> 진주의자들이 섞여 있는 서점이었는데 (……) 한 남자가 답
> 장을 보내 왔다. 그는 과학소설이 남자들의 게토라서 대부
> 분 쓰레기인 것이 아니다, 각 성별의 강점이 따로 있다. —
> 남자의 강점은 플롯을 짜는 데 있고, 여자의 강점은 인물
> 만들기에 있다고 주장했다.[89]

  소설에서 경험의 이중 기준은 모든 여성 예술가들, 그러니까
누구라도 쉽게 알아볼 수 있는 "여성적인" 예술(평가절하되어 있
다.)을 하는 이들과 그렇지 않은 예술(잘못 해석되고 있다.)을 하
는 이들 모두에게 상처를 입힌다. 두 경우 모두에서, 무엇이 사
실상 저자의 경험을—그리고 그녀의 작품을—구성하는가 하는

---

124 수지 맥키 차나스Suzy McKee Charnas(1939~). 미국의 SF 작가, 극작가. 1981년 《유니콘 태피
   스트리》로 네뷸러상을, 1990년 《붑스》로 휴고상을 수상했다.

진정성의 문제는 사라진다. 그리하여 영국의 시인이자 비평가 스티븐 스펜더Stephen Spender는 우리에게 윌프리드 오웬[125]의 "경고는 (……) 전장의 참호라는 특정 상황에서 나왔고" (반면) "실비아 플라스의 여성성은 그녀 안에 있던 히스테리가 밖으로 표출된 것일 뿐"이라고 말할 수 있게 된다.[90] 메리 엘만은 실비아 플라스가 충격요법shock treatment[126]을 받은 적이 한 번도 없다고 말했다. 그러나 치료를 받지 않은 선택조차도 "히스테리"의 결과로 여겨졌다.[91]

여성의 경험과 여성의 예술이 맺는 관계, 그리고 그 둘 모두를 향한 남자들의 무지에 대해 내가 무엇을 말하려 하는지는 내 개인적 일화가 보다 분명히 밝혀 줄 수 있을 것 같다. 몇 년 전 나는 글쓰기 분야 교수들로 구성된 한 위원회에서 일한 적이 있다. 우리가 맡은 일은 창작 분야의 석사 후보자들을 선정하는 것이었다. 2백 개의 원고를 읽는 지루하고 고된 일을 진행하던 중 몇 가지 흥미로운 사실이 드러났다.

— 우리가 뽑은 상위 50퍼센트 안에 드는 원고들은 모두 거의 동일했다.

---

125 윌프리드 오웬Wilfrid Owen(1898~1984). 전쟁을 직접 겪은 시인으로서 전쟁을 고발하는 작품을 많이 썼다. "시인이 할 수 있는 일은 경고하는 것뿐이다. 그것이 진정한 시인이 진실해야만 하는 이유이다"라는 말을 남겼다.

126 전기 충격을 이용한 정신질환 치료법으로 오늘날에는 이용되지 않는다.

― 남자들이 쓴 산문과 운문에서 내가 뽑은 상위 20퍼센트는 내 동료들이 뽑은 것과 거의 동일했다.

― 여자들이 쓴 산문과 운문에서 내가 뽑은 상위 20퍼센트는 내 동료들이 뽑은 것과 거의 정반대였다.

나는 특히 한 단편소설을 흥미롭고 고전적인 페미니즘 작품으로 보았는데, 이 소설은 여자 주인공이 자고 있는 남편 옆에 누워서 자신에게 프라이팬으로 남편의 머리를 내려칠 용기가 있으면 좋겠다는 생각을 하는 장면으로 끝난다. 결말 부분이 독특했다. 내 생각에 그 작품은 얼마 뒤 페미니스트 문학잡지에 실리지 않았을까 싶다. 남자 동료들은 그 이야기를 좋아하지 않았는데, 주인공이 왜 그렇게 화가 났는지를 이해하지 못했다. 내 설명(그 이야기를 페미니스트 인식론과 연결시켰다.)에 그중 한 동료가 예의 바르지만 당혹스러운 반응을 보였는데, 그는 그 소설을 특정한 결혼 관계 안에서 "소통의 실패"에 관한 이야기로 보았다.

당시 인상적으로 읽었던 또 다른 원고는 시였는데 지금까지 생생하다. 기억을 더듬어 구성해 보면 이렇다. 열다섯 살의 소녀는 그다지 좋아하지 않는, "그래서 애를 좀 써야 했던" 한 소년과의 데이트 후 (혼자) "내 엄마의 부엌으로" 돌아와 반짝이는 흰색 냉장고를 열어 보고는 놀라운 광경을 목격한다. ―냉장고 안이 놀랍게도(그러면서도 자연스럽게) 붉은 장미로 완전히 가득 차 있었던 것이다. 이 마지막 장면에 압축되어 있는 비범한 요소를 두 동료에게 이해시키려고 애쓰다가 나는 또 다시 무지와 대면하고 있음을 깨달았다. 그들이 뭘 알겠는가. 열다섯 살짜리 소녀들이 경험하는 복잡한 데이트 평가 방식에 대해, 여자들(엄마와 친구들)의 세계 밖으로 나와 완전히 다른 기준을 가진 세계, 설령 마음에 안 들더라도 "애를 써야"만 하는 세계로 진입하는 사춘기 시절의 쓰라림에 대해, 그래서 익숙한 여자들의 세계("그냥 부엌"이 아니라 "내 엄마의 부엌")로 돌아오는 것이 얼마나 큰 안심이 되는지에 대해 말이다. 혹은 "위생적"이고 "효율적"이기만 한 실험실 기기 같은 반짝이는 하얀 냉장고가 아니라, 집과 삶 모두의 중심이자 정서적 자궁으로서 기적적으로 피어난 풍요의 샘, 현실의 내 엄마에 대해 그들이 뭘 알겠는가. 어머니와 딸 사이의 유대가 기술 안에서, 슬프게도 남자와 맺는 관계가 즐겁기보다는 의무감으로 애써야 하는 세계의 한가운데에서 피어난 것이다. 그 시는 일종의 성변화聖變化[127]였다.

부엌, 데이트, 내 어머니에 대한 수많은 기억들! 나의 경험은 분명 그들의 경험이 아니었다. 어떻게 그럴 수 있겠는가? 여자들의 경험은 당시(그리고 여전히) 그들이 문학에서 그것을 인지할 수 없을 만큼 비가시적이었다. 그때 석사 과정에 입학한 여자들 중 내가 선택한 이는 하나도 없었다. 내가 선택한 여자들은 아무

---

127 가톨릭 성찬에서 빵과 포도주가 그리스도의 몸과 피로 변하는 일, 또는 그러한 믿음을 가리키는 말.

도 입장하지 못했다.

무지 자체가 자기기만은 아니다. 그러나 "나는 너무 피곤해. 그러니 그것에 대해 생각하고 싶지 않아"에서부터 "이건 나의 세계관을 침해하는 것이므로 더 생각하고 싶지 않아" 혹은 "이건 유일하고도 모든 것을 포함하는 나의 세계관을 건드리는 것이므로 생각할 필요조차 없어"까지 무지를 고집하는 것은 분명히 자기기만이다. 일부 남성 학자들과 작가들의 곤혹스러워 하는 반응은 솔직한 정도에 그치지만, 여자들의 경험에 대한 몇몇 반응은 정말이지 악랄하다.

1970년, 한 칵테일파티에서 만났던 젊은 교수는 내가 《제인 에어》를 가르치고 있다고 하자 "얼마나 형편없는 책입니까! 그건 그저 여자들의 성적 판타지 모음일 뿐입니다!"라며 마치 여자들의 성적 판타지는 말 그대로 문학이 발 담글 수 있는 가장 얇은 물이라는 양 말했다. 그는 적대적이었다. 옆에서 어쩔 줄 몰라 하던 학과장은 나를 돕는답시고 "나는 당신이 빅토리아 시대 주변부 문학에 관심이 있는 줄 몰랐네요"라고 말함으로써 한술 더 떴다. 생각이라는 게 거의 없었다. 두 사람 모두 자기기만적으로 행동했다.

여기, 남자가 자기기만을 벗어나면 어떤 행로를 밟게 되는지, 정확히 말해 어떻게 시작하게 되는지를 보여 주는 짧은 기록이 있다. 새뮤얼 딜레이니는 1961년에 자신의 신혼생활에 관한 글을 썼다.

갑자기 문이 벌컥 열렸고 마릴린[128]이 물이 뚝뚝 떨어지도록 젖은 채 들어와서 쇼핑 꾸러미를 철퍼덕 바닥에 놓았다. "여기." 나는 가까이에 있던 내 청바지를 집어 그녀에게 건넸다. (……) 부엌 바닥에 점점 커지고 있는 물웅덩이 한가운데에서 마릴린은 옷을 벗어 수건으로 몸을 닦은 뒤 내 바지를 입었고 (우리 둘 다 당시엔 28 사이즈를 입었다!) 지퍼를 채운 다음 (……) 주머니에 손을 넣었다.

"뭐 문제 있어?" 내가 물었다.

그녀는 난생 처음 보는 표정을 지었다.

"주머니……!" 그녀가 소리를 질렀다. "정말 커!"

그런 다음 그녀는 몇 주 전 자기가 샀던 여성용 청바지 주머니와 외투 주머니를 내게 보여 주었다. 그 주머니들은 담배 한 갑도 넣을 수 없을 만큼 작았다. (……) 그녀는 남자 옷에 있는 주머니가 실용적이라는 생각을 한 번도 해 본 적이 없었다. 나는 여자 옷에 있는 주머니는 기본적으로 장식용이라는 생각을 한 번도 해 본 적이 없었다. 우리는 이야기를 나눴다. (……) 얼마 지나지 않아 우리가 같은 고등학교를 다녔고, 4년 동안을 매일같이 봐 왔고, 친밀한 대화를 수천 번이나 나눴지만 (……) 두 개의 완전히 다른 문화 속

---

128 마릴린 해커Marilyn Hacker(1942~). 미국의 시인, 번역가, 비평가. 뉴욕 시티 컬리지 영어학과의 명예교수. 새뮤얼 딜레이니와 결혼해 18년간 가정을 이뤘고 1980년에 이혼했다.

에서 길러졌다는 것을 깨달았다.[92]

여성복에 여전히 기능적인 주머니가 없다는 사실은 엘렌 모어
즈가 말하는 여자들의 글쓰기에도 반영되어 있다.

> 여자 작가들은 여자의 몸을 가지고 있는데 이는 그들의 감
> 각과 상상력에 영향을 준다. 여자아이로 길러지면서 유년
> 에 각인된 문화적 경험은 그들에게 특정한 관점을 부여한
> 다. 그들은 가족 관계 그리고 연애 관계 안에서 역할을 할
> 당받고, 교육과 일자리 기회를 갖거나 못 갖고, 과거에는
> 절대적으로 지금은 부분적으로 여자를 남자와 선 긋는 재
> 산법과 정치 참여 관련법으로 규제받는다. (……) 위대한
> 작가들은 (……) 글을 쓸 때 여자로 존재한다는 사실을 바
> 탕으로 심오한 창의적 전략을 사용한다.[93]

여자들의 경험이 남자들의 경험보다 열등하다거나, 덜 중요하
다거나 또는 "편협하다"고 규정되면 여자들의 글쓰기는 자동적
으로 폄하된다.

만약 여자들의 경험이 보이지 않는다면, 그 효과 역시 같을 것
이다.

"그녀가 썼지만 뭘 썼는지 보라"는 그녀가 썼으나 무슨 말인지 알아
들을 수가 없다/구성이 엉망이다/얄팍하다/충동적이다/재미없다 등

이 되어 버린다. 이는 그녀가 썼으나 나는 이해할 수가 없다(이 경우는 독자가 그것을 이해하는 데 실패했다는 말)와 결코 동일하지 않은 진술이다. 그녀가 썼으나 무슨 말인지 알아들을 수가 없다 뒤에는 내가 이해하지 못하는 것은 애당초 존재하지 않는 것이다라는 전제가 깔려 있다. "자기 통제력을 완전히 상실한" 실비아 플라스의 "히스테리"처럼, 혹은 결혼 생활에서 "소통 실패"한 경우가 아니라면 결코 남편 머리를 프라이팬으로 내려치고 싶을 수가 없다고 평가받은, 우리 과 석사 과정에 입학하려 했던 그 여성의 사례처럼. 여자들의 경험이 사회적으로 가시화되지 않은 것은 "인간 소통의 실패"가 아니다. 그것은 여자들의 경험을 접하는 것이 가능해진 (또는 심지어 공개적으로 주장되어 온) 이후에도 집요하게 이어져 온 사회적 편견일 뿐이다.

(상황마다 그 정도는 조금씩 다르지만) 그것은 자기기만이다.

6. 잘못된 범주화

Prohibitions

Bad Faith

Denial of Agency

Pollution of Agency

The Double
Standard of Content

False Categorizing

Isolation

Anomalousness
Lack of Models

Responses

Aesthetics

delete
this aspect of her work and emphasize her love poems, declared to
be written to her husband

delete any of her work that
depicts male inadequacy or independent female judgment of men

suppress it
and declare her an unhappy spinster

invent an unhappy heterosexual affair for her to explain
the poems

delete
everything of that sort in her work and then declare her passionless,
minor, and ladylike

forget it; she's
cracked

내가 잘못된 범주화에 의한 부정이라고 하는 것의 배경에 자기기만이 있다. 잘못된 범주화는 "잘못된" 범주에 배치하여 "올바른" 범주에 들어가지 못하게 손쓰거나 범주 자체를 조정하는 것이다. "부적절한" 글로톨로그 대부분이 더 이상의 무엇도 하지 못하도록 "잘못된" 범주로 분류함으로써 작품이나 저자가 과소평가되게 하는 일종의 눈속임이다. 잘못된 범주화는 가정된 어떤 것을 분명히 보지 않고 그대로 믿어 버리게 만드는 것(마거릿 미드[129]가 꿈의 선행이라고 불렀던 것)에서부터 편견으로 인한 오판, 단순한 거짓말에 이르기까지 폭넓게 포함한다. 최악은 그것이 가진 의미를 퇴색시키기 위해 어떤 현상을 고의로 다르게 부르는 것이다. 미드를 예로 들어 보자.

---

129 마거릿 미드Margaret Mead(1901~1978). 20세기 미국의 문화인류학자, 작가, 방송인. 알려진 저서로 《사모아의 성년》이 있다.

"제2차 세계대전 중 유럽에 있던 미국인 병사들은 영국 빈민가를 보며 순진하게도 '미국인들은 아무도 저렇게 안 산다'고 말했다. (……) 물론 외국인이거나 불운하거나 타락했거나 야망이 없는 사람들이야 미국에서도 온갖 형태로 살지만, 적어도 미국인들은 초록색 덧문이 달린 새하얀 단독주택에서 산다는 완고하고 맹목적인 꿈이 선행한다."[94]

나쁜 의도를 가지고 다르게 호명하는 최악의 사례는 피터슨과 윌슨의 《여성 예술가들》에서 볼 수 있다. 특히, 여자 예술가들을 그 범주에서 빼 버리고 어머니, 아내, 딸 또는 남자 예술가의 연인 범주에 넣어 버리는 것까지 볼 수 있다.

"사비나 폰 스타인바흐[130]는 (……) 14세기 초, 스트라스부르 대성당의 남쪽 입구의 조각상 책임자였는데도 (……) 수석 목수였던 어윈Erwin이 죽자 관습에 따라 그 딸인 사비나에게 도급 계약이 넘겨졌다".(후대는 그녀를 한 사람의 목수가 아니라 아버지의 딸로서 평가한다.) 한편, 수잔 발라동[131]은 "예술사 텍스트에서 대개는 위트릴로[132]의 어머니로 언급된다."

---

130 사비나 폰 스타인바흐Sabina von Steinbach. 13세기 알자스 지방의 석조공. 스트라스부르의 노트르담을 지은 어윈 폰 스타인바흐의 딸로 알려져 있다.

131 수잔 발라동Suzanne Valadon(1865~1938). 프랑스의 화가이자 모델. 후기 인상주의, 상징주의 화풍에 속하는 화가이다. 프랑스 국립미술협회에 들어간 첫 번째 여성 회원이다. 몽마르트를 중심으로 활동했으며 르누아르나 로트렉 그림의 모델이 되기도 했다.

132 모리스 위트릴로Maurice Utrillo(1883~1955). 프랑스의 화가. 발라동의 사생아로 태어나 미구엘 위트릴로의 아들로 입적되어 위트릴로라는 성을 얻게 되었다. 어머니와 같은 화가가 되어 파리 교회나 몽마르트 거리 같은 골목 풍경을 주로 그렸다.

　　예술사에서 가장 웃기는 (그리고 가장 나쁜 표본이라 할) 잘못된 범주화 사례 중 하나는 파리에서 주로 활동하던 메리 카사트[133]가 미국으로 돌아왔을 때 쓰인 칼럼일 것이다.

　　"펜실베이니아 철도 대표인 카사트 씨의 누이인 메리 카사트가 유럽에서 어제 돌아왔다. 그녀는 유럽에서 미술을 공부하고 세상에서 가장 작은 페키니즈 종의 개를 데리고 왔다." 1976년, J. J. 윌슨은 강의 중에 카사트를 드가의 문하생으로 표현한 평론가를 언급한다. ─사실 카사트와 드가는 카사트의 전시회에서 잠깐 만난 적이 있을 뿐이다. 또한 마리 퀴리를 "남편 피에르의 실험실 조수"라고 칭했던 고등학교 교과서에 관한 출처불명의 (희망을 갖자.) 사례도 있다. 피터슨과 윌슨은 계속 이어 간다.

　　　유명한 남성 예술가들─이를테면, 디에고 리베라Diego Rivera, 자코포 로부스티Jacopo Robusti, 틴토레토Tintoretto, 장 오노레 프라고나르Jean Honore Fragonard, 피테르 브뢰헬Pieter Brueghel, 빈센트 반 고흐Vicent van Gogh, 알렉산더 콜더Alexander Calder, 막스 에른스트Max Ernst, 마르셀 뒤샹Marcel Duchamp 등 ─의 성을 살펴보면, 예술가였던 아내/연인/누이/어머니/딸에 대한 설명도 흔히 발견하게 된다. (각주에서) 이 이름

133　메리 카사트Mary Cassatt(1884~1926). 미국의 화가이자 판화 제작자. 미국 출신이지만 대부분의 작품 활동을 프랑스에서 펼쳤으며, 인상주의 화풍에 속하는 작품을 주로 그렸다.

들은 (……) 존 싱글턴 코플리John Singleton Copley에서 이브 탕기Yves Tanguy까지 나아갈 수 있으며—각 이름은 (예를 들면) 반 고흐의 어머니 안나 코르넬리아 카르벤투스Anna Cornelia Carbentus 같은 여성 예술가와 연결되어 있다. 프로이트주의 비평가 중 한 사람은 그녀가 자연을 사랑했고 글을 잘 썼으며 그림에도 소질을 보였다고 언급하기도 했다. (……) 반 고흐의 조카는 반 고흐가 그린 가장 첫 번째 그림이 사실 어머니의 그림을 모방한 것이라고 밝힌 바 있다. [95]

그녀가 그림을 그렸다고 말하면서도 프로이트주의자들은 빈센트가 "그의 어머니와 동일시"했다는 말을 기필코 집어넣는다.

미국의 사회학자 신시아 엡스타인Cynthia Fuchs Epstein은 음악 관련한 몇 가지 정보를 들려준다.

최근에 나는 구스타프 말러Gustav Mahler의 전기에서 (……) 그의 아내가 자주 그의 곡을 편곡하는 중요한 조력자였다는 사실을 알게 됐다. 알마 말러Alma Mahler는 결혼 전 작곡가였으나, 말러는 그녀가 작곡하는 것을 금지했다. 한편 멘델스존Mendelssohn이 작곡한 것으로 알려진 곡은 그의 누나가 쓴 것임이 명백했다. [134]

---

134 펠릭스 멘델스존의 누나인 파니 멘델스존Fanny Mendelssohn은 음악에 뛰어난 재능을 가지고 있

　　이로써 여자들은 비예술가로 취급될 뿐만 아니라 그들이 예술에 기여한 것들도 (누가 봐도 둘은 한 사람이라는 이론에 근거하여) 남자의 것으로 흡수되어 버리고 그의 작품으로 재범주화되어 버린다. 엡스타인은 다음과 같이 덧붙인다.

> 나는 아내를 향한 헌사에서 작품에 대한 아내의 지적 기여를 언급하면서도 전문가로서 이름을 나란히 올리지 않은 사례를 모으기 시작했다. 초창기의 예는 가브리엘 콜코[135]의 헌사다. (……) 그는 《미국의 부와 권력Wealth and Power in America》(1967)에 "내 아내 조이스Joyce에게 말로 다 표할 수 없는 빚을 졌다. 이 책은 모든 면에서 합동 작업의 결과이며 우리가 현재 집중하고 있는 비평 연구 시리즈의 첫 번째 결과물이다"라고 썼다. (……) 그 아내는 공저자나 보조 작가로 언급되지 않았다.[96]

　　(에릭 번Eric Berne의 《심리 게임Games People Play》의 첫 번째 판본에도

었으나. 집안의 반대로 음악가의 삶을 살지는 못했다. 그녀가 만든 몇 개의 작품들은 동생의 이름으로 출판되었다. 훗날 펠릭스 멘델스존은 "내 누나가 나보다 뛰어난 작곡가였다"라고 고백하기도 했다.

135　가브리엘 콜코Gabriel Morris Kolko(1932~2014), 미국의 역사학자. 미국의 자본주의와 정치사, 20세기 미국 외교 등을 주로 연구했다. 진보 시대와 냉전 기간 동안 정부와 대기업 간의 관계를 기록하여 명성을 쌓았다. 특히 베트남 전쟁에서의 전쟁 범죄에 대한 연구가 중요하게 언급된다.

유사한 헌사가 실려 있다. 미국에서 부와 권력과 관련한 심리 게임의 문학적 버전—혹은 작업이 완성된 데에 대한 최소한의 감사 인사—을 보고 싶다면 낸시 밀포드가 쓴 젤다 피츠제럴드 전기[136]를 참조하기 바란다.)

여자들의 작품은 빈번하게 완전히 흡수되어 버린다. 가장 단순한 재범주화는 존재하는 것을 존재하지 않는 것으로 범주화하는 것이기 때문이다. 이런 기술 가운데서 내가 찾은 가장 엽기적인 예는 (다행히) 문학 바깥에 있었다. 제이콥 브로노우스키Jacob Bronowski의 TV 시리즈 〈인간 등정의 발자취The Ascent of Man〉에는 히파티아[137], 마리 퀴리, 리제 마이트너[138], 어거스터 러브레이스 백작부인[139], 에미 뇌터[140] 등의 여성들이 공기 중으로 증발하고

---

136 낸시 밀포드Nancy Milford(1938~)는 미국의 전기 작가로, 《위대한 개츠비》로 잘 알려진 스콧 피츠제럴드의 부인인 젤다 피츠제럴드의 전기 《젤다: 전기Zelda: A Biography》를 통해 부인이 쓴 글을 남편이 가로챈 사례를 폭로했다.

137 히파티아Hypatia(355~415). 로마 제국에 속해 있던 고대 이집트 알렉산드리아에서 활동했던 철학자, 천문학자, 수학자. 여성의 철학을 이단으로 규정한 그리스도교 주교에 의해 알몸으로 벗겨진 채 참살을 당했다. 신플라톤주의를 대표하는 학자로서 디오판토스의 《산수론》에 주석을 단 것으로 유명하다.

138 리제 마이트너Lise Meitner(1878~1968). 유대계 오스트리아-스웨덴의 물리학자. 프로토악티늄이라는 원소를 최초로 발견했으며, 핵분열을 발견하는 데 결정적 역할을 했음에도 오토 한이 공동 연구자로 인정하지 않아 노벨상 수상자에서 제외되었다.

139 어거스터 러브레이스 백작부인Lady Augusta Lovelace(1815~1852). 19세기 영국의 수학자이자 작가, 역사상 최초의 프로그래머. 현대 컴퓨터 언어의 기초가 되는 개념을 개발했다.

140 에미 뇌터Emmy Noether(1882~1935). 독일의 여성 수학자. 추상 대수학에 지대한 공헌을 했으며, 특히 현대 이론 물리학의 기본적인 도구로 사용되는 '뇌터 정리'를 증명하여 1918년에 출판했다.

다음과 같은 그로테스크한 장면이 나온다.(수지 차나스가 언급한 대목)

> 첫 회를 마무리하는 인터뷰에서 그 인류학자인지 고고학
> 자인지는 (……) 선사시대에 여자들이 발명한 의미 있는 것
> 은 없었느냐는 질문을 받았다. (……) 그는 당연히 있었다
> 고 답하고는 딸기 따위의 채집한 것들을 그 자리에서 게걸
> 스럽게 먹어치우는 대신 집으로 가져가 집에 있는 다른 사
> 람들과 나누려 했던 생각이 바로 그것이라고 말했다. 짐작
> 건대 이렇게 다정한 배려를 행동에 옮길 생각을 발명해 낼
> 능력이 없었던 (남자) 사냥꾼들은 자신들이 사냥한 것을 그
> 자리에서 다 먹어치웠고, 그로 인해 여자들과 아이들은 굶
> 주림에 하나씩 죽어 갔고 마침내 오늘날 우리 중 누구도 살
> 아 있지 않게 된 것이다. (……) 세계에 대한 (브로노우스키
> 의) 관점 자체가 여자들을 싹 지워 버린 것으로 보인다. 그
> 런 사람이 무언가를 제대로 볼 수나 있을까?[97]

본다 매킨타이어는 이렇게 평한다.

> (……) 이 저명한 인류학자는 구석기 시대 "남자"에게 시간
> 개념과 숫자 개념이 있었다는 것을 증명하려고 몇 줄의 굵
> 힌 자국이 있는 오래된 뼛조각을 보여 주었다. "보이시죠?

이 뼈는 정확히 31개의 자국을 가지고 있고 이는 분명히 음력을 기록한 것입니다."

뭐라고? 31일이 음력이라고? (⋯⋯) 나는 그 뼈가 월경 주기를 기록한 것일 가능성이 훨씬 크다고 본다.[98]

모든 잘못된 범주화가 '존재하지 않는다 학파'만큼 노골적이지는 않다. 1978년 해롤드 클러먼Harold Clurman은 이디시Yiddish 극장에 대해 썼다. 그는 공연에 참가한 배우들을 이렇게 묘사했다.

> 쟁쟁한 스타들로 (⋯⋯) 위풍당당한 제이콥 아들러Jacob Adler, 여자들의 우상 보리스 토마셰프스키Boris Thomashefsky, 격정적인 데이비드 케슬러David Kessler가 있었다. 여자들 중에는 사라 아들러Sarah Adler, 베르타 칼리시Bertha Kalish, 베시 토마셰프스키Bessie Thomashefsky가 그 못지않게 눈에 띄었다.

클러먼은 여자들은 남자들과 비교하여 하나의 집단으로 뭉뚱그린 반면, 남자 배우들이 맡았던 역할들은 하나하나 언급한다. 보리스 토마셰프스키가 공연 중일 때 객석의 한 여성이 자신의 옷을 찢어 버리며 "나의 왕이여!"라며 울부짖었던 일화를 덧붙이면서 그는 이렇게 끝맺는다. "남자 배우들은 하나같이 성적 활력을 내뿜고 있었다."[99]

앞에서 언급한 사례들은 무작위로 뽑은 것이다. 문학 분야에서 이와 같은 잘못된 범주화를 체계적으로 수집하자면 너무 많은 시간과 품이 들 것이다. (울프가 말했듯) "단단한 금붙이" 중 하나는 우리 자신을 위한 보호용 빗장으로 써야 할 것이다. 주제 또한 온갖 종류로 왜곡되어 퍼질 것이다. 여기 문학적 재명명이 유독 남용되는 영역이 있는데, 바로 **지방주의**regionalism141와 **장르**라는 관념에서이다.

가령, 케이트 쇼팽142은 왜 (페미니스트들이 재발견할 때까지) 사실주의자나 섹슈얼리티 개척자가 아닌 지방주의 작가로만 여겨졌을까? 왜 셔우드 앤더슨143은 **지방주의 작가가 아닌데** 윌라 캐더144는 20년 전 한 대학에서 내게 **지방주의자**로 소개되었을까? (그 결과 나는 그녀의 작품을 읽지 않았다.) 신랄하게 말하자면, (서부의 몇몇 큰 주들을 무대로 삼았던) 캐더가 **지방주의자**라면, (남부의 한 작은 시골 마을을 작품 배경으로 삼았던) 포크너Faulkner는 왜 **지방주의자**

---

141 문학에서 지방색을 중요시하는 태도로. 작품의 배경이나 언어, 등장인물 등에서 지역 특색을 강조한다.

142 케이트 쇼팽Kate Chopin(1850~1904). 미국의 소설가. 페미니즘의 선구자로 불린다. 대표작으로는 단편소설 〈데지레의 아기〉, 〈한 시간의 이야기〉, 〈폭풍〉, 장편소설 《실수》 등이 있다.

143 셔우드 앤더슨Sherwood Anderson(1876~1941). 미국의 소설가. 오하이오주에서 마구(馬具)직공의 아들로 태어났다. 《와인즈버그, 오하이오》가 그로테스크 소설로 호평받으며, 헤밍웨이, 콜드웰 등에 영향을 끼쳤다.

144 윌라 캐더Willa Cather(1873~1947). 미국의 소설가. 《오, 개척자여!》로 이디스 워튼과 함께 위대한 작가로 인정받았으며, 네브래스카를 무대로 개척자의 삶을 다룬, 《종달새의 노래》, 《나의 안토니아》 등의 작품을 썼다. 1923년 제1차 세계대전을 다룬 《우리 중 하나》로 퓰리처상을 수상했다.

가 아닌가? 대체 **지방주의자**가 무엇인가? 만약 "지방주의"가 한 지역에 집중하는 것이라면, 뉴욕에 대해 엄청나게 많이 쓴 토마스 울프Thomas Wolfe도 지방주의자라고 해야 하지 않나?

지방주의자라는 꼬리표는 걸핏하면 여성 작가들에게 적용된다. 해당 작가가 특정 지역에 집중한다는 것뿐만 아니라 그로 인해 작품에 한계가 있고("폭넓은" 관심사를 다루지 않고) 관심사 역시 대부분 문학적이라기보다는 사회학적이거나 유사역사학적임을 은연중에 내비치면서. "지방주의자"를 이류 창작자, 되다 만 다큐멘터리 작가라고 취급하는 것이다.

장르 지정 또한 잘못된 범주화 기능을 할 수 있는데 특히 확실히 자리 잡은 장르들 사이에 지정될 때 그 작품은 어느 쪽에 배치되든 상관없거나 (그로 인해 그 장르의 불완전한 예로 꼽히고) 아니면 어느 쪽에도 속하지 않는다는 인상을 줄 수 있다.

1971년에 세 명의 백인 여성이 (그중 한 명이 내게 이 이야기를 들려주었다.) 서부의 한 작은 대학에 현대 소설 과정을 만들었다. 그들은 제임스 볼드윈과 조지 오웰George Orwell 사이에서 망설이다가 결국 전자를 빼고 후자를 포함시켰다. 볼드윈이 학생들과 같은 지역 출신인데다 짐작건대 그들에게 영국인인 오웰보다 훨씬 더 직접적으로 가깝게 다가갈 수 있었음에도.

(그들에 따르면) 볼드윈은 소설가가 아니었다. 두 사람의 작품 모두 픽션과 논픽션이 섞여 있음에도 이런 판단을 내렸다는 점이 특히 주목할 만했다. 그러나 볼드윈의 작품은 미국 내의 인종차

별주의와 동성애혐오를 거론하지 않고서는 가르칠 수가 없다. 반면, 오웰의 영국 제국주의에 대한 반감은 안전한 거리 두기가 가능하고 그의 작품들은 반공산주의적인 소설로 (부정확하게) 가르칠 수 있다. 두려움과 불편함에 맞서기보다 **오웰은 소설가다 / 볼드윈은 소설가가 아니다**라는 누가 봐도 "가치 중립적인" 발언을 하는 게 더 쉽지 않겠는가.

엘렌 모어즈는 메리 울스턴크래프트[145]가 "위대한 산문가들 중 한 명이며 (……) 38세를 넘어서까지 살 수 있었더라면 아마도 소설에서 커다란 기여를 했을 것이다!"라고 주장한다. 그녀는 울스턴크래프트의 《마리아: 혹은 여자의 잘못Maria: or, The Wrongs of Woman》[146]은 "여성의 열정에 관한 가장 강력한 글"이라고 덧붙인다. 그럼에도 모어즈는 울스턴크래프트가 뛰어난 산문가라는 것을 증명하기 위해 소설이 아니라 사적인 편지글을 인용한다.[100]

편지는 중요하지 않은가? 실재하는 사람이 쓴 진짜 편지 말이다. 많은 페미니스트가 여자들이 쓴 글의 상당 부분이 편지나 일기 형태로 존재한다고 본다. 아나이스 닌의 경우처럼 의식적으

---

145 메리 울스턴크래프트Mary Wollstonecraft(1759~1797). 18세기 영국의 작가, 철학자. 《프랑켄슈타인》으로 유명한 메리 셸리의 어머니이다. 1792년 여성이 자연적으로 남성보다 열등한 것이 아니라 교육의 기회가 없기 때문에 제 역량을 발휘하지 못한다는 내용의 《여성의 권리 옹호》를 발표했다.

146 메리 울스턴크래프트의 《마리아: 혹은 여자의 잘못》은 남편에게 감금된 한 여성의 이야기다. 여성을 사실상 남편의 소유물로 만든 영국 결혼제도를 비판하는 이 소설은 가장 급진적인 페미니즘 작품으로 평가받는다. 울스턴크래프트는 이 책에서 "여성의 잘못"이 아닌 사회 구조에 초점을 맞추고 18세기 영국의 가부장제를 신랄하게 비판한다. 또한 이 작품은 고딕소설의 양식을 차용하는데, 고딕 공포가 평범한 영국 여성에게 현실임을 보여 주기 위해서였다.

로 쓴 "문학" 형태(이런 이유로 그 글이 문단에 받아들여진 것 아닐까.)가 아니라 피프스[147]의 경우처럼 진짜 사적인 형태로 말이다. 일기는?

잘못된 범주화로 발명된 것들 중 독보적으로 치명적인 것이 하나 있다. 예술 작품 X를 "진지한 예술" 범주에서 "진지하지 않은" 범주로 옮기는 것이다. 최근 TV에서 방영한 스콧 조플린[148]에 관한 다큐멘터리에는 똑같이 인기가 많았던 (그러나 백인이었던) 존 필립 수자John Philip Sousa와 대조적으로 한 번도 작곡가로서 "진지하게" 또는 공식적으로 받아들여진 적이 없었다는 점에 대해 그가 느꼈던 씁쓸함이 부각되었다. (또 다른 백인이었던) 조지 거슈윈George Gershwin은 그의 짧은 생애 동안 "재즈"와 "클래식" 사이의 간극을 메운 공을 인정받았다. 조플린은 사후 50년이 넘어서야(거슈윈 사후 10년) 공식적인 인정을 얻었다. 조플린의 경우 "진지하지 않음"이라는 범주가 "깜둥이 음악"[101](다큐멘터리에서 오직 단 한 명만이 거리낌 없이 말할 수 있었던 단어)이라는 또 다른 범주를 숨기고 있다는 인상을 지울 수 없다.

내 동료 하나는 자신이 근무하는 대학에 당대의 레즈비언 작

---

147 새뮤얼 피프스Samuel Pepys(1633~1703). 영국 해군 행정관, 정치인. 1660년에서 1669년까지 약 10년 동안 쓴 일기가 남아 있다.

148 스콧 조플린Scott Joplin(1868~1917). 미국의 흑인 남성 작곡가이자 피아니스트. 재즈의 전신인 래그타임 곡으로 유명세를 얻어 '래그타임의 왕'으로 불린다.

가 제인 룰[149]의 소설을 구입할 것을 제안했다. 대학의 반응은 이랬다. "우리는 캐나디안 소설가들의 작품을 너무 많이 보유하고 싶지는 않습니다"였다 (여기서 모욕당한 범주는 무엇일까? 참 수수께끼다.)

《영어 시인들Poets of the English Language》(우리 대학의 영시 교재)을 편집한 W. H. 오든W. H. Auden 과 노먼 홈즈 피어슨Norman Holmes Pearson은 다음과 같이 말한다.

> 어떤 것이 걸작인지 또는 어떤 것이 대표작이고 부수적인 작품인지에 대한 주요 의견은 항상 대체로 같다. (……) 반면에 (……) 이류에 속하는 작가들의 상대적 위치는 항상 아주 약간씩 달라진다. **102**

슬프게도, 애프러 벤[150]과 마거릿 캐번디시는 이류에조차 속하지 못했다. 그들은 《영어 시인들》에 존재하지도 않는다. 애프러 벤은 남자들의 편견 때문에(오든과 피어슨은 조루에 대해 쓴 여자들을 받아들일 수 없었을 것이다.) 탈락되었다손 치더라도 캐번디

---

149 제인 룰Jane Rule(1931~2007), 캐나다의 레즈비언 작가, 소설가. 성소수자 인권 운동이 불법이었던 1964년에 첫 소설 《사막의 중심부》를 출판하며 유명세를 얻었다.

150 애프러 벤Aphra Behn(1640~1689), 영국 왕정복고기의 극작가이자 시인, 번역가, 소설가. 글쓰기를 통해 생계를 꾸렸던 최초의 영국 여성 작가들 중 한 명이다. 1688년 출판한 산문소설 《오루노코》를 비롯하여 수많은 시와 소설, 《방랑자》를 포함한 18편의 희곡을 썼다.

시에 대해서는 버지니아 울프조차 고개를 저었다.

> 외로움과 격동에 대한 대단한 관점이다. (……) 마치 거대
> 한 오이들이 정원에 있는 장미와 카네이션을 모조리 뒤덮
> 어 질식시켜 버리는 것만 같다. (……) (그녀는) 말도 안 되
> 는 것을 휘갈겨 적고 모호하고 우매한 구렁텅이로 더 깊이
> 자신을 몰아넣느라 시간을 허비했다. [103]

그러나 아마 지금에 와서 볼 때 공작부인 캐번디시가 했던 유
일한 어리석은 행동은 장르들의 중간 지대에서 글을 썼다는 일
일 것이다. (그녀와 동시대를 산 작가들은 많이들 그랬다. 자연철학
natural philosophy[151]에 관한 그녀의 글에 빈번히 등장하는 대화나 로맨스
장면은 그때도 흔히 사용되었던 형식이다.) 돌로레스 팔로모는 근
대 화학의 아버지라는 얀 밥티스타 반 헬몬트John Baptista Van Helmont
가 명백히 더 나쁜 산문체의 소유자였다고 말했다. [104] 캐번디시
가 형편없거나 혹은 그저 그런 과학자였을 수도 있다. 하지만 그
것은 과학역사가들이 판단할 사안이지 문학 비평가가 할 일은
아니다. 캐번디시에 대한 울프의 평가는 그녀가 썼어야 했던 것
에 대한 월권이며, 장르에 대한 인식의 남용이다.

---

151 지금의 과학, 특히 물리학을 뜻한다. 캐번디시의 작품에는 철학과 과학을 넘나드는 논쟁 장면
이 자주 등장한다. 특히 《불타는 세계》는 소설이 하나의 장르로 갖춰지기도 전에 나온 작품으
로, 최초의 SF로 평가받는다.

그렇다면 여자들이 자주 쓰는 아동물, "고딕물", SF, 탐정소설 같은 비주류 문학의 상황은 어떨까? 페미니스트들은《화려한 밤 Gaudy Night》을 발견하기 전에도 도로시 세이어즈[152]가 "진지한" 20세기 소설가라고 생각했을까? 나는 많은 이들이 그러지 않았다는 것을 안다.(나도 그중 한 사람이니까.)

젊은 학생들일수록 더 심각한 잘못된 범주화를 접하게 될 수 있다. (내가 일하던 대학에서 교재로 쓰라고 받았던)《영어 시인들》은 엘리자베스 배럿 브라우닝과 애프러 벤을 누락시켰지만(반면 하틀리 콜리지Hartley Coleridge는 포함시켰다.) 적어도 앤 브래드스트리트, 윈칠시 백작부인, 에밀리 브론테, 크리스티나 로세티, 그리고 에밀리 디킨슨을 "시인" 범주에(100명 중 5명) 포함시켰다. 고등학교 때 나는 "영어 우수상"으로 루이스 운터마이어Louis Untermeyer의 대중서《위대한 시의 보고Treasury of Great Poems》[105]를 받았는데, 거기에는 6명의 여성 시인이 포함되어 있었다.(《영어 시인들》이 다루지 않았던 시기인 20세기에 활동한 58명의 시인들 중에서 10명의 여성 시인을 포함하지 않는다면.) 그 책은 잘못된 범주화의 광맥이다. 시인 애프러 벤은 창녀 애프러 벤, 마타 하리[153]("적

---

152 도로시 세이어즈Dorothy Sayers(1893~1957). 영국의 추리소설 작가, 극작가이자 시인. 목사의 딸로 엄격한 교육을 받으며 성장했지만 보헤미안적 삶에 경도되기도 했다. 제1차 세계대전과 제2차 세계대전 사이를 배경으로 한 탐정소설 〈피터 윔지 경 시리즈〉와 "여성의 삶을 바꾼 책"으로 평가받는《화려한 밤》등으로 대중적 인기와 문학적 명성을 얻었다.

153 본명은 마그레타 G. 젤러Margaretha Geertruida Zelle. 마타 하리는 '새벽의 눈동자'라는 뜻이다. 네덜란드 출신의 무용수로 '팜므 파탈'의 아이콘으로 소비되었다. 제1차 세계대전 중 스파이 혐의

은 그녀에게 무릎을 꿇는다. 그녀는 힘들이지 않고 비밀 정보를 빼낸다.")는 저속하고 "이국적인" "추문의 중심"이 된다.

윈칠시 백작부인 앤 핀치는 시인에서 "우아한 도자기 조각"으로 변신한다. "(그녀는) 독자를 격정적으로 흔들지는 못해도, 적절한 비유들로 (……) 매혹시킬 수는 있다." 운터마이어는 그녀가 썼던 페미니스트적 문장들은—그리고 우울한 문장들 역시—삭제해 버린 뒤 "그녀의 문장에서는 (……) 뜨거움이라고는 찾아보기 어렵다"는 생각을 우리 머릿속에 심어 놓았다.

시인 엘리자베스 배럿 브라우닝은 아내 엘리자베스가 된다. "로버트 브라우닝Robert Browning이 그녀의 삶에 들이닥쳤을 때" 그리고 "(브라우닝의 사랑이) 특히 《포르투갈어에서 옮긴 소네트 Sonnets from the Portuguese》154(그가 출간한 그녀의 유일한 시 선집)로 인해 무수한 찬사를 받았을 때"였다. "그 제목은 그녀의 남편이 그녀를 장난스럽게 부를 때 쓰던 '내 꼬마 포르투갈인'에 대한 은밀한 대답이었다."

운터마이어는 흥미롭게도 시인 에밀리 브론테에 대해 거의 언급하지 않는다. 아마 그 음침한 성격이 그를 미치게 했을 것이다. 그는 이런 말로 시작한다. "브론테 자매를 따로 떼 놓는 것은

___

로 처형되었으나 많은 학자들은 마타 하리가 당시 프랑스의 정치적 희생양이 되었다고 믿는다.

154 〈포르투갈어에서 옮긴 소네트〉는 엘리자베스 배럿이 로버트 브라우닝을 만난 이후 쓴 사랑시로 로버트의 권유로 동명의 시 선집에 포함되었고 시인으로서의 그녀의 지위는 더 확고해졌다. "포르투갈어Portuguese"는 그녀의 남편이 그녀를 부르던 애칭이기도 했다.

어려운 일이다." 그러고는 (부정확한) 진술을 이어 나간다. "샬럿 브론테는 마흔 살에 출산 후유증으로 죽었"으며(전기 작가에 따르면 샬럿 브론테는 38세에 사망 당시 임신 초기였다.)[106], 브론테 자매는 "긍정적인 느낌을 주는 남성적인" 이름을 택했다고.(샬럿은 《폭풍의 언덕》 두 번째 판본 서문에서 그 이름들이 긍정적인 느낌을 주지 않는다고 썼다.), 그리고 "브론테 남매가 곤달을 만들었다"고.(곤달은 앤과 에밀리의 창작이다. 샬럿과 브란웰은 앵그리아를 만들었다.)[155] 그는 에밀리가 다른 문학하는 여자들보다 "창조적 열정"이 강렬했다면서, 《폭풍의 언덕》은 **여자**가 성취한 가장 위대한 소설이라고 치켜세우고는 "에밀리 브론테는 꿈의 세계를 창조했고 그것을 현실보다 더 현실적으로 만들었다"고 덧붙였다. (또 다시 "자기모순 없는 괴물"!)

시인 크리스티나 로세티는 노처녀 크리스티나가 된다. 불행히도 그녀는 "결혼을 거부하고 (……) 은둔자가 되었다". 그녀가 "지은 시구와 소네트는 길이 살아남을 **몇 안 되는 여자들**이 쓴 것 중 하나"이지만 그럼에도 그녀의 작품은 "범위가 제한적이고 (……) 형식상 탄탄하지 못하며 (……) 분석이 불가능하다".

시인 에밀리 디킨슨은 "4차원" 에밀리 디킨슨이 된다. "거대한 고통 뒤에", "나는 내 머릿속에서 장례식을 하는 기분이 들었

---

155 '곤달Gondal'은 샬럿이 교사로 부임해 집을 떠나자 에밀리와 앤이 만든 가상의 섬이고, '앵그리아Angria'는 브란웰이 아버지에게 선물 받은 병정 인형 세트에서 영감을 받아 샬럿과 브란웰이 만든 가상의 나라이다.

다", "그녀의 차갑고도 감미로운 이별의 얼굴" 등과 같은 시구를 삭제하면서 만들어 낸 운터마이어의 솜씨다.(이것은 그의 잘못만은 아닐지도. 운터마이어의 시 선집은 디킨슨의 작품이 모두 공개되기 전에 나왔으니까.) 디킨슨은 크리스티나 로세티처럼 "드물게 과묵한" 은둔자였지만, 목사인 찰스 워즈워스와 사랑에 빠졌고 그에게 "여자가 쓴 것 중에서는 (……) 그중 나은" 사랑의 시를 써 보내기도 했다.

운터마이어는 다섯 명의 시인을 익숙한 성차별주의적 고정관념을 발휘해 다른 범주로 대체했다. 창녀 애프러, 아내 엘리자베스, 숙녀 앤, 노처녀 크리스티나, 그리고 4차원 에밀리 디킨슨으로 말이다.(사실 에밀리는 슬픈 독신녀에 가까웠지만.) 오직 에밀리 브론테만이 재범주화를 피했다. 대신 그녀의 작품엔 "꿈속 세계"와 "여자가 쓴 것"이라는 단서가 붙었다. 심지어 그녀는 그녀의 작품 상당수가 자매들의 삶과 죽음에서 "떼 놓기 어렵다"는 이유로 개별성마저 박탈당했다. 이로써 "시인"이라는 범주에 관한 질문, 그러니까 이 작가들이 어떻게 썼는지 묻는 건 헛된 일이 되어 버린다. 대신 우리는 창녀는 문란하고, 숙녀는 세심하며, 아내는 헌신적이고(운터마이어는 〈국가를 향한 저주〉가 로버트 브라우닝에게 보내는 사랑시라고 생각했을까?), 노처녀는 슬프고, 4차원 여자는 변덕스럽다는 것만 주목하게 된다.(물론, 남성 작가들을 작가가 아닌 다른 범주에 놓는 잘못된 범주화도 일어난다. 예를 들어, 딜런 토마스[156]는 자기 파괴적인 몽상가로, 노먼 메일러[157]는 터프남으로, 로버트 프로스트[158]는 현자로. 이런 페르소나는 오히려 그들을 돋보이게 하고 그들에게 행동의 자유를 준다. 어떤 남성 작가가 비평가들에 의해 슬프다거나, 은둔자라거나, 소심한 노총각이라거나(결혼을 안 했다는 이유로) 또는 헌신적이고 고분고분한 남편(본보기로 여겨지는)으로 변모하는가? T. S. 엘리엇이 시인 대신 은행원이 되지는 않았다.[159] 남성 작가의 페르소나는 **시인으로서의** 권위에 보탬이 된다. 여성 작가의 페르소나는 외설적이거나(창녀) 순종적이거나(아내, 노처녀, 숙녀) 둘 중 하나로서 그 자체로 작가 범주를 대체해 버린다. 남성 작가의 페르소나는 바깥 세계의 활동을 향하는 반면 (자극적이면서 처벌받아 마땅한 창녀와 같은 예외와 함께) 여성 작가의 페르소나는 그렇지 않다는 것은 주지할 만하다. 성적으로 해방된 여자(에리카 종)는 내게는 남성 판타지가 만든 창조물인 만큼이나 창녀의 현대적 버전으로 여겨진다.

---

156   딜런 토마스Dylan Thomas(1914~1953). 영국의 시인. 음주와 기행 그리고 충격적인 이미지의 작품으로 유명했다.

157   노먼 메일러Norman Mailer(1923~2007). 미국의 소설가, 언론인, 극작가, 영화감독. 1948년 전쟁 체험을 바탕으로 한 장편소설 《나자(裸者)와 사자(死者)》가 우수한 전쟁문학의 하나로 인정받아 세계적 명성을 얻게 되었다. '창작 논픽션'의 창시자로 알려졌으며, 퓰리처상을 두 번 수상했다.

158   로버트 프로스트Robert Frost(1874~1963). 20세기 미국 문학을 대표하는 시인. 단순하고 보편적인 소재를 깊은 생각과 결합하여 대중이 즐길 수 있는 시를 쓴 것으로 유명하다. 네 번에 걸쳐 퓰리처상을 받았다.

159   T. S. 엘리엇은 영국에서 은행원으로 근무하던 시절 미국의 시인 에즈라 파운드의 후원으로 시단에 데뷔했다. 미국에서 태어났으나 후에 영국에 귀화했으며, 대표작 〈황무지〉로 1948년에 노벨문학상을 받았다.

미친 여자(앤 섹스턴)는 불행한 노처녀의 현대적 버전으로 거의 발전이 없다. 당연히 나는 여기서 문제가 된 작가들의 페르소나를 말하는 것이지 작가들 자체에 대해 말하는 것이 아니다.)

내가 운터마이어에게서 참을 수 없는 것은 여자들에 관한 언급만이 아니다. 〈네 개의 흑인 영가Four Negro Spirituals〉 서문엔 다음과 같이 적혀 있다.

> 맹렬하게 리드미컬한 성가와 잔잔한 기독교 찬송가의 혼합 (……) 그것들은 다양한 문학적 가치가 있다. 그러나 그중 최고는 (……) 절절한 호소력과 탄탄한 시적 특성, 천진난만한 응답가로 표현된다.

"호메로스 이후 가장 위대한 시인들"에 대해서는 이쯤에서 끝내자! (말할 필요도 없이, 운터마이어는 많은 흑인 영가들이 노예 소유주들의 의심을 사지 않을 의미들을 함축하고 있다는 사실은 모조리 누락시켰다.) 20세기에 운터마이어를 따른다면 샬럿 뮤[160]와 사라 티즈데일[161]은 신경쇠약에 걸린 불행한 노처녀들이고, 에이미

---

160 샬럿 뮤Charlotte Mew(1869~1928). 영국의 시인. 아버지가 사망하고 여동생 앤과 함께 평생 결혼하지 않기로 약속한다. 코르셋을 벗고 짧은 머리에 남장 시인으로 살았으며, 남성 화자를 내세운 시가 많다. 1916년에 발표한 시집 《농부의 신부》로 주목받았다.

161 사라 티즈데일Sara Teasdale(1884~1933). 미국의 서정시인. 1918년 시집 《사랑 노래들》로 퓰리처상을 수상했다.

로웰[162]은 괴짜이자 이제는 "낡아 빠진 찻주전자 속 (……) 태풍"이 돼 버린 이미지즘을 옹호하는 "사나운" 논객이다. 그는 그녀의 시가 "고지식하며" "형식"만 찍어 낸다고 덧붙인다. 운터마이어는 신랄한 페미니스트로서 안나 위컴[163]을 인용하면서("사랑받으려면, 그리고 여자다움이 주는 특권을 누리려면 계속 침묵해야만 한다.") 아마도 그녀가 성에 대해 썼다는 이유로 "덜 떨어진 D. H. 로렌스"라고 표현한다. 힐다 둘리틀[164] H. D.에 대해서는 "거의 고전 세계에 대해서만 썼다"고 단정 짓는가 하면, 하트 크레인[165]은 "성적 이상異常"이라고(분명한 설명도 없이) 언급한다. 반면, W. H. 오든은 "세심한 연인"으로 언급된다. 레오니 애덤스[166], 에드나 밀레

---

162 에이미 로웰Amy Lowell(1874~1925). 미국의 이미지즘 학파 시인. 제1차 세계대전 중 에즈라 파운드와 함께 이미지스트 선집을 간행했다. 오랫동안 영국, 미국의 문학계를 지배했던 낭만주의에서 벗어나 모더니즘 시대로의 이행을 고민하는 이미지즘 운동의 선두에서 활동했다. 브로드웨이의 배우인 에이다 드와이어 러셀과 죽을 때까지 연인으로 지내며 그에게 바치는 여러 사랑시를 썼다.

163 안나 위컴Anna Wickham(1883~1947). 영국 출신의 호주 페미니스트 시인. 이디스 앨리스 메리 하퍼Edith Alice Mary Harper의 가명이다. 20세기 초 호주와 영국, 프랑스를 오가며 모더니즘 운동을 이끌었다. 1911년 첫 시집 《존 올란드의 노래》를 출판한 뒤 동시대 모더니스트들과의 활발한 교류를 통해 작품 세계를 발전시켜 나갔다.

164 힐다 둘리틀Hilda Doolittle(1886~1961). 미국의 페미니스트 시인, 소설가. H.D.라는 이름으로 알려져 있다. 20세기 초 이미지즘 운동에서 중요한 역할을 담당했으며, 양성애자로 알려져 있다. 고대 그리스 문학에 깊은 관심을 가졌고, 그리스 신화와 고전 시인들로부터 영감을 받은 작품을 많이 썼다. 《바다 정원》, 《이집트의 헬렌》 등의 시집이 있다.

165 하트 크레인Hart Crane(1899~1932). 미국의 남성 시인. 난해하고 고도로 계산된 스타일의 하이 모더니즘High Modernism을 대표한다. 동성애자로 알려져 있다.

166 레오니 애덤스Leonie Adams(1899~1988). 20세기 미국의 시인. 배우이자 극작가로도 활동했다. 1948년 미국의 일곱 번째 국민 시인으로 임명되었다. 거트루드 스타인, 힐다 둘리틀 등 많은 여성 모더니스트 시인들과 교류했다.

이[167], 마르야 자투렌스카[168], 엘리노어 와일리[169], 그리고 이디스 시트웰[170]은 시인으로 언급된다.

운터마이어주의, 그러니까 여성 작가들을 성차별주의적 고정 관념에 따라 페미니스트는 반페미니스트로, 레즈비언 시인은 까다로운 사람으로, 철학자(H. D. 같은)는 뭐가 뭔지 모르는 사람으로, 흑인 노예는 천진한 어린아이로 재범주화하는 일은 이제 끝났을지도. 확실히 운터마이어만큼 노골적인 비평가는 이제 몇 되지 않는다. 그러나 시인이자 전미도서상 수상자인 마릴린 해커와 나눈 서신에서 발췌한 것이 있다. 운터마이어가 선집을 낸 지 35년이 지난 뒤인 1977년, 해커는 이렇게 썼다.

우리는 H. D.를 소개하는 기획을 하고 있다. (……) (시인 마리에 폰소[171]는) 1920년 12월에 브라이어[172]가 쓴 세 개

167　에드나 밀레이Edna St. Vincent Millay(1892~1950). 미국의 페미니스트 시인이자 극작가. 《재생 기타》, 《두 번째 4월》을 발표했고, 《하프 제작자》로 퓰리처상을 받았다.

168　마르야 자투렌스카Marya Zaturenska(1902~1982). 미국의 시인. 우크라이나 키예프에서 태어나 어린 나이에 미국으로 이주했다. 1934년 첫 시집 《계단과 심장》을 발표했다. 1938년 퓰리처상을 수상했다.

169　엘리노어 와일리Elinor Wylie(1885~1928). 미국의 시인, 소설가. 형이상학파 시인들의 영향을 받은 감성적이고 시각적인 시를 주로 썼다. 첫 시집 《바람을 잡는 그물》을 비롯하여 《블랙 아머》, 《사소한 숨》 등의 시집을 발표했다.

170　이디스 시트웰Edith Sitwell(1887~1964). 영국의 시인, 비평가. 이국적 정서가 흐르는 세련된 감각의 시를 썼다. 초기작으로 《광대의 집》, 《나무의 천마(天馬)》 등이 있으며, 제2차 세계대전 중에 발표한 《원자 시대의 3부작》에는 히로시마에 투하된 원폭의 참상이 예견되어 있다.

의 아름다운 시구들과 함께 몇 개의 시를 보여 주었다. 여자에게 쓴 것이 분명한 에로틱한 그 시들은 H. D.에게 보내진 것이었다. 그 시들 (……) 우리의 과거를 (……) 보는 일은 매우 흥분되었다. H. D.의 묘하게 모호한 《청동 붉은 장미들Red Roses for Bronze》에 수록된 연시 가운데 한 작품이 "브라이어에게" 바친 그녀의 소설 《팰림세스트Palimpsest》에도 있었다는 것이 떠올랐고, 그러자 모든 게 하나로 합쳐졌다.(1977년 6월 18일)

어떤 비평가도 브라이어를 언급하지 않는데, 그렇다고 비평가들이 오직 시에 관해서만 말했던 것도 아니었다. H.D.가 에즈라 파운드Ezra Pound와 나눈 우정, 소설가 R. 앨딩턴Richard Aldington과의 (3년간) 짧았던 결혼생활, 서신을 통해 D. H. 로렌스와 잠시 지속했던 관계는 항상 이야기되었다. (……) 하지만 브라이어와 (40년 동안이나) 나눈 시간은 무시되었고, 하다못해 중요한 우정으로조차 거론되지 않았

171 마리에 폰소Marie Ponsot(1921~2019). 미국의 시인, 문학 비평가, 에세이 작가, 번역가. 전미도서상 및 로버트 프로스트상을 수상했다.

172 브라이어Bryher(1894~1983). 영국의 소설가, 시인, 잡지 편집자인 애니 위니프레드 엘레르망 Annie Winifred Ellerman의 필명이다. 연인인 힐다 둘리틀과 함께 영화 비평 잡지 《클로즈업》을 창간했다. 제2차 세계대전 이후 독일에 사는 유대인들의 상황을 알리기 위한 특집 기사를 발표하고 나치 탄압에서 도망친 난민들을 돕기 위한 피난처를 제공하는 활동을 했다. 《로마의 벽》, 《카르타고의 동전》을 비롯해 자전적인 경험을 담은 소설 《아발론으로 가는 비자》 등 많은 작품을 발표했다.

다. 한 비평가는 "양성애자의 고통"을 언급했다. (……) 여
성과 여성 사이의 관계를 다룬 H. D.의 시와 소설 중 어떤
것도, 심지어 여성 영웅에 관한 것조차도 출판된 것이 거의
없다. (1976년 9월 28일)

H.D.의 글이 그토록 많은데 오직 고전 세계에 대한 작품만 볼
수 있다니! 한편, "까다로운" 에이미 로웰은 "공개적으로 에로틱
한 레즈비언 시"를 썼던 것으로 보인다.

에이미 로웰은 (……) 걸핏하면 체중 때문에 온전한 삶을
살지 못한 불쌍한 에이미로 묘사되곤 한다. (……) 사실, 에
이미 로웰은 여배우들을 좋아했다. (……) 그녀 생애에서
마지막 15년 동안(36세에서 51세까지) 함께 살았던 여자 또
한 배우였다. 로웰은 자신의 돈과 저택을 모두 그녀에게 남
겼으며, 그녀에 대한 솔직하고 에로틱한 시를 여러 편 쓰기
도 했다. (……) 밤에 혼자 침대에 누워 있을 때의 황량함에
관해 쓴 시구는 불쌍한 에이미 비평가들이 즐겨 인용하는
부분인데, 그녀의 작품들에는 애인과 다퉜던 일이나 잠시
떨어져 있던 때 느꼈던 것들이 시 속 정황으로 나타나곤 한
다. (1976년 9월 15일)

동성애를 빌미로 여성 작가를 노처녀나 괴짜 혹은 과거의 향

수에 젖어 있는 사람(H.D.에 관한 운터마이어의 묘사)으로 변신시
키는 것을 막지 못한다면, 시인을 헌신적인 아내로 재범주화하
는 일 또한 막을 수 없을 것이다.

> 에드나 밀레이는 정치의식이 높고 페미니즘적인 여성 페르
> 소나를 미국 시단에 소개한다.(이 페르소나는 엘리자베스
> 배럿의 평소 모습이기도 했는데, 그녀가 '헌신적인 아내'로
> 언급되기 시작했다는 것은 아이러니이다.)

해커는 같은 편지에 다음과 같은 내용을 덧붙였다.

> 플라스에 관한 책이 많이 있다. (……) 메리앤 무어[173]에 관
> 한 책도 (결코 많다고는 할 수 없지만) 여러 권 있다. 뮤리
> 얼 루카이저[174]에 관한 책이나 에세이집은 한 권도 없다.
> 여성 시인은 둘 중 하나가 된다. (……) 여자들에 대해 특별
> 히 할 말이 없는 무성sexless의 별난 은둔자이거나, 뛰어난

---

173 메리앤 무어Marianne Moore(1887~1972) 미국의 페미니스트 시인, 비평가, 번역가, 편집자. 미
국 여성 참정권 운동에서 중요한 역할을 담당했다. 1912년 친구인 힐다 둘리틀과 브라이어에
의해 첫 시집이 발간된 후, 이미지즘 운동의 영향을 받은 작품들을 썼다. 두 번째 시집인 《관
찰들》로 1924년 다이얼상을 수상했다. 모더니즘 운동의 선두에서 엘리자베스 비숍, 앨런 긴즈
버그 등의 젊은 시인들에게 지대한 영향력을 미쳤다.

174 뮤리얼 루카이저Muriel Rukeyser(1913~1980). 미국의 페미니스트 시인, 정치 활동가. 1938년 미
국 역사상 최악의 산업재해인 '헉스 네스트 사건'을 다룬 시집 《사자의 서》를 발표했다. 1980
년 심장마비로 사망하기 전까지 민주주의와 평등 사회, 여성 인권과 반전주의를 다루는 작품
들을 써 내며 시와 운동을 통해 사회에 이바지했다.

재능을 가졌으나 고통에 시달리다 자살을 선택하는 비운의
주인공이거나.(1976년 11월 2일)

　시인을 자살의 본보기로 재범주화하는 것이 얼토당토하지 않
은 일이라면, 존재를 존재하지 않는 것으로, 혹은 (그것이 실패할
경우) 시인을 (포괄적이고 일반적이고 인문학적이고 보편적인) "문
학"에서 (협소하고 특수하고 정치적이고 편협한) "여성학"으로 옮기
는 참신한 재범주화도 가능하다. 해커의 말을 다시 들어 보자.

　　이번 주에 (……) 해럴드 블룸Harold Bloom이 《뉴리퍼블릭
　　The New Republic》에 쓴 글은 (……) 1976년에 출간된 시집들
　　에 대한 간략한 논평이다. 그는 그해 최고의 소규모 출판
　　물, 최고의 첫 책 등을 포함해 20여 종이 넘는 책들을 소개
　　하면서 여자가 쓴 책은 단 한 권도 언급하지 않았다. (……)
　　그해에는 오드리 로드175, 로빈 모건176, 마지 피어시, 수잔

175　오드리 로드Audre Lorde(1934~1992). 미국의 페미니스트 시인, 에세이 작가, 민권 운동가. 스스
　　로를 "흑인, 레즈비언, 어머니, 전사, 시인"이라고 묘사한 만큼, 시를 통해서 사회의 부정의를
　　밝히고 소수자 정체성을 가진 존재들의 생존을 노래하는 데 힘썼다. 1968년 첫 시집 《최초의
　　도시들》을 출간한 이후 《분노의 도화선》, 《타인이 사는 땅으로부터》, 《석탄》 등의 시집을 펴냈
　　다. 1978년 유방암을 진단받은 후에도 유색인종 페미니스트들과 출판사를 조직하고 아파르트
　　헤이트로 고통받는 남아공 여성들과 연대하는 등 활발한 활동을 펼쳤다. 1984년 출판한 페미
　　니즘 에세이와 연설문 모음집 《시스터 아웃사이더》로 국내에 널리 알려졌다.

176　로빈 모건Robin Morgan(1941~). 미국의 페미니스트 시인, 작가, 정치 이론가, 활동가, 저널리
　　스트. 1960년대 급진주의 페미니즘 운동을 이끌었다. 1970년 발표한 앤솔로지 《시스터후드는
　　강력하다》가 뉴욕 공립 도서관이 선정한 '20세기 가장 영향력 있는 책 100선'에 선정되었다.
　　여러 래디컬 페미니스트 단체를 조직하여 민권 운동과 베트남전 반전 운동을 펼쳤다.

그리핀[177], 뮤리얼 루카이저의 신간도 있었다. (……) 앨리스 제임스Alice James Books[178], 아웃 앤 아웃Out and Out Books[179], 셰임리스 허시Shameless Hussy Press[180] 등의 출판사들에서 나온 신간은 또 얼마나 많았던가? 그 책들 중 어떤 것에 대해서든 한마디도, 하다못해 별로였다는 말조차 없었다! 나는 (선생이라는 직업적 수완으로) 강의 녹음 카세트 목록을 구할 수 있었다. 영미문학을 다루는 광범위한 영역에서 시 부문에 속한 60개의 강의 제목 중 디킨슨, 무어, 루이스 보건[181], 플라스에 관한 것이 있었는데, 모두 남자들이 진행했다. 소설 부문에는 여성 작가가 하나도 없었다! 그것들 중 10개의 강의는 (……) 코스 과정으로 제안되었는데, 인간 종에게 남자 말고 여자도 있음을 알려 준 단 하나는 죄다

---

177 수잔 그리핀Susan Griffin(1943~). 미국의 페미니스트 철학자, 소설가, 극작가. 비문학과 소설을 넘나들며 《코르티잔, 매혹의 여인들》, 《돌들의 합창》, 《그녀의 몸이 생각한 것》 등의 작품을 썼고 퓰리처상, 에미상, 전미서적비평가협회상을 수상했다. 에코페미니즘의 메시지를 담은 작품들로 널리 알려져 있다.

178 메인대학교에 소속되어 있는 미국의 비영리 출판사. 1973년 여성 작가들의 출판을 독려하기 위해 설립되었다.

179 페미니스트 및 레즈비언 작가들의 책을 주로 펴내는 출판사.

180 캘리포니아 최초의 페미니스트 출판사로, 제2물결 페미니즘 시대에 창립했다. 이 출판사에서는 남성 작가의 책도 출판했는데, "미국에서 출판된 책의 6%가 여성이 쓴 것이므로, 출간하는 책의 6%는 남성이 쓴 것으로" 한다는 취지였다. 1989년 문을 닫았다.

181 루이스 보건Louise Bogan(1897~1970). 미국의 시인, 비평가. 라이너 마리아 릴케, 헨리 제임스, 그리고 영국의 형이상학파 시인들의 영향을 받았다. 1945년에 제4대 미국 계관 시인으로 임명되었다. 대표적인 시집으로 《잠자는 분노》, 《푸른 어귀들》이 있다.

남자가 쓴 10여 개 정도의 작품들을 다루는 "사랑에 빠진 여자들"(!)이라는 제목이 붙은 강의였다. (……) 그 강의 목록과는 완전히 다른 부문에 "여성학"이 있었는데, 거기에 콜레트, (……) 버지니아 울프에 대한 카세트가 대여섯 개의 또 다른 것들과 함께 있었다. (1976년 11월 17일)

지금까지 열거된 것들은 모두 하나의 단순한 생각, 즉, 그녀가 썼다("부적절한" 인간인 여자가 "올바른" 가치, 즉, 예술을 만들어 냈다.)는 것을 처리하는 방법들이다.

행위 주체성 부정하기: 그녀는 그것을 쓰지 않았다.

행위 주체성 오염시키기: 그녀는 그것을 쓰지 말았어야 했다.

이중 기준으로 평가하기: 그녀가 썼다. 그러나 그녀가 무엇에 관해 썼는지를 보라.

잘못된 범주화: 그녀는 진정한 그녀(예술가)가 아니고 그것은 진정한 그것(진지하고, 적절한 장르에 속하고, 미적으로 탄탄하고, 중요하고 등등)이 아닌데 어떻게 "그녀"가 "그것"을 쓸 수 있었겠는가?

아니면 그냥: "그녀"도 "그것"도 존재하지 않는다. (단순 무식한 배제.)

그러나 아주 가끔 그녀가 썼다는 것이 받아들여지기도 한다. 어떤 "부적절한" 저자가 기어이 그것을 위대한 작품, 영원한 작품, 혹은 (적어도) 진지한 작품의 반열에 올려놓고야 만다. 지금까지 말한 재범주화 외에 이런 이들의 성취를 왜곡하거나 하찮게 만드는 방법에 또 어떤 것이 남아 있을까?

7. 고립시키기

Prohibitions

Bad Faith

Denial of Agency

Pollution of Agency

The Double Standard of Content

False Categorizing

Isolation

Anomalousness

Lack of Models

Responses

Aesthetics

delete this aspect of her work and emphasize her love poems, declared to be written to her husband

delete any of her work that depicts male inadequacy or independent female judgment of men

suppress it and declare her an unhappy spinster

invent an unhappy heterosexual affair for her to explain the poems

delete everything of that sort in her work and then declare her passionless, minor, and ladylike

forget it; she's cracked

"부적절한" 작품이나 작가가 위대한 작품, 영원한 작품 혹은 (적어도) 진지한 작품으로서 문학 정전의 반열에 오르게 될 때 이런 성취를 왜곡하는 두 가지 방법이 남아 있다. 우선은 **예외적 성취라는 통념**을 만들어 내는 것이다. 말하자면 작품 X가 문학의 역사 혹은 학교 커리큘럼이나 선집에 등장한다 하더라도 그것은 오직 한 권뿐이거나 손에 꼽을 만큼 몇 안 되는 (대체로 똑같은) 시 몇 편 때문이며 따라서 X의 다른 작품은 존재하지 않거나 급이 떨어진다는 인상을 만들어 내는 것이다.

회화 분야에서 이 방법은 훨씬 엽기적으로 활용되며 그래서 관찰하기도 더 쉽다. 피터슨과 윌슨은 "여자들의 책을 컬러 인쇄해 주는 일은 극히 드물지만 어느 기간 동안 출간된 책들을 총망라하면 (……) 여자들 책도 없지는 않다"고 적었다. 이들은 "어떤 공인된 예술사도 아프리카계 미국인 예술가를 포함시킨 경우는 없었다"고 딱 잘라 말했던 찰스턴Charleston의 구 노예시장 박물관[182] 큐레이터 주디스 체이스Judith Chase의 말을 인용하기도 했다. 그러나, "공인된 예술사"에서 전문적인 출판물로 눈을 돌리면, 어떤 예술가들이 보이지 않는 것은 부재하기 때문이 아니라 잘못된 범주에 놓여 있기 때문임을 알게 된다. 여성 예술가 목록에는 여섯 권의 책이 포함되었는데 첫 두 권은 이 분야에 유용하다는 이유로 체이스가 직접 추천한 것이다. 여기에는 제임스 A. 포터[183]의《근대 흑인 예술Modern Negro Art》, 세드릭 도버Cedric Dover의《아메리카 흑인 예술American Negro Art》, 엘튼 C. 폭스Elton C. Fox의《17명의 흑인 예술가 Seventeen Black Artists》, 엘사 호닉 파인Elsa Honig Fine의《아프로-아메리칸 예술가들: 정체성을 찾아서Afro-American Artists: A Search for Identity》, 테레사 디카슨 시더홈Theresa Dickason Cederholm이 엮은《아프로-아메리칸 예술가들: 생애 안내 책자Afro-American Artists: Bio-Bibliographical Directory》, 그리고 오라 윌리엄Ora Williams의《예술 및 과학 분야의 흑인 여성 미국인들: 문헌 조사American Black Women in the Arts and Social Sciences: A Bibliographic Survey》 등이 있다.[107]

다음은 몇몇 문헌 사례들이다. 1974년 가을, 메리 셸리의《프랑켄슈타인》이 내가 일하고 있던 대학의 서점에서 서너 개의 서

---

182 찰스턴 지역은 역사적으로 아프리카 일대에서 잡혀 온 흑인 노예들이 미국에 제일 먼저 도착하는 기착지였다. 1859년에 건설된 노예 시장은 사우스캐롤라이나주에 남은 유일한 노예 경매 시설로 '구 노예시장 박물관Old Slave Mart Museum'으로 재탄생해 흑인 노예들의 삶과 노예 제도의 역사를 보존하고 있다.

183 제임스 A. 포터James Amos Porter(1905~1970). 아프리카계 미국인 미술사학자, 예술가. 아프리카계 미국 미술사 분야를 개척한 것으로 알려져 있다.

로 다른 판본으로 판매되고 있었다. 하지만 셸리의 《최후의 인간The Last Man》은 없었고 시내 다른 서점들에서도 찾을 수 없었다. 한 대학 출판사에서 출간한 고가의 것이 하나 있다는 것은 나중에 알게 되었다.[108]

1971년 즈음, 나는 여성학 프로그램에서 샬럿 브론테를 가르치면서 《제인 에어》 대신 《빌레트》를 다룰 생각이었다. 수많은 출판사들이 《제인 에어》 문고본을 출판했고 내가 속해 있던 대학 서점에도 몇 개의 판본이 있었다.(1년 뒤, 나는 지역 슈퍼마켓의 "중세 문학" 코너에서도 하나 더 발견했다.) 그러나 《빌레트》는 양장본이든 문고본이든 미국에서 출판된 것은 아예 없었고 영국의 양장본(수업에서 쓰기에는 너무 비쌌다.)을 주문해야만 했다.(어느 대학 도서관에서 《빌레트》와 《셜리》를 찾아냈지만, 구식 판본이어서 활자가 너무 작고 행간이 빽빽했다.)

세 개의 여성학 수업에서(1972~1974년) 나는 학생들에게 《제인 에어》를 읽었는지 물어보았다. 모든 수업에서 약 절반의 학생들이 읽었다고 답했다. 그중 단 한 명의 여학생만이 브론테가 다른 소설도 썼다는 사실을 알고 있었다. (그들이 설명한 바로는 다른 "브론테의 책"을 찾으면 《폭풍의 언덕》이 나온다는 것이었다.) 《제인 에어》를 읽은 내 학생들 대부분이 십대 초반에 그 책을 읽었고 처음에 어떻게 읽게 되었는지에 대해서는 다들 명료하게 기억하지 못했다. 학교 숙제로 읽은 건 아니었다는 점만 확실히 기억하고 있었다. 나는 공교육 바깥(사서나 친구들?)에서 형태가 뚜렷하지 않은 문화를 통해 어떻게든 《제인 에어》를 "발견한" 이 젊은이들이 《셜리》나 《빌레트》를 읽었을 수도 있겠다 싶었다. 그 책을 접할 수 있었다면 말이다. 그러나 현실은 그렇지 않았다. 샬럿 브론테는 《제인 에어》 한 권만을 쓴 저자로 남았다. 학생들 중 누구도 에밀리 브론테의 곤달 시는 고사하고 그녀가 쓴 다른 어떤 시도 당연히 알지 못했다.

또 하나의 일화가 있다. 영어과 여자 대학원생에게 엘렌 모어 즈의 《문학하는 여자들》을 빌려주었던 적이 있는데, 어느 날 그녀가 눈이 휘둥그레져서 뛰어 들어와 "그녀가 그걸 썼단 말이죠?"라고 흥분해서 외쳤다. "그녀"는 엘리자베스 배럿 브라우닝이었고, "그것"은 〈국가를 향한 저주〉였는데 특히 다음 구절을 가리키는 것이었다.

> 여자의 본성 깊은 곳에서 나온 저주는
> 참으로 짜고 쓰고 또 유익하구나.[109]

그녀가 그전에 읽었던 브라우닝의 작품은 《포르투갈어에서 옮긴 소네트》 중 몇 개의 시가 다였다. 그녀도—나처럼—브라우닝의 작품 중 빼어난 것은 이 선집 저 선집에 지겹도록 실린 사랑시뿐이라고, 브라우닝에게는 시인보다는 헌신적 아내라는 이름표가 더 적절하다고, 〈오로라 리〉는 따분하고 유치하기 짝이 없는 저널리즘 아류라고, 브라우닝의 페미니즘은 (그런 것이 있다

면) 소심하고 구식이라고 알고 있었다.(울프도 《보통의 독자 2》[184]
에서 〈오로라 리〉에 대해 이런 관점을 취하는데, 브라우닝의 시를 좋
아한다고 변명하듯 고백하면서도 살짝 비웃는 듯한 태도가 그것이다.
"여성의 예술과 여성의 삶 사이의" "비정상적으로 가까운" 관계와 그
녀들이 삶에서 느끼는 속박감이 불가피하게 작품의 결함으로 이어졌
다는 엘만의 남근주의적 비평도 있다.)[110]

　창피를 무릅쓰고 고백하자면, 나도 케이트 밀레트가 《성의 정
치학Sexual Politics》[111]에서 《빌레트》에 대해 묘사한 것을 보기 전까
지는 《제인 에어》가 브론테의 최고작이라고 (그리고 다른 작품들
은 좀 따분할 것이라고) 지레짐작했다. 《빌레트》를 찾아 읽은 뒤
《셜리》, 《교수The Professor》, 샬럿 브론테의 초기 작품, 나아가 제
인 오스틴의 초창기 작품(놀랍도록 카프카적인!), 브론테에 관한
패니 래치포드[185]의 책들, 그리고 에밀리 브론테의 '곤달' 시들로
확장되기 전까지는 나 역시 내 학생과 똑같이 반응했다.

　하나 더 고백하자면. 나는 사는 동안 세 번의 강렬한 미학적
경험을 했는데, 조플린의 "단풍잎 래그Maple Leaf Rag"를 처음 들었

184　《보통의 독자》는 버지니아 울프가 자신을 '보통 독자'로 상정하고 다양한 작가와 작품들에 대
　　한 감상과 비평을 담은 문학 에세이다. 1925년에 출판된 첫 번째 책(《The Common Reader, First
　　Series》)은 14세기에서 20세기에 걸친 다양한 문학작품과 장르를 다루고 있으며, 1932년에 출
　　판된 두 번째 책(《The Common Reader, Second Series》)은 그녀만의 방식으로 문학과 사회 전반에
　　대한 관심을 독창적이고도 유머러스하게 펼쳐 냈다.

185　패니 래치포드Fannie Ratchford(1887~1974). 미국의 사서이자 학자. 브론테 자매의 문학과 삶을
　　다룬 비평서 《브론테 자매의 어린 시절이라는 거미줄》을 썼다.

을 때, (놀랍게도) 말하면서 노래하는 카르멘을 들었을 때(마리아
칼라스의 초창기 공연이었다.), 그리고 다음과 같은 시구를 보았을
때였다. 나는 이런 일을 겪을 때마다 "저이는 대체 누구야?"라며
놀라워했다.

> 내 모든 벽들이 거울에 둘러싸여 길을 잃었네
> 나는 흔적을 더듬어 보네
> 오른쪽에도 자아, 왼쪽에도 자아
> 어디에나 자아
> 똑같이 고독한 형상, 똑같이
> 탐색 중인 얼굴을.

현란한 기교로 쓰인 이 무아지경의 오싹하고 거의 정신분열
증적인 문장은(영어에서 "s"는 반복해 발음하기가 가장 어렵다.)[186]
노래하는 새와 같은 마음으로 평생 사랑시 아니면 아이들을 위
한 요정 이야기나 써 온 온순한 독신녀가 썼을 리 없다. 그랬을
리가 없다. **시적 화자는**(또 다른 재범주화) 이 시를 지은 크리스티
나 로세티와는 아무런 관련이 없다. (모어즈는 위의 시를 다이안
아버스[187]의 사진이나 기이함에 관한 카슨 매컬러스[188]의 통찰과 잇

---

186 시의 원문은 다음과 같다. All my walls are lost in mirrors / whereupon I trace / Self to right hand, self to left hand, / self in every place, / Self-same solitary figure, self-same / seeking face.

는다.)**112**

    남성 작가들 역시 한 권의 책 또는 한 부류의 시로 대표된다고 —당연히—주장할 수 있을 것이다. 나는 그런 일이 여성 작가에게 끼치는 피해가 훨씬 크다는 점을 우선적으로 말하고 싶다. 왜냐하면 여자들은 선집, 수업, 교과목, 추천도서목록 등 어떤 교육 단계에서든, 주어지는 몫 자체가 매우 적기 때문이다. 무엇보다, 예외적 성취 신화의 나쁜 점은 "부적절한" 저자로 규정할 때와 마찬가지로, 선별 기준 **자체가 이미 편향적인데다가** 여자들이 쓸 수 있는 것 혹은 써야 하는 것이라는 고정관념을 재강화하는 작품이 선택되는 결과를 흔하게 낳는다는 것이다.

    다음은 유쾌하지 않은 몇몇 가능성들이다.

    — 만약 여성 작가가 공적으로 정치적인 목소리를 낸다면, 이런 면은 그녀의 작품에서 제거하고 남편을 위해 쓴 것이라고 선언된(그렇다는 증거도 없는데) 사랑시를 강조하라. 엘리자베스 배럿 브라우닝에게 한 것처럼.

187 다이안 아버스Diane Arbus(1923~1971). 미국의 사진작가. 피사체와 사진사의 객관적인 거리를 넘어 퀴어들과 스트리퍼, 카니발의 공연자들, 나체주의자들, 난쟁이들, 아이들, 어머니들, 젊고 나이든 커플들과 중산층 가족 등을 촬영하는 것으로 유명했다.

188 카슨 매컬러스Carson McCullers(1917~1967). 미국의 소설가, 드라마 및 에세이 작가, 시인. 대표작으로는 미국 남부를 배경으로 작은 시골 마을에서 규범을 이탈한 사람들이 겪는 고독과 외로움을 그린 《마음은 외로운 사냥꾼》이 있다.

— 만약 여성 작가가 자신의 이성애에 대해 솔직하게 쓰면, 그녀의 작품에서 남자를 부적절하게 묘사하는 부분이나 남자에 대해 여자가 독립적인 판단을 내리는 부분을 제거하라. 애프러 벤에게 한 것처럼.

— 만약 여성 작가가 동성애 사랑시를 쓰면, 그것을 은폐하고 그녀를 불행한 노처녀라고 선언하라. 에이미 로웰에게 한 것처럼.

— 만약 그래도 여전히 문제가 있다면, (불행한) 이성애 연애사를 지어내서 그녀가 쓴 시들의 근거로 삼아라. 에밀리 디킨슨에게 한 것처럼.

— 만약 작가가 공공연한 페미니스트라면, 그녀의 작품에서 페미니즘 성향이 비치는 것들은 모두 빼 버린 뒤 그녀가 비주류에 열정 없는 귀부인에 불과했다고 선언하라. 윈칠시 백작부인 앤 핀치에게 한 것처럼.

— 만약 그녀가 편집하기 쉽지 않다면, 또는 자신의 남자를 구하기 위해 전장으로 달려가는 여자에 대한 이야기를 써 재낀다면, 또는 여자들의 학문이 남자들의 학문보다 인기가 많아지는 것에 관한 이야기를 무대에 올린다면, 또는 남자들과 여자들, 성차별주의자들의 탄압과 자신이 견뎌 온 부당한 행위들에 대해

끝도 없이 늘어놓는다면, 그녀는 미친년이니 그냥 포기하고 잊어라. 뉴캐슬 공작부인 마거릿 캐번디시에게 한 것처럼.

— 만약 그녀가 여성 간의 관계에 대해 그리고 "여성 영웅"(해커의 표현)에 관해 쓴다면, 초기 시 몇 편만 출판하고 나머지는 잊어라. 실비아 플라스와 앤 섹스턴에게 한 것처럼.

— 만약 그녀가 여성으로서의 경험에 관해 쓰는 것을 조심스럽게 피하고, 꿋꿋하게 거리를 두고, 정숙하고, 개인적인 것을 개입시키지 않고, 무성적인 상태를 유지한다면, 처음에는 그녀를 칭찬하더라도 최종적으로는 고리타분하다고, 소수자라고, 열정이 없다고 선포하라. 메리앤 무어에게 한 것처럼.

내 생각에 예외적 성취라는 신화가 여성 작가의 그다지 빼어나지 않은 작품을 그들의 최고작이라고 홍보하는 일은 흔하며 이것은 우연한 일도 아니다. 예를 들어, 《제인 에어》는 이 글을 쓸 당시 워싱턴대 영어과 추천도서목록에 올라 있었다.(이것이 지금 당장 접근 가능한 유일한 박사과정 추천도서목록이다. 이 진저리나는 전형은 이 나라를 통틀어 꽤 내실 있고 괜찮은 일등급 교육 기관에도 해당된다.) 《빌레트》는 이 목록에 없었다. 왜일까? 《제인 에어》는 사랑 이야기이다. 여자들은 사랑 이야기나 써야 한다. 케이트 밀레트는 《빌레트》가 "대중성을 갖기에는 너무나 전복적인 책"이며 "탈옥에 관한 기나긴 명상"이라고 묘사했다.[113] 《뉴 리퍼블릭》 같은 저명한 잡지에서는 볼 수조차 없다는 점을 포함해 여성 시인들의 처우에 대한 마릴린 해커의 불만도 상기시키고 싶다.

훨씬 더 저명한 선집도 예외가 못 된다. 클라우디아 반 저벤Claudia Van Gerven은 《뉴 옥스퍼드 아메리카 운문집The New Oxford Book of American Verse》을 살펴보면서 새 편집자 리처드 엘만Richard Ellmann의 선택과 전 편집자인 F. O. 매티슨F. O. Mattiessen의 선택을 다음과 같이 비교했다.

> 최고로 재능 있는 여자들과 소수의 시인들만이 살아남는다. 에즈라 파운드, 테네시 윌리엄스, T. S. 엘리엇의 동료 여성 시인들 중에서는 오직 메리앤 무어와 H. D.만이 살아남았다. (……) 에이미 로웰, 엘리노어 와일리, 에드나 밀레이(구판에는 실려 있었음) 등은 모두 누락되었다. 새 편집자 엘만은 (……) 여성들을 몇 추가했지만 (필리스 위틀리[189], 엘리자베스 비숍[190], 그리고 장 가리그[191]를 제외하고

---

189 필리스 위틀리Phllis Wheatley(1753~1784). 아프리카계 미국 작가, 시인. 서아프리카에서 태어나 7세에 노예로 미국에 팔려 왔다. 일찍이 그의 재능을 발견한 노예주가 런던에서 시를 출판할 수 있도록 도와준 덕에 1773년 《다양한 주제에 대한 시들, 종교와 도덕》을 출판했다. 이후 자유인의 신분으로 해방되었으나 가난 속에서 생을 마감했다.

190 엘리자베스 비숍Elizabeth Bishop(1911~1979). 미국의 시인이자 작가. 〈어시장에서〉처럼 철학적 깊이를 내포한 차갑고 묘사적인 시들을 주로 썼다. 1956년 퓰리처상을 수상했다.

191 장 가리그Jean Garrigue(1912~1972). 미국의 여성 시인. 1947년 첫 시집 《에고와 켄타우로스》를 출판했다.

는) 모두 (……) 매티슨의 1950년 출판본에 포함되기에는
너무 어렸다.

반 저벤은 두 판본 모두에 대해 다음과 같이 적고 있다.

당대 여성 시인들만 실려 있으니 여자는 자신의 시대를 넘
어서까지 살아 있어야 할 만큼 비범해야 된다는 것이 분명
해졌다. 남자는 (……) 그럴 필요가 없다. 비교적 비주류인
바첼 린지Vachel Lindsay, 존 크로 랜섬John Crowe Ransom, 알렌
테이트Allen Tate, 이버 윈터스Ivor Winters (로웰, 와일리, 그리고
밀레이와 같은 세대의 인물들) 등은 선집에 포함되었다.

물론 누군가는 새 판본의 편집자 엘만의 선택에 대한 반 저벤
의 판단에 이견이 있을 수도 있다. 그러나 엘만이 자신이 포함시
킨 여성들의 성취를 축소하는 방식은 또 다른 문제다. 마찬가지
로 매티슨도 이런 식의 재범주화에 관해 결백하지 않다.

그(엘만)는 앤 브래드스트리트[192]와 필리스 위틀리를 미국
최초의 출간, (……) 최초의 여자 노예라는 "최초들"로 취

---

192 앤 브래드스트리트Ann Bradstreet(1612~1672). 식민지 시대 북아메리카의 시인, 작가. 미국 역
사상 최초의 청교도 시인이자 북아메리카 최초로 책을 출판한 작가였다. 대표작으로 〈열 번째
뮤즈〉, 〈육체와 영혼〉, 〈사랑하는 남편에게〉 등의 시가 있다.

급함으로써 간단히 처리해 버린다.

매티슨은 H. D.와 에이미 로웰을 유사한 방식으로 포함시킨다.

단지 그들이 이미지즘 운동에 관련되어 있기 때문이었다. 매티슨은 이 여자들의 한계가 시에서 분명히 드러난다고 주장했다.

에밀리 디킨슨은 "최초"로도, 운동의 한계를 설명하기 위한 도구로도 쓰기가 어렵다고 생각했을 것이다. 사실, 엘만은 디킨슨을 높이 샀다. 그녀가 (최초로 그 일을 해낸 월트 휘트먼[193]에 이어) "19세기 미국인들의 삶을 두 번째로 획기적으로 재해석했다"면서 말이다. 그러나 에밀리는 뭔가 모자랐고 월트는 제대로였다. 에밀리는 월트와 달리 누구에게도 영향을 미치지 못했다는 것이다.

(엘만은) 디킨슨이 "살아생전 아무런 영향력이 없었"는데 이는 "그녀의 시가 출판되지 않았기" 때문이며, 그녀가 "이후 미미한 영향력만 갖게 되는 건 그녀를 모방하는 것이 쉽지 않았기" 때문이라고 말한다. 반면 (⋯⋯) 휘트먼은 "그

---

[193] 월트 휘트먼Walt Whitman(1819~1892). 미국의 시인이자 수필가, 기자. 미국 문학에서 가장 영향력 있는 작가 중 한 사람으로 여겨진다. 대표작으로 《풀잎》이 있다.

의 작품을 읽지 않은 시인들에게까지" 영향을 끼쳤고 예이
츠와 홉킨스의 "직접적인 본보기"가 되지는 않았더라도 이
들에게 "영감을" 주었을 것이라고 확신한다.

이것은 복수심에 따른 이중 판단이다. 매티슨이 오리지널 판
에 포함시켰지만 엘만이 누락시킨 에이미 로웰은 〈자매들Sisters〉
이라는 시에서 에밀리 디킨슨에게 빚을 졌다고 직접적으로 밝혔
고, 엘만이 개정판 시선집에 포함시켰던 에이드리언 리치 역시 자신
의 시 〈나는 위험에 처해 있어요−선생님〉에서 디킨슨을 암시했
다는 사실을 알게 되면 의문은 증폭된다.[114] 여기서 나는 "영향"
이란 남자들에게 끼친 것을 뜻하지 여자들에게 끼친 것을 뜻하
는 것이 아니라는 결론을 피하기가 어렵다. 아무래도 여자들은
진짜 시인이 아닌 모양이다.—이것이 우리가 앞에서 살펴보았
던 재범주화다.

옥스퍼드대학출판사에서 일어난 일은 훨씬 저급한 수준에서
나타났다. 지금까지 보아 왔듯이, 그녀는 그것을 썼지만 오직 하나
만 썼다 또는 그녀가 그것을 썼지만 실제로 그녀가 쓴 것은 아니다, 이
렇게 해서, 그녀가 썼지만 오직 하나일 뿐이므로 중요성도 크지
않다는 결론에 이른다.—이것이 엘만이 필리스 위틀리와 앤 브
래드스트리트를 "최초"로만 다루거나 매티슨이 H. D.와 에이미
로웰을 특정 이즘의 기교를 보여 주는 사례로(동시에 결함을 드러
내는 실례로) 포함시킨 것에 대해 반 저벤이 말했던 것이다.

신입생을 위한 영문학 선집—작문을 위한 교재—에 실려 있는 여성 작가들을 연구하던 장 S. 뮬렌Jean S. Mullen은 다음과 같은 사실을 발견한다. 첫째, 워싱턴대 대학원 추천도서목록과 《영어 시인들》, 그리고 《위대한 시의 보고》에 실려 있는 여성 작가 비율이 이상하리만큼 거의 같았다. 약 7퍼센트. 17세기 말 이전에는 글을 쓴 여성이 아무도 없었다고 가정하고 포함시키지 않는다면 《영어 시인들》에 실린 여성 시인 수는 100명 중 5명이다.(이 선집은 예이츠까지만 다루고 있다.) 《위대한 시의 보고》에는 98명 중 격려의 숫자 12명이다. 워싱턴대 대학원 추천도서에는 108명 중 8명이고 선택도서 부문 일곱 권 중에 1명의 여성 소설가가 포함되었으며 또 다른 선택 부문 여덟 권 중에 2명의 여성 시인이 포함되었다.

또 다른 문제도 있다.

> 전반적으로 문체가 뛰어난 사례는 남자 작가가 98퍼센트로 지배적이며 여성들이 쓴 글은 특정 사례, 그러니까, 어휘 선택, 은유, 암시, 배열, 강조 등을 예로 들 때 언급되는 경향이 있다.(12퍼센트 정도가 그렇다.) 남자들은 본보기로 삼을 작가들로 소개되는 반면 여자 작가들은 쓸 만한 기술의 예를 보여 주는 작가로 소개된다.

그리고

> 이러한 차이는 언어 문제에서도 나타난다. 예를 들어 (……)
> 당시 여성 작가들은 12퍼센트에서 17퍼센트 정도로 인용
> 되었는데, 언어적 원리 차원에서는 (……) 29편의 글이 모
> 두 남자들 것이었다.(여자는 아무도 없었다.)

아니나 다를까, 자기 이해에 관한 작품들 중 6퍼센트 또는 그
보다 더 낮은 비율이 여자들이 쓴 것이고(결혼에 관한 글은 20퍼
센트까지 치솟는다.) 고등교육에 관해 여자가 쓴 작품은 하나도
없었다. 사회학과 인류학(25%)을 제외하면, 철학적 사안에 대해
서는 여자들의 "목소리는 거의 없고", 도덕적 문제에 대해서도
별로 없으며(4%), 정치에 대해서는 아예 없고, 철학 관련한 77편
의 에세이 중에서는 단 3편만이 여자가 쓴 것이었다.[115]
  여성 작가들이 작가가 아닌 다른 어떤 것으로 잘못 범주화됨
으로써 그들의 작품들은 무시되거나 잘못 해석되고, 이는 재범
주화를 기정사실로 못 박는다. 남는 것은, 작가의 주된 관심사
중 재미없는 부분뿐이다. 만약 어떤 여성 작가가 **여자가 쓸 수 있
거나 써야 마땅한 것**에 쉽게 들어맞는 행운을 타고났다면, 이런 사
실이야말로 해당 작품에 대한 자동 비판으로 이용될 수 있다.
  이런 딜레마에 처해 있으니 "위대한 작가" 반열에 오른 여자들
의 수가 그토록 적을 수밖에! 심지어 정전에 포함된 작품들조차

잘못된 범주화로 인해 고통을 겪는다. 폄하되고, 일부만이 예외적 성취로 받아들여짐으로써 나머지 작품들을 잃게 되고, 허위로 만들어 낸 약점을 공략하는 비평에 노출된다. 한두 개의 증거만으로도(《빌레트》출판본이 몇 년 전까지 미국에 없었듯이) 이러한 가공 과정을 추론할 수 있다. 그러나 어떤 작가에게 일어난 과정을 좀 더 자세히 들여다보면, 분별 있고 꽤 공정한 사람들조차 눈앞에 펼쳐진 명백한 증거들을 인정하지 않게 만드는 자기기만의 심각성을 확인할 수 있다.

다음은 베일에 싸인, 어떤 작가의 말이다.

> 우리 사회의 이데올로기라는 것은 고질적으로 인간 중심적이어서 고등교육을 받은 아버지를 둔 계급을 설명하기 위해 (……) 이런 졸렬한 용어를 만들어 낼 필요가 있었던 것입니다. 만약 "부르주아"라는 말이 딱 들어맞는 말이라면, 그 말이 뜻하는 주요한 특징 두 가지―자본과 환경―가 근본적으로 들어맞지 않는 이들에게 이 용어를 적용하는 것은 대단히 잘못된 일입니다.

이런 말도 한다.

> 어떤 계급은 결혼을 통하지 않고도 그 자체의 권리로 자본, 토지, 가치 그리고 국가 지원을 모조리 갖습니다. (다른) 계

급은 결혼을 통해서가 아니면 어떤 자본도, 어떤 토지도, 어떤 가치도 그리고 어떤 국가 지원도 갖지 못합니다.

또 이런 말도.

(부르주아 계급의 여성들은) (……) 같은 부르주아 계급의 남자들과는 비교할 것도 없이 약할 뿐만 아니라 (……) 노동 계급 여자들보다도 약합니다. 만약 이 나라의 노동 계급 여성들이 "당신들이 전장에 나간다면, 우리는 군수품 제작이나 물품 생산 지원을 거부할 것이다"라고 선언한다면, 전쟁을 일으키기는 심히 어려운 일이 될 것입니다. 그러나 (그들이) 내일 당장 손에서 모든 일을 내려놓더라도 (……) 곤란해질 사람은 아무도 없을 것입니다. (그들) 계급은 이 나라 계급들 중 가장 힘이 없습니다.[116]

위의 글을 쓴 사람이 누구이든 간에 분명 놀랍도록 앞서간 정치사상가다. 혹시 프리드리히 엥겔스Friedrich Engels인가? 아니면 평소답지 않게 비장하게 폼을 잡은 조지 버나드 쇼George Bernard Shaw일까? 내용을 좀 더 읽는다면 성性이 일종의 카스트로 다뤄지고 있다는 것을 알 수 있다. 아버지와 어머니의 (이상적인) 공동 육아, 아내와 어머니라는 직종에 제시되는 임금, 성차별주의, 자본주의, 전쟁 따위를 "같은 것"으로 보는 시원시원한 식견, 사회주

의, 심리학, 이 모든 것의 배경에 놓여 있는 무급 노동. 엥겔스
나 쇼는 아니다. 슐라미스 파이어스톤[194]의 최근 글인가? 아니면
티-그레이스 앳킨슨[195]의 신간인지도. 그러나 글이 너무 고상하
며 출판년도가 1938년이다.

　게다가, 그녀는(그렇다, 글쓴이는 여자였다.) 〈데일리워커Daily
Worker〉에 글을 실었다. 그녀는 대영제국이 수여한 명예 훈장조차
"'싫다'는 간단하고도 반항적인 말"로 거부했다.(무솔리니의 파시
즘을 직접 보게 된 이탈리아에 있을 때였다.)[117] 전쟁이 임박하자 그
녀는 "여자인 내게는 나라가 없다"[118]고 썼다. 그녀는 여자들과
노동자들 간에 자연스러운 연대가 가능하다고 믿었다.[119] 그녀는
역사가들에게 노동 계급에 대해 쓸 것을 촉구했다. 그녀는 가난
한 이들에게서 시적 가능성을 죽이는 것을 맹렬히 비난했다.[120]
그녀는 몰리대학Morley College에서 "여자들은 작문 같은 '실용적인'
과목을 배워야 한다는 행정당국에 반하여" 노동자 여성들에게
역사를 가르쳤고, "전기, 역사, 정치 관련 작품들을 종종 논평했
다". 그녀는 맨체스터대학과 리버풀대학이 주는 명예 학위를 거

194　슐라미스 파이어스톤Shulamith Firestone(1945~2012). 캐나다의 페미니스트 작가, 활동가. 제2물
　　결 페미니즘을 이끌었던 중심인물로, 1970년 급진주의 페미니즘의 고전이 된 《성의 변증법》을
　　출판했다.

195　티-그레이스 앳킨슨Ti-Grace Atkinson(1938~). 미국의 페미니스트 작가, 철학자. 《제2의 성》
　　을 읽고 시몬 드 보부아르와 서신 교환을 시작했고, 보부아르의 추천으로 N.O.W.(전미여성기
　　구)의 뉴욕 위원회장으로 활동했다. 1974년 《아마존 오디세이》를 출판했다.

절했고, 케임브리지대학에서의 클라크 강연Clarke Lectures196 기회를 사양했으며, 명예의 동반자 훈장을 거부했다. 그녀는 일기에 "그 어떤 것도 내가 협잡에 공모하게 할 수는 없을 것이다"라고 썼다. 1935년, 런던도서관이 도서관위원회에 여성을 받아들이지 않기로 결정한 것에 대해 한 친구가 미끼를 던지듯 그녀의 생각을 물었을 때, 그녀는 그 위원회 일원이 된다는 생각만으로도 "오물통"처럼 속이 울렁거린다고 답했다. 그녀는 여성협동조합에서 마거릿 릴웰린 데이비스Margaret Llewellyn Davies와 함께 적극적으로 활동했고, 자신의 집에서 회의를 주재했다. 노동자 여성들의 삶을 기록한 모음집에 발문을 써서 1931년 그녀가 운영하던 작은 출판사에서 출판하기도 했다.**121**

1939년 그녀 생의 마지막 무렵, 비평가 데이비드 데이치스David Daiches는 이 여자에 대해 이렇게 적었다.

> 울프 부인의 소설 속 시적 개념은 학문을 계속하기 위한 구실인지도 모르겠다. 서정적인 분위기로 많은 것이 감춰져 있지만 (……) 그 기저에는 자기중심주의가 있다.

그녀의 전기 작가였던 쿠엔틴 벨Quentin Bell은 울프가 폭력에 관해 다음과 같이 말했다고 썼다.

---

196 케임브리지대학에 많은 공헌을 했던 윌리엄 조지 클라크의 이름을 딴 강연.

이 모든 폭력에 대한 해답은 사람들의 도덕의식을 향상시키는 것에 있다.

R. L. 챔버스Chambers는 이렇게 평가한다.

그녀는 사람들이 무엇을 하는지 관심이 없었다. (……) 그녀에게 진짜 흥미로운 일들은 마음에서 일어나는 것들이었다. (……) 그녀는 사업이라고 하는 것을 특정한 소수만이 접근 가능한 일 혹은 체계적으로 사람들을 가난하게 만드는 일이라고 여겼다. 또한, 소설 속에서 남자 인물 하나를 퇴장시키고 싶을 땐 인도를 장면 전환용으로 소환해 대충 끼워 넣곤 했다. 그녀는 사업에 대해서도 인도에 대해서도 뭘 잘 몰랐던 것이다.[197]

베레니스 캐롤Berenice Carroll은 내가 앞서 인용한 울프의 정치적 견해에 다음과 같은 사실을 대응시킨다. 울프의 외가 쪽에는 "인도에 거주하는 영국 고위층 행정관"이 둘 있었는데, 한 사람은 동인도회사 이사였다. 그리고 남편 레너드 울프는 버지니아와

---

[197] 울프는 자본주의 체제 하의 노동자들이 처한 상황에 대해 문제의식을 가지고 있었기 때문에 영국이 인도에서 동인도회사(17세기 초)와 같은 식민지 기업을 운영하는 것에 대해서도 긍정적으로 보지 않았던 듯하다. 한편 울프의 소설 속에는 인도가 종종 등장하는데, 한 예로 《파도》 속 등장인물 퍼서벌은 인도에서 낙마로 사망한다. 인용된 대목은 울프의 동인도회사에 대한 생각과 작품 속에 인도를 등장시키는 방식을 함께 폄하해 비난한 것으로 보인다.

결혼하기 전에 실론[198]의 함반토타[199] 지역의 구역장이었으며 결혼 후 "영국과 유럽 제국주의에 관한 글을 폭넓게 썼다". 그러니 울프는 마음만 먹으면 영국 제국주의와 인도에 대한 정보를 얼마든지 얻을 수 있었다. 캐롤이 밝혔듯, 울프는 《3기니》에서 여성들에게 "전쟁, 재산, 그리고 '지적 매춘'으로 이루어진 남자들의 '오디나무'[200]에 관심 두지 말라고" 충고하기도 했다. 그럼에도 챔버스는 울프가 정보들을 얻고 싶어 하지 않았다며 새삼 놀라워했다. 더 황당한 건 울프가 자신 "아래에" 있는 사람들(여성협동조합 회원들 같은)에 대해서는 아는 게 거의 없었다거나 그들을 "순전히 혐오"로 대했다는 주장이다.[122] 챔버스는 그 예로 《댈러웨이 부인》의 도리스 킬먼[201]을 들었다. 그러나 캐롤은 《자기만의 방》에 나오는 여자를 예로 든다.

원하지 않았던 일을 늘 하고 있다. 항상 그럴 필요는 없을 텐데도, 비위를 맞추고 아양을 떨면서, 노예처럼. 그런 일들은 불가피해 보이며, 하지 않는 위험을 감수하기에는 잃

198 인도의 남쪽 인도양에 있는 섬나라로, 스리랑카의 옛 이름이다. 19세기 말부터 영국 식민지였다가 1972년 완전 독립했으며, 1978년 스리랑카 민주사회주의공화국으로 국명을 바꿨다.

199 스리랑카 남부의 도시.

200 《3기니》에서 울프는 '오디나무mulberrytree'를 여러 번 언급하는데, 호전적이고 탐욕스러운 남성 중심 세계를 뜻한다.

201 울프의 소설 《댈러웨이 부인》의 등장인물. 악조건 속에서도 학위를 따고 독립적으로 살아가는 독신 여성으로, 댈러웨이 부인을 경멸하는 인물로 그려진다.

을 것이 너무 많다. [123]

심지어 허버트 마더Herbert Marder는 1968년 《페미니즘과 예술 Feminism and Art》에서 울프가 "실패한 선동가"였고, "선동을 앞세우느라 《3기니》에서 예술성을 내던지는 바람에 (……) 현실에 대한 이해를 놓친 혼잣말에 그치고 말았다"[124]고 결론지었다. 그렇지만 그녀의 전기 작가 쿠엔틴 벨에 따르면, "수많은 여자들이 울프에 열렬하게 동의한다는 글을 썼다".[125] 주목할 필요도 없지만, 《검토Scrutiny》의 퀴니 리비스[202]는 "울프의 페미니즘은 위험하고 어리석다"고 맹렬히 비난하면서 "(……) 울프는 어머니가 아니므로 진짜 여자가 될 수 없고 (……) 노동 계급이 아니므로 진정한 사회주의자가 될 수 없다"고 공격했다. 리비스는 "(……) 대부분의 여자들은 교육을 받을 만큼 총명하지 않다"면서 옥스퍼드와 케임브리지가 여자를 배제한 것을 두둔한 바 있다".[126]

캐롤은, 울프가 정치적이라고 혹은 노동 계급 혐오자라고 공격받지 않을 때조차도 그녀 작품에 들어 있는 정치적 요소는, 심지어 그 작품이 논픽션일 때조차, 주목받지 못했다고 말한다.[127] 어떻게 이런 기이한 재범주화가 가능했을까? 캐롤과 제인 마커

---

202 퀴니 리비스Queenie Leavis(1906~1981). 영국의 문학평론가. 페미니즘 운동에 동조하지 않았고, 버지니아 울프의 《3기니》를 공격한 것으로 유명하다. 대부분의 책을 남편 F. R. 리비스와 함께 썼다.

스[203]의 《예술과 분노Art and Anger》 덕분에 우리는 이제 어떻게 그런 일이 일어났는지 알 수 있다. 남성 평론가인 허버트 마더가 울프의 페미니즘에 관한 글에서조차 《댈러웨이 부인》과 《등대로 To the Lighthouse》를 "가정불화에 관한 (……) 생생한 묘사"라고 표현하고, "이 작품들이 핵심 '문제'에 집중하지 않는다"[128]고 투덜댄 것은 어찌 보면 자연스럽다. 그 자신이 가부장으로서, 가부장제를 핵심 문제로 보는 것은 분명 불편한 일이었을 것이다. 울프의 경우에는, 재범주화를 위한 대부분의 기초 작업이 그녀와 매우 가까운 사람들, 남편과 친구들에 의해 이루어졌다. 캐롤은 《3기니》가 출간된 후 일어난 일을 추적한다.

> 그녀가 속한 집단 내 남자들의 반응은 차갑거나 무신경하거나 대놓고 적대적이었다. (……) 그녀는 "L(레너드)로부터 기대했던 만큼의 칭찬을 받지 못했다"고 일기에 적었다. (……) 레너드 울프는 훗날 (……) 자신의 자서전 《내내 내리막길Downhill All the Way》에서 그것을 메리 울스턴크래프트의 전통 안에 있는 "정치 선전물"이라 언급했지만 (……) 구체적인 내용은 언급하지 않았다. 메이너드 케인스Maynard Keynes는 "분노와 경멸을 표하면서, 울프의 글이 바보 같은

---

203 제인 마커스Jane Marcus(1938~2015). 페미니스트 비평가, 연구자. 20세기 여성 작가들을 주로 연구하여 저평가되었던 여성 작가의 작품들을 새롭게 조명하고 획기적인 관점을 제시했다.

주장을 담고 있으며 제대로 쓰이지도 않았다"고 단언했다. E.M. 포스터Edward Morgan Forster는 그것이 "그녀 작품 중 최악"이라고 생각했다. 쿠엔틴 벨은 "여성의 권리를 (……) 점점 커지는 파시즘과 전쟁의 위협과 함께 엮으려는 울프의 시도가 (……) 잘못되었다면서, 그 둘 사이에는 별 연관성이 없다"고 했다.(이는 울프를 제대로 이해하지 못한 것이다.)[129]

E.M. 포스터는 버지니아 울프 사후에 케임브리지의 강연에서 이렇게 말했다. 울프는 세상을 개선할 생각은 하지 않았는데 그녀는 여성이므로 남자들이 야기한 문제들에 대해 아무 책임이 없다고 여겼기 때문이었다고. 울프의 페미니즘이 "기이한" 탓에 불만 가득한 그녀의 최악의 책들 《3기니》와 《올랜도》가 성공하지 못한 거라고. 울프가 "위대한 뜻을 품지 않았"기 때문에, 노동 계급을 경멸했기 때문에, "부인"이었기 때문에 위대한 작가가 아니었다고 선언한다. 그러고는 이렇게 덧붙인다. "나는 1940년대에 그녀가 불평할 것이 별로 없었다고 믿는다. 그녀는 그저 습관적으로 내내 투덜댔을 뿐이다." 그는 《자기만의 방》에서 울프가 교장 선생님에게 "장식이 많은" 은빛 트로피를 받고 싶어 하는 마음("인간 존재의 사립학교 단계")[204]을 경멸했다는 것을 상기시키면서, 그녀의 소설들에 "작은 은잔 한 세트"를 수여하고 싶다고 조롱했다.[130]

이런 행위는 강렬한 악의를 드러내지만, "아리스토텔레스가 그 개념을 발명한 이래 가장 덜 정치적인 동물"이 자신의 아내라고 말한 레너드 울프도 있다. 제인 마커스가 다음과 같이 적었듯이 말이다.

> 그녀의 명성을 지키려는 의도에서였을 테지만, (……) 그는 자기 아내의 페미니스트적이고 사회주의적인 글들을 숨겼다. 《에세이 선집Collected Essays》을 꾸릴 때 그는 《데일리워커》가 아니라 《TLS Times Literary Supplement》에 처음 실렸던 글을 선택했다. 그는 마거릿 릴웰린 데이비스Margaret Llewellyn Davies의 《우리가 알던 삶Life as We Have Known It》에 울프가 쓴 발문을 그녀가 노동자 여성들의 도움을 받아 수정한 나중 버전이 아닌 초안으로 소개했다. **131**

마커스는 계속해서 울프의 〈여성의 직업Professions for Women〉을 묘사하는데, 이 글은 레너드 울프가 《모스의 죽음 및 기타 작품들The Death of the Moth and Other Essays》과 《에세이 선집》에 실었던 것보다 "세 배 길고 세 배 강력한 버전으로, 버그컬렉션Berg collection205

---

204 버지니아 울프는 《자기만의 방》에서 인간의 우열을 가리는 것은 인간 존재의 사립학교 단계("the private-school stage of human existence")에 해당한다면서, 그 시기에는 연단에 올라가 교장 선생님에게 트로피를 받는 것을 최고로 중요하게 여긴다는 내용의 이야기를 한 바 있다.

에 포함된 것이다.(지금은 《파지터The Pargiters》[206]에서 만날 수 있다.)
마커스의 《예술과 분노》의 많은 부분이 이 글에 관한 것이다. 예
를 들어, 데임 에델 스미스[207]에 대한 다음과 같은 헌정사가 출판
본에는 빠져 있다.

> 그녀는 개척하는 종족, 길을 만드는 종족이었다. 그녀는
> 앞서 가면서 나무를 베어 쓰러뜨리고 바위를 폭파시켰다.

처음에 울프가 썼으나 이후에 삭제된 것은 다음과 같다.

> 그녀는 쇄빙선, 총기 밀매자, 유리창을 깨부수는 이. 험준
> 한 땅을 기어올라 적들의 표적이 된 장갑차.

미출판 원고는 플라톤을 읽는 가사도우미와 B 플랫으로 미사
곡을 쓰는 요리사, 당구를 치는 하녀, 수학을 할 줄 아는 가정부

---

205 뉴욕공립도서관이 소장하고 있는 문학 자료 및 원고 컬렉션. 19~20세기 작가들의 초판과 희
   귀판, 필사본 등이 포함되어 있다.

206 울프의 소설 《세월The Years》의 초기 원고에 해당하는 출판물. 《세월》은 1880년 빅토리아 시대
   부터 울프가 당시 살아가고 있던 1930년대까지 50여 년의 시간에 걸친 파지터 가문의 연대기
   로서, 울프의 대표작으로 알려진 에세이 《자기만의 방》의 연작으로 기획되었다. 하코트 브레
   이스 요바노비치가 발행한 《파지터》는 《세월》의 첫 챕터인 '1880'의 초기 버전이다.

207 데임 에델 스미스Dame Ethel Smythe(1858~1944). 영국의 작곡가, 여성 참정권 운동의 주요 인
   물이었다. 여성이라는 이유로 그녀가 작업한 주요 작곡들이 주류 작곡계에서 널리 인정받지
   못했다. 에멀린 팽크허스트와 함께 영국 여성 참정권 운동의 선두에 섰다. 그가 작곡한 〈여성
   들의 행진곡〉은 여성 참정권 운동의 주제곡이 되었다.

를 찾는 "도시에서 힘든 하루를 보내고 돌아온 한 남자"에 대한 촌극이 곁들여진 "여자 어부"의 이성과 상상 간의 믿기 힘든 대화로서, 상상이 (스타킹을 신으면서) 이성으로부터 "자기야, 자기 너무 멀리 간 거 같은데"라는 말을 듣는 것으로 이어진다.[132] 나는 거부할 수 없는 유혹에 항복하여 마커스의 멋진 에세이(여기엔 엘리자베스 로빈스[208]에 관한 글이 많이 포함되었는데, 배우이자 부당하게 소설가로 인정받지 못한 그녀의 책이 사람들에게 읽히기를 바라는 마커스의 의도였다.)를 가져왔다. 마찬가지로 너무나 흥미로운 베레니스 캐롤의 에세이 역시 훔치고 싶다. 특히, 울프의 소설에 대한 정치적 해석을 훔치고 싶은데, 젊은 남자들의 가두시위를 너무나 좋아하는 사회주의자 피터 월시Peter Walsh에서부터 정신분석학자들이 저지르는 제도적 폭력, **가장 중요한** 문제인 가부장제의 가정 내 폭압에 이르기까지 영국 사회에 대한 울프의 소설적 논평을 다루고 있다. 그녀가 《3기니》에서 다루고 있는 급진적인 사안들이 더 있다. 자신들의 계급이 하락하지 않을 것이라 철석같이 믿으면서 급진성을 멋진 것으로 여기는 상류층 좌파의 허위의식, 무상교육이 이뤄지는 대학, 남자 같은 사고방식으로 직업 시장에 진입하는 여자들의 위험성, 비혼 여성을 위한 연금, 소규모 언론과 반체제 언론의 중요성, 돌봄노동과 가

---

208 엘리자베스 로빈스Elizabeth Robins(1862~1952). 미국의 배우, 드라마 작가, 소설가, 여성 참정
    권 운동가. 배우로서의 명성과 더불어 C. E. 레이먼드라는 필명을 사용하여 《조지 맨더빌의 남
    편》, 《초승달》 등의 소설을 썼다.

사노동에 대한 임금, 가부장제에 기반한 배타적인 수직 위계가 필연적으로 낳게 되는 경쟁, 그리고 개인적인 것이 정치적인 것임을 보여 주는 수많은 진술들. 그녀의 어휘는 기교적이지 않고—명석한 소설가인 자신처럼—구체적인 용어로 조목조목 요점을 말하고 있다. 이것이 그녀 주변의 남자들이 이 책을 그토록 싫어하는 이유일 것이다. 사실과 참조로 가득함에도, 부적절한 문체인 것이다. 그것은 개인적이고 비학문적으로 들린다. 이는 페미니스트 작가들에게 흔히 가해지는 비난이다. 그러니까, 신념을 담기에는 그 어조가 너무 사적이고, 거리 유지가 안 되어 있으며, 충분히 건조하지 않다는 것이다. 한마디로, 충분히 가부장적이지 않다는 것이다.

8. 예외로 취급하기

Prohibitions

Bad Faith

Denial of Agency

Pollution of Agency

The Double

Standard of Content

False Categorizing

Isolation

Anomalousness

Lack of Models

Responses

Aesthetics

delete this aspect of her work and emphasize her love poems, declared to be written to her husband

delete any of her work that depicts male inadequacy or independent female judgment of men

suppress it and declare her an unhappy spinster

invent an unhappy heterosexual affair for her to explain the poems

delete everything of that sort in her work and then declare her passionless, minor, and ladylike

forget it; she's cracked

그녀가 쓰지 않았다.

그녀가 썼다. 그러나 그러지 말았어야 했다.

그녀가 썼다. 그러나 무엇에 대해 썼는지를 보라.

그녀가 썼다. 그러나 "그녀"는 진정한 예술가가 아니며 "그것"은 올바른 장르(즉, 진정한 예술)가 아니다.

그녀가 썼다. 그러나 하나만 썼을 뿐이다.

그녀가 썼다. 그러나 단 하나의 한정된 이유로 흥미롭거나 정전에 포함되었다.

그녀가 썼다. 그러나 그녀가 쓴 작품은 몇 개 안 된다.

여기 무작위로 뽑은 선집 몇 개와 학술서 목록이 있는데, 그녀의 작품이 얼마나 조금인지 확인할 수 있을 것이다.

1861년에 F. T. 팔그레이브Francis Turner Palgrave가 엮은 《황금 보물The Golden Treasury》은 1961년에 오스카 윌리엄스Oscar Williams에 의

해 개정되었다.[133] 팔그레이브는 1855년에 생존해 있지 않은 작가들의 서정시만 수록할 것이라 표명했고 이때 "서정시"란 "어떤 단일한 생각, 느낌 혹은 상황"이라고 규정했다. 윌리엄스는 팔그레이브가 다룬 시기에 발표된 다른 시들을 더 포함시켰고 1955년까지 시기를 확대하면서 "감정이나 생각이 통일된 서정시"라는 팔그레이브의 정의를 여전히 "선택 기준"으로 삼았다고 말한다. 두 기준 모두 팔그레이브에게는 퍼시 셸리[209]의 〈종달새에게 To a Skylark〉와 키츠Keats의 〈가을에 부치는 송가Ode to Autumn〉가, 윌리엄스에게는 T. S. 엘리엇의 〈동방박사들의 여행The Journey of the Magi〉, 오든Auden의 〈예이츠를 기리며In Memory of W. B. Yeats〉, 그리고 바셀 린지Vachel Lindsay의 〈콩고The Congo〉가 포함될 만큼 충분히 유연했다. 팔그레이브는 네 명의 여성을 포함시켰다. 애나 레티시아 바볼드[210], 제인 엘리엇[211], 앤 린지 부인[212], 그리고 캐롤리나

---

209 퍼시 비시 셸리Percy Bysshe Shelley(1792~1822). 영국의 낭만파 시인. 소설가 메리 셸리의 남편이다. 바이런과 함께 낭만주의 시대의 가장 인기 있는 작가였다.

210 애나 레티시아 바볼드Anna Laetitia Barbauld(1743~1825). 영국의 시인, 에세이 작가, 문학 비평가, 편집자, 아동문학 작가. 풍자 시집 《천팔백하고도 11년》을 통해 영국의 나폴레옹 전쟁 참전을 비판했다. 계몽주의를 옹호하고 감수성을 고양하는 시를 썼으며, 영국 낭만주의 운동에 큰 영향을 끼쳤다.

211 제인 엘리엇Jane Elliott(1727~1805). 스코틀랜드의 시인. 장 엘리엇Jean Eliot으로도 불린다. 〈숲의 꽃들〉이 유일하게 남은 작품이다.

212 앤 린지 부인Lady Anne Lindsay(1750~1825). 스코틀랜드의 시인, 여행 작가, 예술가, 사교계의 명사. 〈늙은 로빈 그레이〉를 썼다.

네언[213]이었는데 이들 모두 18세기에 활동했던 인물이고 바볼드를 제외한 세 명은 스코틀랜드 출신이다. 각자 하나의 작품이 채택되었다. 팔그레이브는 애프러 벤이나 앤 핀치, 윈칠시 백작부인은 포함시키지 않았다. 이들의 작품 중 어떤 것들은 그가 내린 서정시 정의에 딱 들어맞는데도 말이다. 그는 "의심할 여지없이 최고의 반열에 올랐던" 엘리자베스 배럿 브라우닝을 서문에서조차 당대의 시인으로 언급하지 않았다. 에밀리 브론테(1848년에 사망)는 언급되지도 포함되지도 않았다.

이 선집에 포함된 여성 비율을 보기 위해 나는 1650년 이전에 사망한 시인들은 모두 뺐다. 1650년 이전에 죽은 여자들은 아무것도 쓰지 않았을 것이라는 가정은 말이 안 되지만, 팔그레이브와 윌리엄스는 아마 분명(다른 선집 편집자들과 마찬가지로) 그렇게 가정했을 것이므로 여기서도 그 수를 헤아리지 않았다. 윌리엄스가 팔그레이브가 선택했던 여성 시인들을 포함시키지 않았을 수 있지만, 남성 시인에 대해서도 똑같이 했다고 말하기는 어렵다. 따라서 나는 두 사람의 선택이 보여 주는 수치를 함께 제시한다. 윌리엄스가 선택한 여성 시인들은 선집에 수록된 전체 시인들 중 8퍼센트고, 팔그레이브의 선택은 총 11퍼센트로 조금 높다.

윌리엄스가 선택한 14명의 여성 중 6명은 19세기 시인들인 에

---

213 캐롤리나 네언Carolina Nairne(1766~1845). 스코틀랜드의 작곡가. 〈그대 다시는 돌아오지 않을 테요?〉, 〈찰리는 내 귀여운 연인〉, 〈마가목〉 등의 노래를 썼다.

밀리 브론테, 크리스티나 로세티, 에밀리 디킨슨, 앨리스 메이넬
[214], 엘리자베스 배럿 브라우닝, 그리고 (놀랍게도) 조지 엘리엇
이다. 팔그레이브가 택한 4명 중에 17세기 시인이나 18세기 시
인은 한 명도 없다. 나머지 8명은 20세기 인물들인 레오니 애덤
스, 엘리자베스 비숍, 루스 허슈버거Ruth Herschberger, 에스더 매튜
스Esther Matthews, 에드나 밀레이, 메리앤 무어, 엘리너 와일리Elinor
Wylie, 진 더우드Gene Derwood 등이다. 각 선집에서 두 번 이상 채
택된 소수 여성들은 진 더우드(일곱 번), 에밀리 디킨슨(여덟 번),
그리고 에드나 밀레이(열한 번) 등이었다. 엘리자베스 배럿 브라
우닝은 《포르투갈어에서 옮긴 소네트》에 실린 두 편이, 크리스
티나 로세티와 단테 가브리엘 로세티Dante Gabriel Rossetti는 각각 두
편의 시가 포함되었다. 우리가 두 편 이상 선정된 여성 시인을
마찬가지의 남성 시인들과 비교한다면 총 60명 중 3명, 5퍼센트
가 여자들이다.(이들 중 단 한 명만이 20세기 시인이 아니다.) 반 저
벤을 다시 호출해 보면, "오직 당대의 여성 시인들만이 어떤 수
치상에든 반영되므로, 여자는 자신의 시대를 넘어서까지 살아
있어야 할 만큼 비범해야 된다".[134]

　　《위대한 시의 보고》에서 루이스 운터마이어는 애프러 벤과 앤

214 　앨리스 메이넬Alice Meynell(1847~1922). 영국의 작가, 편집자, 비평가, 여성 참정권 운동가, 시
　　인. 1875년 러스킨의 호평을 받았던 첫 시집 《서곡Preludes》를 시작으로 에세이, 비평, 시 등을
　　활발하게 펴냈다. 가톨릭 여성 참정권 운동회를 조직하여 평화로운 방법으로 여성 참정권 운
　　동에 참여할 것을 호소했다.

핀치, 윈칠시 백작부인(윌리엄스는 제외시켰던 이들)을 포함시켰다. 운터마이어의 20세기 선택은 (밀레이를 제외하고는) 윌리엄스의 선택과(팔그레이브의 선택을 뺀다면) 완전히 다르다. 그럼에도 그의 선택에서 여성 시인 비율은 윌리엄스의 목록에서와 비슷하게 나오는데 총 8.6퍼센트다. 이 수치는 이 두 편집자들이 20세기 남녀 시인들을 포함하든 안 하든 같다.

오든과 피어슨의 덜 기이한 《영어 시인들》(예이츠로 마무리된다.)에서는 여자 시인 비율이 5퍼센트다.(나는 다시 1650년을 대략적인 시작년도로 잡았다.) 존 바이롬John Byrom, 헨리 알라바스터 Henry Alabaster, 존 울콧John Wolcot 등과 같은 남자 시인들은 보이지만, 앤 브래드스트리트, 애프러 벤과 엘리자베스 배럿 브라우닝은 안 보인다.

이 세 권의 선집 모두 작자미상의 작품들에 지면을 할애하는데, 그중 몇은 여자가 썼을지도 모른다는 추측은 찾아볼 수 없다. 엘리자베스 시대를 연구하는 프레더릭 O. 바게Frederick O. Waage 가 "그 시대의 사회적 시들은 여성을 은근히 옹호하는 경향이 강하다"고 했음에도 말이다.[135] "앞치마를 낮게 두르고"와 같은 문장을 남성 시인의 것으로 보기엔 무리가 있지 않을까. 이것 말고도 쓴 사람이 여성임을 암시하는 작품들이 있다. 예를 들어, 여성의 복수를 암시하는 〈메이 콜빈May Colvin〉[215] 같은.(이 이야기에

---

215 〈이상한 기사〉, 〈메이 콜빈〉 등으로 다양하게 변주되어 영국, 아일랜드, 북아메리카 지역에서

는 정체불명의 젊은 남자가 등장한다. 남자는 여섯 명의 여자를 익사시키고 막 일곱 번째 여자를 물에 빠뜨려 죽이려다가, 느닷없이 여자에게 옷을 벗으라고 명령한다. 여자가 입고 있는 옷이 물에 빠뜨리기엔 너무 값나가 보였기 때문이다. 이에 여자는 정숙함을 빌미로 남자에게 옷을 벗는 동안 뒤돌아 있어 줄 것을 부탁하고는 남자가 등을 보이자 "당신이 익사시킨 여자들 길동무나 해 주라"며 그를 바다로 밀어버린다.)

워싱턴대 영어학과 대학원(1977년 8월) 필독서 목록으로 다시 돌아가면, 1660년부터 1780년까지 여성 소설가는 한 명도 없고, 19세기 영국에서 네 명의 여성 소설가(시인은 아무도 없다.), 미국에서 (1900년까지) 네 명의 여성을 볼 수 있다. 20세기 목록에 여성 작가는 버지니아 울프 단 한 명뿐이다. 일곱 명의 선택 목록에는 한 명의 흑인 남성(랠프 엘리슨Ralph Ellison)과 한 명의 백인 여성(도리스 레싱[216])이 포함되었다. 이와 유사하게, 여덟 명의 선택 목록에는 두 명의 (백인) 여성, 라킨Larkin과 리치가 포함되어 있다. 대략 1660년부터 다시 세어 보면, 여자들의 수는 약 6퍼센트다. 이전 목록(1968년)에는 쇼팽, 체스넛Chesnutt, 브래드스트리트

전해 내려오는 작자 미상의 구전 이야기.

[216] 도리스 레싱Doris Lessing(1919~2013). 현대문학을 대표하는 영국 작가. 여성해방, 계층 갈등, 인종차별, 환경 재앙 등 폭넓은 사회문제를 드러내는 작품을 많이 썼다. 《풀잎은 노래한다》, 《금색 공책》 등 다수의 작품을 썼다. 서머싯몸상, 메디치상, 유럽문학상, 셰익스피어상, 데이비드코언상 등 각종 문학상을 수상했고, 2007년 노벨문학상을 수상했다.

는 등장하지 않고 이디스 워튼(1977년에는 안 보였다.)이 등장한다. 두 개 목록 모두에서 코튼 매더Cotton Mather는 등장하지만 마거릿 풀러[217]는 안 보이고, 1977년에 로체스터Rochester, 윌리엄 쿠퍼William Cowper, 윌리엄 콜린스William Collins가 있지만 메리 울스턴크래프트는 없다. 또한 애프러 벤, 패니 버니[218], 엘리자베스 배럿, 크리스티나 로세티도 흔적을 찾을 수 없다. 내가 갖고 있는 극히 일부 목록에서 20세기에 생략된 작가는 윌라 캐더(어니스트 헤밍웨이는 세 개의 목록에 나타난다.), 도로시 리처드슨, 주나 반스[219], 캐서린 맨스필드, 카슨 매컬러스, 이자크 디네센[220], 메리앤 무어, 조라 닐 허스턴[221], 엘리자베스 비숍 등이 있다.

　이 사례들에서 눈에 띄는 점은, 선집에 포함된 여성 비율은 대략 5~8퍼센트 선으로 비슷비슷하지만, 이 책과 저 책에 등장하

217　마거릿 풀러Margaret Fuller(1810~1850). 미국의 페미니스트 저널리스트, 편집자, 비평가, 번역가. 미국 초월주의 운동의 하나였던 여성 평등권 운동에 활발하게 참여했다. 1843년 발행한 《19세기의 여성》은 미국 페미니즘 역사에서 빼놓을 수 없는 저서로 꼽힌다.

218　패니 버니Fanny Burney(1752~1840). 영국의 여성 풍자 소설가, 일기 작가, 극작가. 1778년 첫 소설 《이블리나Evelina》를 발표해 호평을 받았다.

219　주나 반스Djuna Barnes(1892~1982). 미국의 작가, 삽화가, 저널리스트. 퀴어 문학의 고전이자 모더니즘 문학의 주요 작품 중 하나인 《나이트우드》가 독특한 문체로 주목받았다.

220　이자크 디네센Isak Dinesen(1885~1962). 덴마크 작가 카렌 블릭센Karen Blixen의 필명. 메릴 스트립 주연의 영화로 만들어진 《아웃 오브 아프리카》가 유명하다.

221　조라 닐 허스턴Zora Neale Hurston(1891~1960). 미국의 소설가. 주요 작품으로 흑백 혼혈 여성이 세 차례의 결혼을 겪으며 행복을 되찾는 내용의 《그들의 눈은 신을 보고 있었다》가 있으며, 여성 운동의 선구자로서 자신의 삶을 기록한 자서전 《길 위의 먼지 자국》이 앨리스 워커, 토니 모리슨 등 현대 작가들에게 영향을 주었다.

는 작가 목록은 들쭉날쭉하다는 것이다. 애프러 벤은 등장했다가 사라진다. 앤 브래드스트리트는 어떤 선집에는 있고 어떤 선집에는 없다. 엘리자베스 배럿 브라우닝과 에밀리 브론테는 불쑥 나타났다 불쑥 사라지고, 이디스 워튼은 1968년 영문학에 포함되었다가 1977년에는 어둠 밖으로 사라졌다. 그러니까, 여자들은 5퍼센트를 채우기엔 충분했고 8퍼센트를 넘기기엔 충분하지 않았던 것이다. 이는, 1학년생들에게 읽고 쓰는 것을 가르치기 위한 대학 신입생 교재에 포함된 여성 작가의 비율(대략 7퍼센트)을 상기시킨다. "여성 작가 비율은 (……) 한결같이 7퍼센트대였다."**136**

일레인 쇼월터는 한때 자신도 수강한 적이 있는 여자 대학의 영문학과 과정에 대한 연구에서 (1학년 과정에 포함된 작가들) 313명 중 17명이, 그러니까 약 5퍼센트가 여성임을 발견했다. 그러나 어떤 5퍼센트란 말인가? 쇼월터는 이렇게 쓰고 있다.

> 신입생 과정에 포함되는 21개의 과목에 (……) 윌리엄 쉔스톤William Shenstone, 제임스 배리James Barrie, 디온 부시코Dion Boucicault 등의 (남성) 문인들이 있었고 (……) 메리 워틀리 몬터규, 앤 브래드스트리트, 센트리브레[222], 패니 버니, 제

---

222 수잔나 센트리브레Susanna Centlivre(1669~1723). 영국의 시인, 배우, 18세기 가장 성공적인 여성 극작가. 희곡 〈페르주르의 남편: 또는 베니스의 모험〉, 〈사랑의 장치〉 등을 썼으며, 1717년 영국을 위협하는 스웨덴 왕에 대응하여 《영국 여인이 스웨덴 왕에게 보내는 의도된 침략에

인 오스틴, 샬럿 브론테와 에밀리 브론테, 조지 엘리엇, 마
거릿 풀러, 에밀리 디킨슨, 사라 온 주잇[223], 그레고리 부인
[224], 버지니아 울프, 도로시 리처드슨, 메리앤 무어, 거트루
드 스타인[225], 주나 반스 등이 있었다.

그녀에 따르면, "《노튼 선집Norton Anthology》에는 (……) 169명의
남자들과 6명의 여자들이 있다".[137] 3.5퍼센트에서 11.6퍼센트
사이로 평균 7퍼센트였다.

쇼월터는 불균형에 대해 말하고 있지만, 나를 괴롭히는 건 사
람이 달라져도 불균형이 지속된다는 점이다. 예를 들어, 쇼월터
의 영어과는 워싱턴대학보다 더 많은 수의 여성을 포함하고 있
지만 비율은 후자보다 더 낮다. 여자들이 독서목록이나 교과목
또는 선집에 포함될 때 남자들 역시 함께 포함되는데, 남자들 수
가 적어지면 여자들은 불가사의하게 아예 사라져 버린다.

반 저벤은 다음과 같이 말한다.

관한 서신》이라는 제목의 시집을 출간했다.

223 사라 온 주잇Sarah Orne Jewett(1849~1909). 미국의 소설가, 시인. 메인주의 남부 해안가 근처에
서 지역 색채가 드러나는 작품을 주로 썼다.

224 그레고리 부인Lady Gregory(1852~1932). 아일랜드의 극작가, 민족학자. 아일랜드 신화에서 가
져온 이야기들을 재구성한 단편소설을 주로 썼으며 아일랜드 문예 부흥 운동에 적극적으로 참
여했다.

225 거트루드 스타인Gertrude Stein(1874~1946). 미국의 소설가, 시인, 극작가, 예술품 수집가. 1903
년 파리로 이주한 뒤 수많은 모더니스트 예술가들의 거처가 되는 살롱을 열었다. 《부드러운 단
추들》 등의 시집과 《세 인생》, 《미국인의 탄생》 등의 소설을 출판했다.

가장 비범한 여자들만 포함하는 것은(남자들은 비범하지 않아도 포함된다.) (……) 이 얼마 안 되는 여자들이 갖는 의미를 왜곡시킨다. 선집에 포함된 여성은 (……) 이상하고, 이례적으로 보임으로써, 최종적으로는 사소해지고 만다.

반 저벤은 덧붙인다.

이런 식으로 디킨슨이나 다른 여자 시인이 자신의 세대든 다음 세대든 모든 작품들로부터 고립될 때, 그녀는 특이하고 이질적으로 보이게 된다. (……) 이렇게 여자 작가들은 동떨어져 있기 때문에 문학사가들의 "총체적인 문학에 대한 일관된 관점"에 딱 들어맞지 않게 된다. (……) 다음 세대의 여성들도 (……) 기록에서 제외됨으로써 여성 (……) 작가들 사이의 연결은 점점 더 흐릿해지고, 결국 점점 더 많은 여성들이 이례적이고, 단지 들어맞지 않는다는 이유로 간단히 배제된다. [138]

예외적인 것으로 취급함으로써 작품 질 폄하하기는 비정상적인 것으로 취급하여 행위 주체성 오염시키기와 유사하다. 에밀리 디킨슨에 관해 R. P. 블랙머Richard Palmer Blackmur는 다음과 같이 말한다.

(그녀의) 은밀하고도 독특한 (……) 시와의 관계. (……) 그

녀는 전문 시인도, 그렇다고 아마추어도 아니었다. 그녀는 다른 여자들이 요리를 하거나 뜨개질을 하듯 꾸준히 글을 쓰는 은둔형 시인이었다. (……) 소파 커버 대신 시에 끌렸을 뿐. 비정규 교육도 그녀가 속한 사회의 관습도 (……) 그녀의 시가 이성적이고 객관적인 예술이라는 근거가 되지 못했다. [139]

이로써 시인 디킨슨의 이례성은 그녀가 정규 교육을 받지 않았던 탓으로 돌려지고, 그녀가 유별난 사람이었다는 결론으로 이어진다.(비정상적인 것으로 만들어 행위 주체성 오염시키기.) 이렇게 디킨슨은 시인이 아닌 존재, 그녀의 작품은 소파 덮개와 같은 것으로 재범주화됨으로써 그녀에 대한 최종적인 평가가 내려진다. 그녀의 시는 시의 본분과는 거리가 멀다는 것이다. 1937년에 쓴 블랙머의 글은 1891년의《상업 광고 Commercial Advertiser》논조와 그리 다르지 않다.

극심한 갈망은 종종 환영幻影을 불러낸다. 타인과 우정을 나누고픈 열망이 충족된 적도, 충족될 수도 없었던 이 은둔자는 무엇보다 자기 자신을 환영의 한복판으로 데려갔을 것이다. 사랑이라는 주제에 대해 그녀는 신성 모독적이거나 지나칠 만큼 과하게 몰두했다. [140]

다시 행위 주체성은 오염되고 디킨스의 작품에는 결함의 근거들이 마련된다. 결함들은 별로 다르지 않다. 그녀는 "이끌렸고", "갈망했다". 따라서 "이성적"이지 않고 자제력이 없다. 그녀는 어느 쪽에서도 재능을 인정받지 못하고 무엇과도 관련되지 않은 채 "사적인" 시인 또는 "은둔자"로서, 완전히 고립된 채 나타난다. 그렇지만 다른 자료에 따르면 이 예외적 존재는 대중문학의 전통 안에서 영향을 주고받은 시인에 부합한다. 모어즈는 다음과 같이 쓰고 있다.

> 디킨슨은 1861년 초, 줄리아 하우Julia Ward Howe가 쓴 (……) 조르주 상드의 자서전 요약본을 읽었고, 그해 9월 《애틀랜틱 먼슬리Athlantic Monthly》에 실린 (……) 케이트 필드[226]의 추도사에서 브라우닝 부인에 대한 부분을 읽었다. (……) 디킨슨이 쓴 수백 개의 문장들은 (……) 그녀가 〈오로라 리〉를 통째로 가슴속에 품고 있었음을 보여 준다. (……) 디킨슨은 브라우닝을 스승이라 칭했다. 편지에서 그녀는 브라우닝의 시와 친구가 보내 준 그녀의 초상화에 관해 자주 언급했다.

모어즈는 이렇게 덧붙였다. "브라우닝 연구자들은 이 점은 언

---

226 케이트 필드Kate Field(1838~1896). 미국의 저널리스트, 편집자, 배우. 미국 저널리즘의 역사에서 중요한 자리를 차지하는 인물로 1889년 《케이트 필드의 워싱턴》이라는 주간지를 만들어 예술과 음악, 연극에 대한 비평을 실었다.

급하지 않는다." 그리고 "몇몇 디킨슨주의자들은 (……) 디킨슨의 문학적 관계를 성적인 열망으로 취급한다."(1971년에 존 에반젤리스트 월쉬John Evangelist Walsh가 출판한 《에밀리 디킨슨의 숨겨진 생활The Hidden Life of Emily Dickinson》을 가리킨다.) 모어즈에 따르면, 디킨슨은 "마운트 홀리요크Mount Holyoke에서 일 년을" 지내면서 독서는 거의 하지 않았다. 그녀는 에머슨[227]은 "잘 알았고 아마도 소로와 호손은 조금 읽었지만 휘트먼, 멜빌Melville, 포Poe, 어빙Irving은 한 줄도 읽지 않은 듯했다". 그렇지만 그녀는 다음의 것들을 읽었다.

> 읽고 또 읽었다. (……) 헬렌 헌트 잭슨[228]을, 리디아 마리아 차일드[229]를, 해리엇 비처 스토[230]를, 조지아나 풀러튼 부인[231]을, 디나 마리아 크레이크[232]를, 엘리자베스 스튜어트 펠

---

[227] 랄프 왈도 에머슨Ralph Waldo Emerson(1803~1882). 미국의 시인이자 사상가. 미국 문화의 정신적 기둥을 세운 사상가로 평가받는다. 시와 시인에 대해 그가 내린 정의는 지금까지도 인용되고 있다.

[228] 헬렌 헌트 잭슨Helen Hunt Jackson(1830~1885). 미국의 시인, 작가. 아메리카 원주민의 처우 개선을 위해 활동했다. 골드러시가 시작되기 이전 19세기 남부 캘리포니아 계급 사회를 배경으로 한 다인종적 로맨스 소설 《라모나Ramona》를 1884년 발표했다.

[229] 리디아 마리아 차일드Lydia Maria Child(1802~1880). 미국의 노예제 폐지 운동가, 여성 인권 운동가, 미국 원주민 인권 운동가, 소설가, 저널리스트. 미국식 팽창주의에 반대하여 백인 우월주의와 남성 지배에 저항했다. 〈강을 건너 숲속으로〉라는 시가 가장 널리 알려져 있다.

[230] 해리엇 비처 스토Harriet Beecher Stowe(1811~1896). 미국의 노예제도 폐지론자이자 작가. 1852년 작 《톰 아저씨의 오두막》을 비롯한 30여 편의 소설, 여행기, 편지글 들을 출판했다.

[231] 조지아나 풀러튼 부인Lady Georgiana Fullerton(1812~1885). 영국의 소설가, 자선가, 전기 작가, 학교 설립자. 1864년에 출간된 《사실이라기엔 너무 이상한》이 널리 알려져 있다.

[232] 디나 마리아 크레이크Dinah Maria Craik(1826~1887). 영국의 소설가, 시인. 빅토리아 시대의 중

프스[233]를, 레베카 하딩 데이비스를, 해리엇 프레스코트 스
퍼포드[234]를, 프란체스카 알렉산더[235]를, 마틸다 맥카네스
[236]를, 그리고 조지 엘리엇이 쓴 것이라면 뭐든 다 읽었다.

헬렌 헌트 잭슨은 "에밀리 디킨슨이 쓴 시들의 가치를 정확하
게 간파하고는 그녀에게 시를 출판하라고 강력하게 권했다".[141]
디킨슨은 영향을 받기만 한 것이 아니라 주기도 했다. 에이
미 로웰은 1925년에 쓴 〈자매들〉에서 디킨슨을 "언니"라고 칭했
다.[142] 리치는 〈나는 위험에 처해 있어요-선생님〉에서 디킨슨
을 자신의 조상이라 불렀다.[143] 시인 주하즈는 디킨슨을 "여자들
의 조상이 되기에 충분한 위대한 여성 시인"이라 칭하면서, 로
웰의 〈자매들〉, 린 스트롱인Lynn Strongin의 〈에밀리 디킨슨 우표
Emily Dickinson Postage Stamp〉(1972) 그리고 자신이 쓴 〈여자들의 시The

산층 삶의 전형을 보여 준 소설 《신사 존 할리팩스》로 유명하다.

233 엘리자베스 스튜어트 펠프스Elizabeth Stuart Phelps(1844~1911). 미국의 페미니스트 작가, 학자.
      정통 기독교의 사후 세계관을 부정하고 가정과 결혼에서 전통적으로 요구되는 여성의 역할에
      도전했다. 여성 복장 개혁 운동을 이끌었다. 남북전쟁이 끝난 지 3년 뒤인 1868년, 사후 세계
      에서 죽은 자들이 다시 만나는 내용의 소설 《조금 열린 문》을 발표했다.

234 해리엇 프레스코트 스퍼포드Harriet Prescott Spofford(1835~1921). 미국의 소설가, 시인, 탐정소
      설 작가, 아동문학 작가. 1859년 첫 소설 《로한 경의 유령》을 시작으로 많은 탐정소설과 서정
      시집 등을 펴냈다.

235 프란체스카 알렉산더Francesca Alexander(1837~1917). 미국의 삽화가, 작가, 민속학자. 《노변의
      노래》가 가장 유명하다.

236 마틸다 맥카네스Matilda Mackarness(1825~1881). 영국의 소설가. 어린이를 위한 교훈적인 이야
      기를 주로 썼다.

Poems of Women〉(1973)를 인용했다.**144** 반 저벤은 디킨슨이 또 다른
여성 시인들에게도 영향을 주었을 것이라고 추측했다.**145**

　문학하는 여자들 사이의 또 다른 연결에 관해 모어즈의《문학
하는 여자들》이 요긴한 참조가 되어 준다. 만약 디킨슨이 엘리자
베스 배럿 브라우닝을 읽었다면, 말년에는 "모든 작품(여자들이
쓴 소설)을 읽었을 것이다". 그녀는 자신의 묘비명에 이렇게 새겨
달라고 말한 바 있다. "세상에서 가장 왕성한 소설 독자 여기 잠
들다." 그녀는 해리엇 비처 스토와 서신을 주고받았다. 샬럿 브
론테가 런던 문단에서 내보인 "미숙함과 소심한 태도는 유명하
다".―해리엇 마티노와 있을 때만 빼고. 조지 엘리엇은 스토와
편지를 주고받았다. 제인 오스틴은 사라 해리엇 버니**237**, 제인 웨
스트 부인**238**, 안나 마리아 포터**239**, 앤 그랜트**240**, 엘리자베스 해

237　사라 해리엇 버니Sarah Harriet Burney(1772~1844). 영국의 소설가. 《자연의 특성》, 《사생활의 로
　　　맨스》 등의 소설을 발표했다.

238　제인 웨스트 부인Mrs. Jane West(1758~1852). 영국의 소설가, 시인, 극작가. 《이교도 아버지》,
　　　《거절》 등의 소설과 〈어머니〉 등의 시를 발표했다.

239　안나 마리아 포터Anna Maria Porter(1780~1832). 영국의 시인이자 소설가. 1797년 익명으로 단
　　　편소설 〈웰시 콜빌〉을 발표한 후 소설 《헝가리 형제들》, 《낚시, 사격, 사냥에 대한 연민의 이
　　　야기》, 《노르웨이의 은둔자》 등 많은 작품을 썼다.

240　앤 그랜트Anne Grant(1755~1838). 스코틀랜드의 시인이자 작가. 자전적 경험을 담은 시집인
　　　《미국 여인의 회고록》과 《산으로부터의 편지》를 썼다.

밀턴[241], 레티시아 마틸다 호킨스[242], 헬렌 마리아 윌리엄스[243], 그리고 "나머지 여자 작가들의 작품"을 읽었으며, 마리아 에지워스[244]와 패니 버니를 공부했다. 문학 분야의 사람들과만 관계를 맺은 것은 아니었다. 조지 엘리엇은 바바라 레이 스미스(여성고용진흥협회Association for Promoting the Employment of Women의 창립자)를 알고 지냈다. 샬럿 브론테는 페미니스트 메리 테일러Mary Taylor와 교류했다. 엘리자베스 게스켈은 베시 팍스[245]를 알고 있었고 토나 부인[246]의 책을 읽었다. 해리엇 비처 스토는 토나 부인의 1844년판 저서에 서문을 썼다. 조르주 상드는 《톰 아저씨의 오두막》에 대해 논평하면서 "모든 영광과 존경을 스토 부인께"라는 글귀를 스토에게 바쳤고, 《대니얼 데론다Daniel Deronda》[247]와 영국의 반유대주의에 대

241 엘리자베스 해밀턴Elizabeth Hamilton(1757~1854). 엘리자 혹은 베시라고도 불리는 식민지 시대 미국의 사교계 명사, 자선가. 뉴욕 최초의 사설 고아원을 설립하고 대표직을 맡았다.

242 레티시아 마틸다 호킨스Laetitia Matilda Hawkins(1759~1835). 영국의 소설가. 《공작부인과 거트루드》를 비롯한 네 편의 소설을 썼다.

243 헬렌 마리아 윌리엄스Helen Maria Williams(1759~1827). 영국의 소설가, 시인, 번역가. 노예제도 폐지론자이자 프랑스 혁명 지지자였다.

244 마리아 에지워스Maria Edgeworth(1768~1849). 아일랜드 출신의 영국 소설가. 아동문학에 처음으로 리얼리즘을 도입한 작가이며 유럽에서 소설이 발달하는 데 중요한 역할을 한 인물이다.

245 베시 팍스Bessie Parks(1829~1925). 영국의 페미니스트 활동가, 시인, 에세이 작가, 저널리스트. 대영제국에서 여성들이 겪고 있는 부당한 차별을 깨닫고 친구인 바바라 레이 스미스와 함께 상속법을 바꾸기 위한 운동을 펼쳤다.

246 토나 부인Mrs. Tonna(1790~1846). 빅토리아 시대의 영국 작가, 소설가. 샬럿 엘리자베스라는 필명으로 여성 인권 증진에 관한 《여성의 잘못》, 《헬런 플릿우드》 등의 작품을 썼다.

247 조지 엘리엇의 마지막 작품으로, 당대 영국 사회를 다룬 유일한 소설이다. 영국 상류사회에 대한 풍자는 극찬을 받았으나, 유대주의에 대해서는 논란을 일으키기도 했다.

한 조지 엘리엇의 유명한 편지에서는 스토가 "존경하는 선배"로 언급되었다. 모어즈는 문학적 스승과 제자 관계도 소개했다. 사라 온 주잇과 윌라 캐더, 샬럿 브론테와 진 리스, 이자크 디네센과 카슨 매컬러스, 아이비 콤튼 버넷과 나탈리 사로트[248] 등이다. 엘리자베스 배럿과 시인이자 극작가인 미트포드Mitford는 편지를 교환하는 사이였고(미트포드는 배럿에게 플러시[249]를 선물하기도 했다.), "위대한 조르주 상드를 격려하기 위해 자신들의 책을 한 꾸러미로 묶어 보내고" 싶어 했다. 배럿은 이렇게 썼다. "그녀로부터 편지를 받기 위해서라면 나는 뭐든 내줄 텐데. 그 편지에 여송연 냄새가 배어 있더라도. 당연히 냄새가 날 테지!" 이후 브라우닝은 남편의 반대에도 불구하고 상드를 두 번 만났다.

모어즈가 발견한 또 다른 놀라운 영향도 있다. 예를 들면, 조지 엘리엇이 거트루드 스타인에게 끼친 영향 같은 것이다. 단일 소설에 관해 말하면, 샬럿 브론테는 《콩쉬엘로Consuelo》[250]를 읽었고, 메리 테일러[251]는 그 책을 읽기 위해서라면 불어를 배울 이유

---

248 나탈리 사로트Nathalie Sarraute(1900~1999). 프랑스의 작가이자 변호사. 반–소설로 불리는 《알려지지 않은 남자의 초상》, 에세이 《의심의 시대》 등을 썼다.

249 '플러시Flush'는 메리 러셀 미트포드가 엘리자베스 배럿 브라우닝에게 선물한 코커스패니얼 종 개 이름이다. 훗날 버지니아 울프는 브라우닝의 연애편지를 읽다가 개 이야기에 매료되어 《플러시》라는 제목의 책을 출간했다.

250 조르주 상드가 1842년에 발표한 인도주의적 사회소설.

251 메리 테일러Mary Taylor(1817~1893). 영국의 페미니스트. 《빅토리아 매거진Victoria Magazine》에 페미니즘에 관한 수많은 글을 기고했으며, 이 글들을 정리해 《여성의 첫 번째 의무》라는 책으로 출판했다.

가 충분하다고 말했고, 윌라 캐더는 상드의 초상화를 1930년대
까지 벽난로 위 선반에 진열해 두었다. (모어즈는 조지 엘리엇의
시 〈암거트Armgart〉와 이자크 디네센의 '펠그리나 리오니'252를 함께 언
급하지는 않지만 이 둘 사이에도 연관성이 있을 수 있다.) 모어즈는
또한 래드클리프 부인253의 엄청난 영향력(그녀의 책들이 《셜리》
에 등장한다.)과 그보다 더 큰 《코린나Corinne》254의 영향력(모든 곳
에 등장한다.)도 추적했다. 그녀는 또한 요약본만 보면 모방작으
로 여겨질 수 있을 만큼 비슷한 주제들이 여자들 작품에서 반복
된다는 사실을 발견했다.

　다른 영역에서도 여성 예술가들 사이의 연관성이 발견되기
시작했다. 예를 들어, 버지니아 울프는 제랄딘 주스버리255가
제인 칼라일256과 교류했다는 것을 알았지만, 정작 그 둘에 대

252　펠그리나 리오니Pellegrina Leoni는 일곱 편의 이야기로 이루어진 디네센의 작품 《일곱 개의 고
　　딕 이야기》(1935년) 가운데 〈꿈꾸는 사람들〉에 등장하는 여성 인물로, 큰 사고를 당해 목소리
　　를 잃은 오페라 가수로 나온다. 리오니는 사고 이후 자신의 본래 정체성과 상징적으로 결별하
　　고 다양한 모습으로 자신을 표현한다.

253　래드클리프 부인Mrs. Ann Radcliffe(1764~1823). 영국의 작가, 고딕소설의 선구자. 초자연적 요
　　소들을 명쾌하게 설명하는 기법을 사용하여 1790년대 고딕소설의 위상을 높이는 데 기여했다.
　　당대에 가장 인기 있는 작가이자 존경받는 소설가였다. 《우돌포의 비밀》, 《시칠리안 로맨스》,
　　《숲속의 로맨스》 등의 작품으로 유명하다.

254　마담 드 스탈의 소설. 18세기 말 이탈리아를 배경으로 한 오스왈드와 코린나의 사랑 이야기.

255　제랄딘 주스버리Geraldine Jewsbury(1812~1880). 영국의 소설가. 《조: 두 인생 이야기》가 가장
　　널리 알려져 있다.

256　제인 칼라일Jane Carlyle(1801~1866). 스코틀랜드의 작가. 모든 작품이 사후에 출판되었다. 버지
　　니아 울프가 "가장 위대한 편지 작가"라고 불렀으며, 제랄딘 주스버리와 매우 가까운 친구였다.

한 에세이에서는 주스버리가 소외되어 있다는 인상을 준다.[146] 그렇지만 《이단들Heresies》(당시) 최신호는 제럴딘 주스버리, 샬럿 커쉬만[257], 파니 켐블[258], 해리엇 호스머[259], 몇몇 다른 여성 예술가들을 "친밀한 사이"로 연결하고 있다. 1920년대에는 나탈리 바니[260]를 중심으로 사람들이 모였다.(바니는 콜레트의 소설 《환희Ces Plaisirs》의 등장인물 르네 비비안Renee Vivien에 대해 거센 불만을 토로했다.)[147] 이러한 네트워크들이 예술가들 사이에만 있었던 것은 아니다. 역사학자 블랑쉬 비젠 쿡[261]은 ("함께 작업한 남자들"에 둘러싸여 있으면서 동시에 "페미니스트 지지 집단"도 거느리고 있었던) 기혼녀 크리스탈 이스트만[262]을 중심으로 한 여성 집단과 "거의 여자들과만 가까이 지냈던" 동성애자 제인 애덤스

257 샬럿 커쉬만Charlotte Cushman(1816~1876). 미국의 무대 배우. 콘트랄토 음역대를 지니고 있어 남성과 여성 역할을 모두 연기할 수 있었다.

258 파니 켐블Fanny Kemble(1809~1893). 19세기 초중반의 영국 배우. 11권의 회고록, 시집, 여행기, 극장에 관한 글을 출판한 인기 작가이기도 했다.

259 해리엇 호스머Harriet Hosmer(1830~1908). 신고전주의 조각가로 19세기 미국에서 가장 유명한 여성 조각가. 석회암을 대리석처럼 조각하는 기술에서 놀라운 발전을 이뤄 냈다.

260 나탈리 바니Natalie Barney(1876~1972). 미국의 극작가, 시인, 소설가. 파리에 거주하면서 자신의 살롱에 영국, 프랑스를 포함 전 세계의 작가들과 예술가들을 불러 모았다. 레즈비언 페미니스트였으며, 프랑스어와 영어로 작품을 썼다. 레즈비언 소설 《고독의 우물》이 다른 작가들에게 영감을 주었다.

261 블랑쉬 비젠 쿡Blanche Weisen Cook(1941~). 미국의 역사학자. 미국 제32대 대통령인 프랭클린 D. 루스벨트의 부인 엘리너 루스벨트에 관한 세 권의 전기를 썼다.

262 크리스탈 이스트만Crystal Eastman(1881~1928). 미국의 변호사, 반전주의자, 페미니스트, 사회주의자, 저널리스트. 여성 참정권 운동을 이끌었던 리더로 널리 알려져 있다.

263와 릴리안 왈드[264]에 대해 기록했다. 그녀는 여자들의 관계가 성적이든 그렇지 않든 역사가들에게 철저히 무시당해 왔다고 말한다. 동성애 관계일 경우(영어학과 학과장이었던 동성 연인과 몇 년을 함께 살았던 마운트 홀리요크대학 총장 메리 엠마 울리Mary E. Woolley의 경우처럼.) "역사적 증거가 교묘하게 처리되었다". 쿡은 역사가들이 명백한 사실을 앞에 두고도 발뺌하려 드는 경악스러운 사례 몇 개를 제시한다.[148] 확실히 엘리자베스 배럿을 향한 에밀리 디킨슨의 열망은 사회적으로 금기시되지 않았지만, 그럼에도 "대부분의 디킨슨주의자들이 문학적 관계를 수치스럽게 여겼"으며 "브라우닝 연구자들은 (……) 그 사실을 언급하지 않았다"고 모어즈는 말한다.

> 오스틴이 영어권에서 위대한 작가 중 한 사람이 되어 가던 그 시간 동안 그녀를 지탱해 준 것이 여성 소설이었다는 사실을 편지들이 알려 주건만 학계는 고상하고 게으른 시선으로 그 사실을 외면해 왔다.

---

263 제인 애덤스Jane Addams(1860~1935). 미국의 사회학자, 평화운동가, 사회복지가. 여성의 8시간 노동 준수, 이민 여성 보호, 최초의 소년재판소 설립 등의 운동을 펼쳤으며, 1931년 노벨평화상을 수상했다.

264 릴리안 왈드Lillian Wald(1867~1940). 미국의 간호사, 인도주의자, 작가. 미국 간호사 협회 창립자로 알려져 있다. 헨리 스트릿 주거지를 세워 주거지가 불안정한 뉴욕 시민들을 도왔으며 공립학교에 간호사들을 고용하는 법안을 옹호했다.

모어즈는 또 래드클리프 부인의 작품에 나오는 고딕풍 영웅들의 "침착함과 고결함"이 근대적 관점에 의해 사라지게 되었다고 불평한다.

> 래드클리프 부인을 추종하던 남자 작가들은 작중인물을 어떻게 그려 냈던가. 대부분의 (……) 고딕 여성 영웅들이 판에 박은 듯 무력하고 나약한 희생자로, 그 나약함에서 성적 매력이 나오는 인물로 그려졌다.(모어즈는 《우돌포의 비밀 The Mysteries of Udolpho》265에 등장하는 여성 영웅 에밀리의 적절한 재현을 사드의 희생자 여성이 아닌 〈아프리카 여왕 The African Queen〉266의 캐서린 헵번에게서 찾는다.)149

나는 또한 돌로레스 팔로모를 통해 학계의 그 고상한 눈들이 "18세기에 인쇄된 소설의 절반 내지 3분의 2"를 비주류거나 평범하거나 외설적이라고 비난했다는 것을 알게 되었다. 그러니까, 여자들이 쓴 소설들 말이다.150

---

265 1794년에 발표한 앤 래드클리프의 대표작. 주인공 에밀리가 부모를 잃고 사악한 후견인 몬토니에 대항해 싸우는 고딕소설. 몬토니는 재산을 넘기지 않으면 에밀리를 죽이겠다고 협박하며 그녀를 우돌포 성에 감금하지만, 그녀는 강인한 의지와 도덕적 결백으로 몬토니를 무너뜨린다. 여러 인물들의 심리묘사가 훌륭하지만, 특히 에밀리의 혼돈과 공포가 인간 본성의 상징으로서 탁월하게 그려졌다고 평가받는다. 작품 전반에 걸쳐 여성의 독립이 얼마나 중요한지 암시되어 있다.

266 1951년에 개봉한 미국 영화. 제1차 세계대전 시기에 독일군이 주둔하던 동아프리카 원주민 마을을 배경으로 '아프리카 여왕'이라는 이름의 모터보트 주인 찰리와 마을의 유일한 백인 여성 로즈가 펼쳐 나가는 모험 이야기. 깐깐하면서도 대담한 여자 주인공을 캐서린 헵번이 맡았다.

이로써 문학 내 여성 전통은 무시되고 조롱받거나 심지어 (자신의 재산을 지켜 낸 래드클리프 부인의 여성 영웅이 그랬듯이) **빼앗기고 대체**되었다. 대체 왜? 여기 (심리학자 주디스 롱 로스Judith Long Laws의) 정치적인 답변이 하나 있다.

> 토크니즘tokenism267은 (……) 지배 집단이 특권, 기회, 또는 유익한 재화를 소외 집단과 공유하라는 압력을 받을 때마다 등장한다. (……) 토크니즘은 권력의 양 자체가 엄격하게 제한되어 있음에도 계층 이동이 가능한 것처럼 선전한다. (……) 토큰은 결코 지배 집단에 흡수되지 않을 뿐만 아니라, 영구적인 주변부로 못 박힌다.[151]

또 하나. 소설가 새뮤얼 딜레이니는 미국인들이 칵테일파티 같은 특정 상황이 아니라면 구성원의 65~75퍼센트가 남자들일 때 남녀 동률로 "인식하도록" 훈련되었다고 말한다. 회사든 거리든 여자들이 절반을 차지하면 여성 비율이 50퍼센트를 **훌쩍 넘어** 보이는 경향이 있다.[152] 마찬가지로, 선집 편저자나 편집자들에게도 "적정"하거나 "충분"한 여성 작가 수를 무의식적으로 제어하는 메커니즘이 작용했을 수 있다. (한 여자 선배의 지혜를 떠올

---

267 구색만 갖춘 형식적인 정책 또는 관행. 인종적, 종교적, 성적으로 소수인 사람들을 조직에 일부 포함시켜 외형상 평등과 공정을 실현하는 것처럼 보이게 하는 것으로, 사실상 토큰token으로 뽑힌 소수가 소수자 전체를 대표하게 됨으로써 주류 집단의 권력은 계속 유지된다.

려 본다. 참석자 중 여자는 우리뿐이었던 회의가 시작되기 전 그녀는
내게 속삭였다. "내 옆에 앉지 마요. 안 그러면 저들은 우리가 떼로 달
려든다고 생각할 테니까.")

세 가지 요소가 여기 있다. 가망성, 수적인 제약, 그리고 영구
적인 주변화. 우리는 여성 작가들에게 허용되는 몫 자체가 통제
되고 있음을 봐 왔다. 5에서 8퍼센트의 대표자만 내세움으로써.
작품의 질은 행위 주체성을 부정함으로써, 행위 주체성을 오염
시킴으로써, 잘못된 범주로 분류해 버림으로써 통제될 수 있다.
이중 기준으로 내용을 평가하고, 여성 전통에서 분리시킴으로써
만들어 내는 여성 작가의 **예외성**은 영구히 변방으로 내몰기 위한
최후의 수단이다.

여성이 문학 안에서 온전한 "소속감"을 가지려면 그녀가 속한
전통 또한 받아들여져야만 한다. 기록된 것에서든 아니든 자신
외의 다른 여성 작가들이 그들의 전통과 함께 받아들여져야 한
다. 발화가 받아들여져야 한다. 정전과 탁월함에 대한 이해가 변
화해야 한다, 인정을 넘어 말이다. 간단히 말해, "부적절한" 이
들이 "적절한" 가치를 만들어 내는 문제에 동원된 갖가지 해결책
은 완전히 실패했다. 그러면서 "부적절하게" 존재하는 이들이 있
다는 생각 자체가 힘을 잃기 시작한다. 이로써 "부적절하다"고
인식되어 왔던 이들에게 어떤 일이, 왜 일어났는지 알아낼 필요
가 생겨난다. 그것은 곧 이 가공할 상황을 만드는 데 스스로가
어떤 공모를 해 왔는지 깨닫는 것을 뜻한다. 그것은 자신이 가

진 특권에 대해 분노하고 두려워하고 무력함을 느끼는 것, 양심의 가책을 느끼는 한편 지식인들이 어떻게 해서 더 나쁠 수 있는지 깨닫는 것, 자신의 엄청난 어리석음을 뉘우치는 것을 뜻한다. 물론 보복에 대한 두려움 때문에 그럴 수도 있다. 그것은 그들이 당신을 주시하고 있음을 안다는 뜻이다. 중년의 백인 남자 교수(이 직업군에서의 전형)가 신성한 문학 고전에 다음과 같은 작품을 포함하라고 요청받았다고 상상해 보라.

> 나를 불러 봐
> 주제넘은 바퀴벌레라고
> 당신의 하얀 베개 위 악몽이라고……
> – 오드리 로드, 〈갈색 골칫거리 혹은 살아남은 바퀴벌레들에게
> 바치는 시The Brown Menace or Poem to the Survival of Roaches〉**153**

그 백인 남자 교수는 분노를 참기 어려울 것이다. 그러나 더한 것도 있다. 우리의 교수가 발기부전과 자위 그리고 조로에 관한 길고 우아하며 희극적인 시와 맞서고 있는 모습을 상상해 보라.

> 욕망에 휩싸인 젊음이 헛된 시도를 하는구나
> 그것(페니스)의 짧은 정력을 되살려 보려고
> 하지만 원하는 대로 움직이질 않고
> 사랑을 향한 과도한 사랑은 배반당하네

애써도 허사, 윽박질러도 허사

손 안에 축 늘어진 인사불성의 그것이 질질 짜고 있네[154]

위의 시는 애프러 벤의 〈실망The Disappointment〉이다.

"잘못된" 것에 대해 쓴다고 완전히 무시당하거나 묵살당하지 않은 이들, (그게 뭐든지 간에) 부적절하다는 선고를 (요행히도 그 해에는) 피한 이들, (신중하게 채택된 몇 안 되는 최악의 작품을 근거로) 단순히 기교적으로만 흥미를 끈다고 말해지지 않은 이들, 예술가가 아닌 다른 범주에 놓이지 않은 이들, 잘못된 장르 또는 어디에도 속하지 않는 장르의 글을 쓴다고 비난받지 않은 이들, 다른 이들이 삭제해 버리거나 잘못 해석한 탓에 웃음거리가 되거나 책잡히지 않은 이들. 이들에 대해 여전히 진지하게 말하는 것이 가능하다.

그녀가 썼어. 하지만 그 여잔 걸맞지가 않아.

아니면, 좀 더 후하게. 그 여자는 대단해. 하지만 그녀는 도대체 어디서 온 거지?

9. 본보기 없애기

Prohibitions

Bad Faith

Denial of Agency

Pollution of Agency

The Double Standard of Content

False Categorizing

Isolation

Anomalousness

Lack of Models

Responses

Aesthetics

delete this aspect of her work and emphasize her love poems, declared to be written to her husband

delete any of her work that depicts male inadequacy or independent female judgment of men

suppress it and declare her an unhappy spinster

invent an unhappy heterosexual affair for her to explain the poems

delete everything of that sort in her work and then declare her passionless, minor, and ladylike

forget it; she's cracked

어떻게 해야 할지 안내하고 가능한 선택지가 무엇인지 보여줄 본보기는 모든 예술가들에게—사실 모든 사람에게—요긴하지만, 포부 있는 여성 예술가들에게는 특히나 중요하다. 지속적이고도 광범위하게 의욕을 꺾으려는 장애물 앞에 선 여자들에게는 본보기가 필요하다.(모어즈가 말했듯이.) 여자로 살면서 어떤 방식으로 문학적 상상력을 발휘해 왔는지 보기 위해서뿐만 아니라, 이류가 되거나 미쳐 버리거나 사랑을 하지 못하거나 하지 않고도 예술 작품을 만들어 낼 수 있다는 확신을 얻기 위해서 말이다. 음탕한 여자, 우울한 독신녀, 헌신적이고 고분고분한 아내, 그리고 (최근에는) 비극적 자살자에 이르기까지, 여성 예술가에 대한 잘못된 범주화는 문학에서 여성 전통을 말살하는 길로 수렴되어 가장 강력한 해를 끼친다.

한마디로 젊은이들에게서 본보기를 박탈하는 것이다.

언뜻 보기에는, 본보기가 없는데 문학 내에 여성 전통이 있다는 주장은 모순으로 보인다. 과연 그런가?

본보기는 시대마다 다를 수 있다. 본보기가 이미 존재하더라도 세대마다 새로 구성되어야 한다. 그래야 본보기가 만들어지는 과정에서 누락됐던 것들이 나중에라도 구축되고 발견될 수 있다. 그 과정에서 시간, 에너지, 자신감 등 상당한 비용을(운과 추동력을 포함해.) 들여야 함은 물론이다. 사실 나는 고등교육이 지난 세기에 예견하지 못한 나쁜 효과를 낳은 것이 아닌가 의심스럽다. 비공식적으로 알음알음 전파되었던 문학 속 여성 전통이 공식 교육으로 대체되면서 전통 자체가 깡그리 누락되었다. 전자의 경우에는 폄하되기는 했어도 본보기와 전통이 존재할 수 있었다. 그러나 후자의 경우 몇몇 예외적인 여자들을 빼고는 아예 보이지 않게 되었다. 일레인 쇼월터는 이렇게 썼다.

> 대학에서 영문학을 전공하고 있는 한 여학생을 상상해 보자. 1학년 시절 (……) 수업 교재들은 시기나 타당성 중심으로 혹은 독자들을 끌어당기는 흡인력을 기준으로 채택될 것이다. (……) 《책임 있는 사람The Responsible Man》268처럼 "의미 있는 문학을 원하는 학생들을 위한" (……) 신입생 영어 (……) 교재들 중 어느 것이든, 《인간의 조건Conditions

---

268 C. 제리엘 하워드와 리처드 프란시스 트라츠가 1970년에 에세이, 소설, 시 등을 묶어 펴낸 책.

of Men》269 또는 《위기의 인간Man in Crisis》270이든, (……) 33
명의 남자들이 작가, 시인, 극작가, 화가, 지도자 등과 같
은 영웅을 대표하는 《인간 대표: 우리 시대의 영웅 숭배
Representative Men: Cult Heroes of Our Time》271이든 (……) 책에 포함
된 여성 인물은 배우 엘리자베스 테일러272와 실존 영웅 재
클린 오나시스273가 다였다.

아마 그 여학생은 《미국 문학 속 청년The Young Man in American
Literature》 같은 이야기 선집이나 《흑인과 미국의 약속The
Black Man and the Promise of America》 같은 사회학 문헌을 읽게 되
거나, 우리 모두가 아버지를 죽이고 싶어 하고 어머니와 결
혼하고 싶어 한다는 《오이디푸스》 같은 영원한 고전을 공
부할 수도 있다. 그리고 (……) 예상대로 그녀는 모든 영어
과 신입생들이 좋아하는 반항적인 청년에 관한 고전 《젊은
예술가의 초상Portrait of the Artist as a Young Man》을 만나게 될 것

---

269 철학, 역사, 도시계획, 심리학, 생물학, 사회학, 건축, 문예 비평 등 거의 모든 분야를 섭렵하
며 자신만의 독특한 사상을 거침없이 펼쳐 냈던 루이스 멈퍼드Lewis Mumford가 1944년에 처음
출간했으며, 1973년에 재출간되었다.

270 미국의 영문학자 조셉 K. 데이비스가 1970년에 출간한 책.

271 1970년 테오도르 L. 그로스가 문화예술계의 영향력 있는 인물들을 소개한 전기.

272 엘리자베스 테일러Elizabeth Taylor(1932~2011). 1940년대 아역 배우로 시작하여 1950년대 고전
할리우드 영화를 대표하는 배우로 자리매김했다.

273 재클린 오나시스Jacquline Onassis(1929~1994). 미국의 작가, 문학 비평가, 사진작가. 1953년 존
F. 케네디와 결혼해 미국의 영부인이 되었다. 케네디 암살 사건 이후 언론계로 복귀하여 뉴욕
의 〈바이킹프레스〉 편집자로 일하다가 〈더블이지〉의 시니어 편집자를 지냈다.

이다. [155]

이 글에 비추어 볼 때, 플로렌스 하우가 (같은 잡지 같은 호에서) 이렇게 적은 것이 놀랍지 않다.

> 내 여학생들은 하나같이 여성 작가들이 (그리고, 대놓고 말하지는 않았지만 그들 자신도) 남성 작가들에 비해 열등하다는 생각을 하고 있었다. (……) (나는) (……) 그들 중 상당수가 남몰래 쓰고 싶어 했으며, "생각"과 "상상력"을 가지고 싶어 했다는 것을, 그러나 이미 너무 늦었다고 느낀다는 것을 (……) 알았다. [156]

1976년 가을에 수업을 했던 마릴린 해커를 다시 호출해 보자.

> 《뉴 리퍼블릭》에 (……) 1976년 출간된 시집들에 관한 간략한 논평이 실렸다. 내가 (직업 덕에) 받은 카탈로그에서 (……) 그(해럴드 블룸)는 여자가 쓴 책은 단 한 권도 언급하지 않았다. (……) 시 부문의 (……) 60개 주제 중에서 디킨슨, 무어, 루이스 보건, 플라스에 대한 강의를(여기서도 또 8퍼센트) 모두 남자들이 했다. 소설은 아예 없었다! [157]

문학 분야에서 여성 본보기가 부재할 때 여자 교사들은 특정 예술 분야, 아니면 적어도 고급문화 일반 영역에서 학생들에게 용기를 북돋아 줄 수 있다. 지난 10년 동안 페미니즘의 확산은 확실히 여자 대학생과 고위직 여성 비율 증가로 이어졌다. (그럼에도 1978년 6월, 《여학생들과 캠퍼스에서On Campus with Women》는 다음과 같은 수치를 내놓았다.)

> 1974~75년 대학에서 여성 교수의 비율은 22.5%였다. 1975~76년에는 21%로 떨어졌고 (……) 1976~77년에는 (……) 22.4%로 올라갔다. (……) 1976년에는 여자 교수의 3분의 1이 상위 두 개 분야에 있었다.(전체 교원의 7.4%인데 이 수치는 교재, 선집 등에서 여성이 차지하는 비율과 오싹하리만큼 흡사하다.) 1977년에는 단 28%였다. (……) 같은 분야 남자 교수의 비율은 1976년에는 64%였고 1977년에는 62%였다. **158**

교육이나 문학 영역에서 귀감이 되어 줄 여성 본보기가 상대적으로 얼마 되지 않는데도, 왜 어떤 여자들은 기어이 작가가 되고야 마는 것일까? 대다수의 학생들은 결코 모르는 어떤 것에 접근할 수 있었던 걸까? 최소한 세 명의 작가는 그렇지 않았던 것으로 보인다. 시인 에리카 종은 자신이 받은 문학 교육에 대해 다음과 같이 말한다.

여성으로 존재한다는 것은, 불행히도, 남성이 정의한 많은 것들을 믿고 있다는 의미다. (……) 나는 오르가슴이 무엇인지에 대해 채털리 부인으로 가장한 D. H. 로렌스에게서 배웠다. (……) (수년 동안 나는 나의 오르가슴을 채털리 부인의 오르가슴에 비추어 보면서 내게 무슨 문제가 있는 게 아닐까 생각했다.) 나는 도스토옙스키에게서 그들(여자들)에게 종교적 감정이 없다고 배웠다. 스위프트와 포프Pope에게서는 그들에게 종교적 감정이 지나치게 많다고 (그렇기 때문에 결코 충분히 이성적일 수 없다고) 배웠다. 포크너Faulkner에게서는 그들이 대지의 여신이며 달과 조류와 작물과 함께하는 이들이라고 배웠다. 프로이트로부터는 그들이 미숙한 슈퍼에고를 가진, 영원히 "불완전한" 존재들이라고 배웠다.

종은 "내게 시는 남성명사였다"고 고백하면서 그럴 수 있었던 이유를 다음과 같이 말한다.

여자는 왜 저자가 될 수 없는지 반복해서 말하고 또 말했던 작가가 있었다. 여자들의 경험이 너무 제한적이라는 것이었다. (……) 여자들은 유혈 낭자한 폭력에 대해서도, 빌어먹을 매춘에 대해서도, 길거리에서 토악질하는 것에 대해서도 몰랐다. (……) 이것이 (……) 나를 비참하게 만들었다.[159]

에리카 종은 예술에서의 본보기를 "킹콩과 타잔의 혼합"이라고 묘사했다. 에이드리언 리치는 남자처럼 쓰고 싶다는 은근한 욕망(받아들여질 수 있는 본보기로서)이 여성 전통의 부재로 이어진다고 보았다.

> 50년대까지도 디킨슨의 작품을 무삭제판으로 온전하게 접하기란 불가능했다. (……) (내가 대학에 다닐 무렵에 우리는) H. D.를 기껏해야 몇몇 보석 같은 이미지즘 서정시를 쓴 저자로만 알고 있었다. 그러나 짧지 않은 후기 시들 속에서 (……) 그녀는 분열 너머 (……) 제2차 세계대전의 파멸 너머 (……) "우리 여자들/시인들은 (……) 이 폐허를 떠나 다른 무언가를 찾을 것이다"라는 메시지를 건네고 있었다. (……) 그녀는 여성 영웅, 여성 신적 존재를 창조하면서 여자들의 신화를 탐색하고, 여성 시인만이 가진 관점을 펼쳐 내고 있었다. 당시 나는 이런 것들에 대해서는 전혀 배우지 못했다. **160**

당시 나는 이런 것들에 대해서는 전혀 배우지 못했다. 본보기가 없거나 설령 있더라도 이런저런 방식으로 오염되었다면, 우리가 무엇을 할 수 있었을까?

신입생 시절, 당시 데이트하던 대학원생이 소설가를 꿈꾸던 내게 글을 쓰려는 야망과 "위대한 문학"을 생산한 여자는 한 명도 없다는 "사실"을 어떻게 조화시키는지 천진하게 물었다. 내가 뭐라고 답할 수 있었을까? 나는 버지니아 울프는 한계가 있는 숙녀였다고("티타임에서 나온 비극 작품"은 내 데이트 상대가 선심 쓴 문구였다), 샬럿 브론테는 비주류라고, 《폭풍의 언덕》은 "비현실적"(또, "자기모순 없는 괴물")이라고, 에밀리 디킨슨은 이상한 시 나부랭이나 썼던 특이한 독신녀로 몇몇 소수의 교수들에게나 흥미를 불러일으켰는데, 그녀의 시들이 하나같이 "직관적으로" 창작된 탓에 아무도 그 작법을 이해하지 못한다고 "배웠다". 이상한 생각, 한때는 셰익스피어의 상스러운 토착어에 적용되었던 이상한 생각(부적절한 집단의 예술가는 지성이 아닌 직관으로 창작할 것이라는 억측)이 어디서나 불쑥 등장했다. 루이스 운터마이어는 로세티의 시를 "분석이 불가능하다"[161]고 말했는데, 그 표현은 (울프가) (20세기 초) 로세티에 관한 글에서 인용한 월터 롤리 경[274]으로부터 건진 것이리라. 롤리 경은 다음과 같이 말했다. "당신은 순수한 물의 성분에 대해 말할 수는 있어도 순수한 시에 대해 비평할 수는 없을 것입니다.—최고의 비평을 만드는 건 불순물이나 모래가 섞인 시입니다. 크리스티나의 시는 나를 비평하기보다는 그저 울고 싶게 만듭니다."[162]

이런 식의 낭만화는 행위 주체성을 부정하는 한 가지 방법이고 인종, 계급, 성과 함께 작동하여 극단적으로 해로울 수 있다.

274　월터 롤리 경Sir Walter Raleigh(1861~1922). 영국의 영문학 교수이자 비평가, 시인.

어떤 예술이 "직관적으로" 얻어 걸린 것이라는 생각은 지능, 노력, 해당 예술가의 전통 등을 말살하는 것이며, 언급된 예술가를 인간 이하의 존재로 범주화하는 것이다. 이렇게 지성, 훈련, 전통과의 관계를 무력화시킴으로써 여성 시인을 본능 또는 직관으로만 작업하는 사람으로 만들어 버리는 것이다. 이로써 운터마이어가 그랬듯 "흑인의 영혼"은 존중 없이도 대할 수 있게 된다. 심지어 울프마저도 로세티에 대해 "당신은 직관의 시인이었어요"라든가 "그녀의 시는 그녀 머릿속에서 전부 다 통째로 저절로 만들어진 것 같아 보였습니다"[163]라고 말했다. 이런 식의 창작은 모차르트에게는 천재적인 재능이 되지만, 로세티에게는 직관이 된다.

(대중문화에서 극단적으로 악랄한 사례로 텔레비전 시리즈물 〈루 그랜트Lou Grant〉 가운데 1978년 방영된 에피소드 〈재개발Renewal〉[275]을 들고 싶다. 이 에피소드에는 나이 많은 흑인 예술가가 등장하는데, 그가 그린 벽화는 "원시적"이고 "감정적"이며 예술적 동기보다는 개인적 상실에서 나온 것으로 묘사된다. TV에 나오는 인종차별의 최근 사례 중 그 늙은 화가의 순진하고 멍청한 눈을 백인 인물이 너그럽고 사랑스러운 시선으로 바라보는 것만큼 나빴던 것은 없었다.(그 흑인 예술

---

275 〈루 그랜트〉는 1977~1982년에 걸쳐 방영된 미국 드라마로, 〈재개발〉은 시즌1의 17번째 에피소드였다. 가난한 흑인 남성이 자신의 아내를 추모하며 아파트에 그린 벽화가 빈민가 재개발 사업으로 철거될 위기에 놓인다는 내용의 에피소드다.

가의 어리숙함은 "키아러스큐로우chiaroscuro276"를 잘못 발음하는 모습을 통해 반복적으로 재현되었다.) 그 드라마는 성인 예술가가 내보인 호소력 있는 아둔함이 (연기가 아니라) 진짜이며, 겸손한 태도는 도덕적인 백인에게 어울리는 것이라고 전제돼 있었다.)

그래서, 여성이 열등하다는 "사실"과 맞닥뜨린 나는 뭐라고 말했던가?

나는 말했다. "내가 최초가 되겠어."

3년 뒤, 대학 내 글쓰기 수업에서 몇 안 되는 여자들 중 한 명이었던(당시에 나는 왜 그렇게 여학생 수가 적은지 궁금해하지도 않았다.) 나는 내가 쓴 소설을 합평 과제로 제출했다. 고등학교 댄스 수업 시간에 붙박이처럼 서 있는 고통에 관한 희극이었다. 내 글은 제외되었다. 그렇다. 그 글은 웃겼지만 고등학교 댄스 수업에 대해서는 모두가 알고 있었고 그래서 중요한 소재가 아니었다. 반면, 동기 남학생의 소설 중 하나가 깊은 경외의 대상이 되었다. 다듬어지지 않았고 강렬했고 광포했고 직설적인 글이었다. 그의 글은 (말 못 하는) 창녀 고르기, 술집에서 싸우기에 관한 것이었다. (서브플롯에는) 도무지 가늠이 안 되는 캐릭터로 남편이 등장하는데, 그는 꼬리뼈 낭종 절제 수술을 받은 뒤 이제 막 병원에서 퇴원한 악취 나는 아내와 부엌 바닥에서 고통스럽게 성교한다. 마지막 문장은 "그날 밤, 그들의 멍청한 아이가 잉태

276 명암을 대비해 표현하는 미술 기법.

되었다"였다. 수업이 끝나자 나는 내 친구와 밖으로 나가 깔깔댔지만, 과연 내가 작가가 되기에 적절한 종류의 경험을 한 것인지 의아했다.

운 좋게도 나는 나 같은 스타일은 안 될 거라는 말을 듣지는 않았다. 그렇지만 신시아 오지크[277]는 60년대 중반 다음과 같은 일을 겪었다. 플래너리 오코너의 《현명한 피Wise Blood》를 가르칠 때였다. 학생들은 오코너가 (수업 3주 후에야) "그녀"로 지칭되는 걸 듣자마자 경악했다. 한 학생을 제외하고. 그녀는 "지적이고 실험적이며 드물게 박학다식한 학생이었으며, 남학생이 득실대는 공과대에 들어온 별종이었다". 이 학생은 완고했다.

> "나는 그녀가 여자라는 것을 알고 있었어요. (……) 그녀의 문장은 여자의 문장이었으니까요." 나는 그녀에게 그게 무슨 뜻이며 어떻게 알 수 있었느냐고 물었다. "문장이 감상적이었으니까요." 그녀가 대답했다. "남자의 문장처럼 단단하지 않았어요." 나는 거친 문체로 자주 거론되는 감상적이지 않은 문단과 페이지를 가리켰다. "그래도 여자처럼 들려요. 그럴 수밖에요. 그녀는 여자잖아요." 미래의 엔지니어가 말했다.[164]

---

277 신시아 오지크Cynthia Ozick(1928~). 미국의 단편소설 작가, 수필가. 유대인 가정에서 태어나 브롱크스에서 성장한 그녀는 "브롱크스의 에밀리 디킨슨"으로 불린다. 《희미하게 빛나는 세계의 후계자》, 《숄》 등을 썼다.

1960년대 중반(오지크의 경험)도 아니고 1956년(내 경험)도 아닌 지금의 학생들은 어떨까. 그들은 메리 울스턴크래프트를 《근대의 여성: 잃어버린 성Modern Woman: The Lost Sex》165[278] 같은 책으로 배우지 않는다. 1953년의 나는 불행히도 런드버그와 파념의 희화화를 통해 울스턴크래프트를 온갖 신경증에 시달리며 (정신력은 쏙 빼고) 고통받는 여성으로만 만났다.(케이트 밀레트는 《성의 정치학》에서 이 책이 "일반 대중과 (……) 아카데미 모두에 엄청난 영향을 주었다"고 말한 바 있다.)[166] 런드버그와 파념에 따르면, 여성운동은 "증오라는 토대 위에 서 있"으며, "증오의 중심에 자리한 깊은 병에서 비롯되는 감정적 분출, 신경증의 표출"일 뿐이다. 여성의 참정권을 지지했던 존 스튜어트 밀은 여자 같은 사람, 칼 마르크스의 이론은 "부모의 권위를 향한 무의식적 증오"에 따른 것이 된다. 런드버그와 파념이 울스턴크래프트에게 한 것처럼, 잊혔던 페미니스트들을 다시 불러내는 것이 꼭 헐뜯기 위한 것은 아니었다. 제인 마커스는 《예술과 분노》에서 찬사를 보내기 위해 엘리자베스 로빈스를 망각의 늪에서 건져 올리는데, 로빈스가 그녀 삶에서 가장 낙심한 것 중 하나는 여자들이 페미니스트이든 아니든 역사에서 지워지는 것을 인식하게 되었을 때였다.

---

278   사회학자인 런드버그Lundberg와 정신과 전문의 파념Farnham이 1947년에 발표한 책으로, 제2차 세계대전 후 미국 여성들의 사회 · 심리학적 배경을 논하고 있다. 세계적인 베스트셀러가 되어 반페미니즘 운동에 영향을 끼쳤다.

로빈스는 그녀 세대의 여성들에게까지 (……) 드리워진 망
각의 깊이에 소스라쳤다. 사실 그녀는 험프리 워드 부인[279]
과 참정권 문제를 둘러싸고 첨예하게 대립했다. 워드 부인
은 (……) 자신의 집을 그녀가 지지하던 정치인, 지식인, 작
가 등 보수파 모임을 위한 살롱으로 내주었다. 하지만 그
녀가 죽었을 때 그들 중 누구도 그녀를 애도하지 않았다.
(……) 이디스 워튼의 경우도 비슷했다. 워튼은 헨리 제임
스와 평생에 걸쳐 우정을 이어 왔는데, 로빈스가 보기에 그
우정은 제임스에게는 그저 "의무를 다하기 위한 어떤 걱정
스러운 욕망"일 뿐인 것 같았다. (……) 한편, 엘리자베스
로빈스가 입센Ibsen의 추종자였을 때 헨리 제임스와 버나드
쇼는 로빈슨의 추종자였는데, 그녀가 직접 글을 쓰기 시작
하자 그들은 모두 입을 다물었다. **167**

앞서 산 이들에 대한 기억이 묻혀 버릴 때, 그런 사람은 존재
하지 않았다는 가정이 지속되고 각각의 여성 세대는 자신들이
모든 것을 처음 하는 부담을 떠안고 있다고 여기게 된다. 만약
아무도 그 일을 해 본 적이 없다면, 어떤 여성도 사회적으로 신
성한 존재, 그러니까, "위대한 작가"였던 적이 없다면, 우리는

---

279 험프리 워드 부인Mrs. Humphrey Ward(1899~1946). 영국의 소설가. 여성의 참정권을 반대했으
며, 1909년 《타임스》에 법률, 금융, 군사, 국제 문제는 남성만이 해결할 수 있다고 썼다.

그 일을 해낼 수 있다는 생각을 어떻게 하게 되는 것일까? "만약 여자들이 할 수 있다면 왜 여태 안 했겠는가?"라는 의심의 유령은 마거릿 캐번디시의 시대에 그랬던 것과 마찬가지로 힘이 세다. 진정한 비범함은 만들어지는 것이라는 생각은 의욕을 꺾는 힘을 가지고 있다. 예를 들어, 울프는 《자기만의 방》에서 스스로 창조한 소설가, 메리 카마이클Mary Carmichael에 관해 썼다. "그녀는 (……) 또 다른 백 년의 시간이 지난 뒤에는 (……) 시인이 될 것이다."[168]

백 년의 시간이라고? 맙소사!(울프처럼 써 본다면), 너무 내성적인 나머지 학문에만 매달리고, 어떤 대의도 믿지 않으며, 숙녀라는 한계에 발이 얽매여(E. M. 포스터의 말) 고상한 체하는 상류층의 일원이 자신의 시가—백 년 후의 미래가 아니라 육십 년 남짓 지난 과거에—이미 등장했다는 것을 모를 만큼 게으르거나 무지했다는 게 말이 되는가? 오래된 일기들을 찾아 읽고 누구도 들어 보지 못했던(필킹턴Pilkington과 오메로드Ormerod 같은) 사람들에 대해 글을 쓸 만큼 다양한 관심사를 가진 독자였던 버지니아 울프가 에밀리 디킨슨을 한 번도 읽어 보지 않았을 수가 있는가?

《자기만의 방》이 1929년에 출판되었으니 아마 그녀는 읽지 않았을 것이다. 첫 디킨슨 작품집은 그녀의 친척인 마샤 디킨슨Martha Dickinson에 의해 엄청나게 편집되고 광범위하게 삭제되어 1914년에 출판되었다. 울프 사후인 1945년에야 《멜로디의 섬광Bolts of Melody》이 보다 완전한 모습으로 나왔고 1955년이 되어서야 모든 시가 무삭제판으로 완전하게 묶여 나왔다.

재발견과 재평가는 시작에 불과했다. 1971년 페미니스트 예술사가 린다 노클린Linda Nochlin은 이렇게 썼다.

> 우리가 아는 한, 흥미롭고 나름 괜찮은 여성 예술가들은 있었지만, 사실 위대한 여성 예술가는 아무도 없었다. (……) 미켈란젤로나 렘브란트, 들라크루아, 세잔, 피카소, 마티스, 심지어 (……) 드 쿠닝이나 워홀에 버금가는 여성은 없었다는 게 사실이다.[169]

이 진술은 나쁘다. 첫째, 판단의 영역("위대한지" 아니면 "위대하지 않은지")에서 두 번이나 "사실"이라는 말이 이상하게 반복되고 있다. 둘째, 내가 좋아하게 된 이름들, 조지아 오키프[280], 케테 콜비츠[281], 에밀리 카[282] 등을 만들어 낸 세기에 "위대한 여성 예술가는 없다"는 진술이 나왔다. 셋째, "위대한"이 "버금가는"이라는 말로 미끄러지는데, 왜 그래야 하는가? 어느 시대든 피

---

280 조지아 오키프Georgia O'Keeffe(1887~1986). 미국의 화가. 확대된 꽃과 뉴욕의 고층빌딩, 뉴멕시코의 풍경을 담은 그림으로 유명하다. 미국 모더니즘의 어머니로 불린다.

281 케테 콜비츠Käthe Kollwitz(1867~1945). 독일의 화가, 조각가. 〈직공들의 반란〉, 〈농민 전쟁〉 등의 작품에서 노동자들의 참상을 표현했으며, 〈전쟁〉 등의 작품에 전쟁의 비극을 담아냈다.

282 에밀리 카Emily Carr(1871~1945). 캐나다의 화가, 작가. 북서 태평양 연안의 소수 민족들을 다룬 작품들을 다수 발표했다.

카소는 그저 한 명으로 족하지 않은가! "드 쿠닝과 워홀에 버금 가는"이라고 덧붙일 때, 나는, "됐거든!"을 덧붙이고 싶은 마음 이 일었다. 그리고 왜 이 목록은 추상이라는 특정한 사조를 편향 되게 선호하는가. 이를테면, 고야는 왜 없는가? 이런 논의를 하 자면 책 한 권도 모자라다. 여기 한 페미니스트의 진술이 있는 데, 분명 진실이 아니다.

> 20세기가 될 때까지, 여성이 쓴 영어 시집은 하나도 없었 다.[170]

수잔 주하즈가 모어즈의 《문학하는 여자들》이 나오기 한 해 전 에 한 말이다. 《문학하는 여자들》이 나오기 7년 전 우리는 "남 근적 비평"이라는 용어를 처음 사용한 메리 엘만이 자신이 개 탄해마지 않은 바로 그 방법론에 빠져 있었음을 본다. 예를 들 어, 《여성에 관한 고찰》에서 엘만은 이른바 샬럿 브론테의 반항 을 "바이런주의를 여성 작가가 얌전하고 실용적으로 전유한 것" 으로 폄하한다.(케이트 밀레트가 《빌레트》를 칭찬한답시고 탈옥에 관한 명상, 대중성을 갖기에는 "너무 전복적인" 책 운운한 것과 비교 해 보라.) 그러니, 여자들은 쓸 수 있다 해도 절대 분노에 차서 써서는 안 된다. 엘만은 여자들 역시 "남성적"이라고 여기는 방 식으로 글을 쓸 수 있다는 것—또는 써야 한다는 것—을 인정 하지 않으려 했다. 그녀는 이해할 수 없을 만큼 윌라 캐더를 싫어하기도 했다. 캐더의 "허세 가득한 세일러복 풍 블라우스는 (⋯⋯) 성별을 헷갈리게 만든다"면서 그녀의 네브래스카[283] 아내들을 "완벽한 여자―안의―이상적인 남자"라고 부르며 안토니아 _Ántonia_ [284]가 남자나 마찬가지라고 우겼다. "그녀는 남자 옷을 입고 자신의 첫 임신과 출산을 로마 장군처럼 지휘한다."(내가 기억하는 《나의 안토니아》에 따르면, 로마식 임신 운운하는 말은 엘만이 지어낸 것이다.) 한편, 《우리 중 하나_One of Ours_》[285]의 주인공 클로드 휠러에 대해 캐더가 "그의 영혼이 여성적인 것을 갈망"하기 때문에 "존경했다"는 사실을 알게 되면, 성 고정관념에 사로잡힌 사람이 누구인지 알기 어렵다. 나는 엘만이 브론테를 불편해한다고 생각하는데, 왜냐하면 여성이 직접적으로 분노를 표현하는 것이 그녀를 불안하게 하기 때문이다.(엘만 자신의 책에서 분노는 반어법과 조롱으로 위장되어 있고, 그중 어떤 것은 앨리스의 플라밍고처럼 배배 꼬여 있다.) 캐더를 싫어하는 이유는 엘만 스스로가 오래된 성 고정관념을 믿고 있기 때문이다. 그러니까 여자는 특

---

283 윌라 캐더는 네브래스카에서 성장해 네브래스카대학에 다녔으며, 그녀의 많은 작품이 네브래스카를 배경으로 한다.

284 《나의 안토니아》는 윌라 캐더가 1918년에 발표한 소설로, 작가가 유년을 보낸 네브래스카 지역을 무대로 이민자들이 미국 땅에 정착하는 과정을 담은 작품이다. 이야기는 1인칭 화자 짐 버든이 안토니아에 대해 회상하는 방식으로 전개된다. 안토니아는 보헤미아에서 네브래스카로 이주해 온 쉬메르다 가족의 맏딸로, 강인하고 활발한 성격을 가진 인물이다.

285 윌라 캐더의 대표작이자 퓰리처상 수상작으로, 원하는 삶 대신 아버지의 농장을 물려받아 운영하는 청년 클로드의 이야기다. 네브래스카를 배경으로 정착민과 이민자, 지주와 노동자 등 다양한 세대와 계층의 이야기를 다룬다.

정한 한계 밖에서는 ("남자처럼") 글을 잘 쓸 수 없고, 만약 그런 시도를 한다면 비웃음을 사거나 남자들의 보복을 당할 뿐일 것이라 믿기 때문이다. 나는 동성애공포증 또한 작용했다고 생각한다.

본보기가 없으면 성취하기 힘들다. 맥락이 없으면 평가하기 어렵다. 동료가 없으면 말하는 것이 불가능하다.

이런 이유로 울프는 엘리자베스 배럿의 시 〈오로라 리〉와 같은 제목의 에세이에서 수상쩍게도 시인의 삶의 결함에서 시의 결함을 끌어내는, 그러니까 우리가 본 적 있던 바로 그 방식을 사용한다. 비록 울프는 엘리자베스의 "열정과 윤택함, 눈부신 묘사, 통찰력과 신랄한 유머"를 언급했지만, 그것은 이미 "악취미, (……) 망가진 독창성, 서두르고 허둥대며 어찌할 바 모르는 조급함"을 언급하고 난 뒤였다. 울프는 이어서 "그러므로 엘리자베스의 서사시는 그것이 다다르려 했던 만큼의 대작은 아니다"라고 말한다. 그러나 이 에세이에서 작가들의 삶에 대한 서술이 그들이 쓴 작품에 대한 평가보다 먼저 다뤄지는 것처럼, 평판에 대한 묘사가 작품에 대한 울프의 판단을 앞지른다. "운명은 그동안 작가로서의 브라우닝 부인에게 친절한 적이 없었다. 아무도 그녀의 글을 읽지 않고, 아무도 그녀에 대해 논하지 않는다." 평판은 다른 모든 것보다 먼저 이루어진다. 이를테면 "곱슬머리와 구레나룻 사이의 격정적인 사랑"[171] 같은 것 말이다. 이로써 울프가 작가들의 자료를 배치하는 방식은 그녀의 논리적 주장과는 모순

되는 결과를 낳는다. 논지에 따르면, 우리는 엘리자베스 배럿이 흠 있는 작가라고 알게 되는데 왜냐하면 그녀의 삶 자체가 제한 적이었기 때문이다. 따라서 그녀는 나쁜 평판을 받을 만하다. 비록 로맨스의 여주인공으로서 그녀의 대중적 가치는 대단하고 적절하지만.

왜 울프는 문학적 평가로 시작해 논리적 단계를 밟아 가며 단도직입적으로 주장을 펼치지 않는 것일까? 대신 구태의연하고 연대기적인 자료 배치가 우리에게 다음을 알려 준다.

1. 로맨스 여주인공으로서 엘리자베스 배럿의 대중적 가치는 대단하고 적절하다.
2. 예술가로서 그녀에 대한 평판은 나쁘다.
3. 그녀의 생애는 제한적이다.
4. 그녀의 작품은 나쁘다.
5. 그럼에도 그녀의 작품은 꽤 좋다.(놀라운 비약!)

논쟁에 쓰인 접속사를 연대순/연상^{聯想}법에 맞게 바꿔 보면, 엘라자베스 배럿은 대중적 로맨스 여주인공이기 때문에 그녀 삶은 제한적이며 따라서 이는 그녀 작품에서 감지되는 한계를 정당화하는 데 이용된다. 그러나 나(울프)는 그녀의 작품을 좋아하지 않을 수 없다. 그러므로 작품은 좋다.

위 내용은 (내가 알기로) 울프가 쓴 페미니스트 에세이인데,

《폭풍의 언덕》이 강렬하고 사실적인 소설에서 외로운 독신녀가 쓴 공상작품으로 변형되었던 것과 같은 낯익은 재범주화를 우리는 다시 보게 된다.

전통을 박탈당하고, 부적절하다는 것에서부터 우스꽝스럽다거나 비정상이라는 평가에 이르는 혐의를 받으면서, 사랑받을 만하지 않다는, 궁상스럽다는, 미쳤다는, 그리고 (최근에는) 자살행위라는 악담까지 들으면서, 여성스럽다고 비난받고, 여성스럽지 않다고 비난받고, 내용이 눈에 띄게 여성적이면 잘못된 경험을 갖다 쓴다고 비난받고, 그도 아니면 "고지식하다"거나 베꼈다고 비난받으면서, 무엇을 하든 이류 또는 (잘해 봐야) 이례적인 것이 될 저주를 받은 채로 여자들은, 여전히 계속 쓴다.

어떻게 그럴 수 있지? 어떻게 그렇게 하지?

10. 회피하게 만들기

Prohibitions

Bad Faith

Denial of Agency

Pollution of Agency

The Double Standard of Content

False Categorizing

Isolation

Anomalousness

Lack of Models

Responses

Aesthetics

delete this aspect of her work and emphasize her love poems, declared to be written to her husband

delete any of her work that depicts male inadequacy or independent female judgment of men

suppress it and declare her an unhappy spinster

invent an unhappy heterosexual affair for her to explain the poems

delete everything of that sort in her work and then declare her passionless, minor, and ladylike

forget it; she's cracked

18세기에 영어로 출판된 소설의 2분의 1에서 3분의 2를 여자들이 썼지만[172] 그리고 탐정 이야기나 고딕소설 같은 특정 분야를 여자들이 (수적으로든 대중적 인기 면에서든) 지배했지만, 여자들은 쓰지 못한다는 생각이 팽배했다. 수치는 구하기 어렵지만 당시 여러 작가협회에서 여자들이 차지하는 비율은 확실히 낮았다. 내 계산에 따르면 1974년 미국과학소설작가회의 여성 회원은 18퍼센트였다. 미국추리소설작가회의는 23퍼센트였다. 하계 글쓰기 워크숍에서 나는 과학소설 분야에 참가했는데 전체 학생 중에서 여자들은 20퍼센트 아니면 그보다 좀 더 적었다. 그렇지만, 분야를 특정하지 않은 워크숍에서는 대체로 여자들이 절대다수라는 말을 들었다. 출판된 도서와 그에 준하는 것의 수치를 살펴보면 흥미로울 텐데, 내가 아는 한 아무도 그에 대해 조사한 적이 없다. 《카투르Khatru》[286]의 편집자 제프리 스미스Jeffrey Smith는 근대 고딕소설의 절반 이상을 남자들이 썼지만, 그럼에도 가장

인기 있는 탐정소설 작가들은 여성들이었다고 주장한다.[173]

또 다른 반응은 여자들의 글이 남자들 것보다 확실히 열등하다는 말에, 혹은 여자들은 작가이기 이전에 충실한 아내나 어머니라는 (또는 그래야 한다는) 말에 동의하는 것이다. 이런 입장을 취하는 이들은 예술가보다는 주로 비평가들이다. 엘리자베스 하드윅은 비평가로서 별 고통이나 저항 없이 심지어, 약간은 여자가 열등하다는 말에 동의했다.

> 여자가 쓴 어떤 문학작품이 아무리 경탄스럽더라도 그것을 남자들이 이룬 가장 위대한 성취와 같은 선상에 있다고 말하는 이들은 (……) 기이하고 별난 이들뿐이다.

그 이유는 다음과 같다.

> 여자들을 위한 어떠한 동지애적인 법제도 자연이 거저 준 (……) 근육이 해 내는 일들을 성취하게 해 주지 않는다. 근육이 책을 쓰는 것은 아니지만, (……) 재능과 경험이 같다면 근육이 있는 것은 꽤 유리할 것이다. 결국 여성의 불리함이 재앙이 되는 것은 경험의 차원에서이다. 이 경험이 어떻게 비범함으로 개조되는 것인지 알기란 매우 어렵다.[174]

---

286   제프리 스미스가 1970년대에 창간한 과학소설 팬들을 위한 SF 잡지.

위의 말이 모호하다면, 《제2의 성》[287]이 영어로 번역되어 나왔을 때 하드윅이 했던 논평[288]을 참조해 보라.(일레인 루벤은 주석을 달아 자신의 생각을 보탰다.)

> 보부아르의 몰아치는 듯한 표현 방식에도 불구하고 기적적으로 그녀가 마조히스트라거나 레즈비언이라거나 입이 거칠다거나 남성을 증오하는 사람이라는 인상을 나는 받지 않는다. (……) 이 책은 어느 미국 전업주부 비평가가 말한 것처럼 "여자로 태어난 것에 대해 분개하는 이의 자기연민에 찬 울부짖음"이 아니다.[175] (고딕체는 일레인 루벤이 강조한 것이며, 그녀는 이 인용에 "극과 극을 달리는 두 논평은 그 자체로 연구 대상이다"라는 주석을 덧붙였다.)

하드윅이 아무런 고통을 못 느낀 반면(내 생각에 그녀는 열등함을 공개적으로 인정함으로써 정직하다는 평판을 얻고 이로써 자신을 더 열등한 여자들과 떼어 놓으려 했던 것 같다), 레베카 하딩 데이비스는 고통을 느꼈다. 틸리 올슨에 따르면, 그녀는 "최선의 결과물을 내놓을 사람"은 자신의 남편이므로 자신의 책무란 그저 "그

---

287 시몬 드 보부아르가 1949년 발표한. 20세기 가장 영향력 있는 페미니즘 저서이다. "여성은 태어나는 것이 아니라 만들어지는 것이다"라는 말이 널리 알려져 있다.

288 Elizabeth Hardwick, 《A View of My Own》, 1962.

를 돕는 것"임을 "주어진 상황"으로서 받아들이면서 "문자 세계
의 숙련된 노역 말"이 되고 말았다. 올슨은 《제철소에서의 삶Life
in the Iron Mills》[289]에 덧붙인 글에서 데이비스가 자신의 창작물에 대
해 느꼈던 서글픈 갈등을 보여 주는 기록을 소개한다. 예를 들
어, 1873~1874년 《월간 스크리브너Scribner》에 연재된 《흙 주전
자Earthen Pitchers》가 있다. 어린 시절부터 스스로를 엄격하게 채찍
질하며 훈련해 온 음악가 여자 주인공이 스스로에게 말한다. "음
악은 나의 전부야." 사랑 역시 자신의 일부였기에 그녀는 결혼을
결정한다. 그럼으로써 음악가로서의 경력은 이제 끝장이다. 해
변을 배경으로 한 이야기의 마지막에서, 자연은 그녀가 예술을
포기하는 것을 나무라는 듯하다.

> 그녀는 이에 대답해야 할 듯싶었다. (……) 그녀는 노래하
> 기 시작했다. 무슨 노래인지도 모르면서. 음색은 거칠었고
> 목소리가 갈라져 나왔다. (……) (함께한 그녀 남편은) 그녀
> 가 힘들어하고 있다는 것을 어렴풋이 알아차린다. "그 작
> 은 노래 말고 세상에 아무것도 남기지 않는 게 당신은 정말
> 후회스럽지 않은 거요?" (……) "내 아이를 남기잖아요."
> 남편은 아내가 음악가가 될 수도 있었지만 그러지 않은 것

---

289 레베카 하딩 데이비스가 1861년에 발표한 작품으로, 공장 노동자의 열악한 현실을 적나라하게
묘사했다.

에 대해 그녀가 적어도 불만을 갖고 있지는 않다고 믿었다.

올슨은 덧붙였다.

십 년 만에 (데이비스는) 문학계에서 자신의 자리를 잃었다. 그녀는 더 이상 《애틀랜틱Atlentic》에 글을 실지 않았다. (……) 그녀는 이제 자신에게 어떤 드높은 것을 성취할 가능성이 남아 있지 않다고 생각했다. 그것은 아이들과 가정 그리고 사랑을 위해 치른 값이었다.[176]

항복하는 것도 한 방법이다. 또 다른 전략은 **여자들은 쓰지 못한다**는 진술을 일부만 부정하는 것이다. 여자는 지적으로 열등하다는 보다 일반적인 진술을 맞닥뜨린 시몬 베유는 이렇게 말했다.

여자로 태어난 것이 큰 불운이라고 생각한 그녀는 그 장애를 줄임으로써 그것을 무시하는 방법을 택했다. (……) 그녀는 가능한 한 남자가 되기로 단단히 마음을 먹었다.

베유는 자신의 십대 시절에 대해 이렇게 말한다.

나는 내 평범함 때문에 죽고 싶다는 생각을 진지하게 했습니다. (……) 남동생의 특출한 재능은 가족 안에서 내 열등함을 더 부각시켰습니다.

(자신의 가족에게 보낸 편지에 "당신의 친애하는 아들이"라는 서명을 써 보냈던 이 평범한 존재는 훗날 소르본대학 철학과를 수석으로 졸업했다.)[177]

그러니 여자들은 창조하지 못한다에 대해 나는 여자가 아니다로 답하는 것이 가능해진다. 이를 (십대의 배우가 그랬듯이) 문학적으로 주장하는 것은 사회적으로 그다지 너그러운 대접을 받지는 못한다. 그렇지만, 덜 두드러지는 방법으로, 스스로를 재범주화하는 것은 가능하다. 마커스에 따르면, 그것은 "솜씨 있게 비주류 여성 예술가를 위협하지 않는 방식으로서, 소설가 호텐스 칼리셔Hortense Calisher가 '정신적 자궁절제술'이라 부른 일종의 우회적인 화법"[178]이다. 갑각류의 이미지와 무성, 겉으로 보이는 비인격성, 지속적인 자기방어가 드러나는 메리앤 무어의 시에 대해 주하즈는 이러한 특징들은 여자와 시인을 (위험하게) 혼합하지 않으면서 여자이면서 동시에 시인으로 존재하는 방식이며, 이는 나는 여자가 아니다라는 주장을 굉장히 절묘하고 능란하게 하고 있는 것이라고 분석했다. 주하즈는 다음과 같이 언급한다.

(무어의) "순종"과 "겸손" 그리고 참한 매력 등의 여성적인 미덕은 남자들이 가장 편안해하는 (그리고 남자들이 기꺼워 하는) 것들이었다. 그녀는 무성적 상태를 택함으로써,

특히―지성과 재능으로―평등을 요구하는 여자들 안에
있는 위협적인 여성적 특징으로부터 벗어났다. (……) 순
결은 섞지 않는 것이다. 그것은 여자를 안전한 위치에 둔
다.[179]

만약 누가 여자가 아니라고 주장하는 것이 가능하다면, 금지
의 문제 자체를 무시하는 것 또한 가능하다. 그래서 메리 엘만은
2백 쪽 넘는 분량으로 성적 고정관념을 규탄한 다음 이 모든 일
들은 싹 무시하라고 말한 것이다. 여성 소설가들이 (여자들의 본
성과 여자들의 재능에 관한) "억압적인 똑같은 질문에 '답하거나'
적어도 곱씹어 보도록" 강요받는다는 것을 알면서도, 또한 여성
작가와 흑인 작가들을 "파괴된 건물 더미에서 자기 몸을 찾는 사
람들"과 마찬가지라고 여기면서도, 그녀는 이렇게 결론 내린다.
"싸우지 않으면 심판도, 싸움도 심각하게 받아들이지 않을 수 있
다. 일단 용기의 규칙을 내려놓기만 하면 어떤 비겁함도 문제될
게 없다."[180]

어떤 면에서 엘만의 충고는 이행 불가능하다. 당신을 따라오
는 싸움에서 어떻게 벗어날 수 있겠는가? 그러나 다른 측면에서
이것은 많은 여자들이 따랐던 충고이기도 하다. "주류" 장르에서
벗어나 "비주류" 장르에서 작업하라. 문화의 주변부에 머물러라. 예를
들어, 제인 오스틴은 (어떤 비평가들은 잊어버리곤 하지만) 한 세기
동안 여자들이 지배해 온 장르, 그래서 쓰레기로 취급되어 온 장

르, 그러나 그녀에게 상당한 예술적 자유를 주었을 자리에서 썼
다. 1970년에 내 학생 중 하나는 샬럿 브론테에 대한 글을 쓰면
서 "샬럿의" 정신병과 유아적 반항을 "제인"의 기꺼운 순응과 비
교했다. 1928년 8월, 여성 소설가들은 여전히 "성의 한계"를 인
정하라는 우아한 충고를 들었고 오스틴이 빛나는 사례로 제시
되었다.[181] 오스틴이 기꺼이 순응할 수 있었던 것은 조금이었을
지언정 안정적인 소득과 내 학생은 한 번도 가져 보지 못한—
그렇다고 환상에 불과한 것도 아닌—지원을 아끼지 않았던 보
기 드문 가족 덕이었을지 모른다. 어쨌거나 브론테의 사적인 글
은 남아 있지만 오스틴의 글은 없다. 대신 《노생거 사원Northanger
Abbey》[290] 같은 오스틴의 작품을 보면 다음과 같은 격렬한 불만을
발견하게 된다.

> 나는 소설가들이 흔히 따르는 인색하고 어리석은 관습을
> 따르지 않을 것이다. (……) 세상에 존재하는 무수한 작품
> 에 그저 하나 보탠 것에 불과한 글을 썼을 뿐이라면서 자신
> 이 하는 일을 스스로 깎아내리고 비하하는 그런 관습 말이
> 다. 그들은 자신의 여주인공이 책을 읽는 것을 허락하지 않
> 고, 만약 여주인공이 우연히 소설을 집어 들면 재미없는 페

---

290 제인 오스틴의 장편소설로 풍자와 아이러니로 가득한 작품이다. 소설이라는 장르가 경시되던
사회 분위기 속에서 작가로서의 자의식과 소설 작법에 대한 생각을 드러낸 작품으로 '메타픽
션'으로 평가되기도 한다.

이지를 넌더리를 내며 넘기게 만든다. (……) 우리는 서로
를 저버리지 말자. 우리는 이미 상처 입은 몸이다. 우리가
만든 것들이 세상 그 어떤 문학보다 더 폭넓고 꾸밈없는 기
쁨을 선사해 왔건만, 그 어떤 종류의 글쓰기도 이토록 비난
받은 적은 없다. (……) 소설가의 능력을 깎아내리고 소설
가의 노동 가치를 폄하하고 천재성과 위트와 취향을 고루
갖춘 소설을 경시하는 태도가 만연해 있다. **182**

이 구절은 다시 더 많은 문장으로 이어진다. 오스틴은 "소설"과
《스팩테이터The Spectator》291를 비교할 만큼 화가 났다. 역겹고, 있
을 것 같지 않고, 부자연스럽고, 거칠다는 표현을 쓸 정도로. 그
녀는 "쓰레기처럼 취급한다"는 강한 어조를 사용했는데, 그 표현
은 과장이 아니었다. 오스틴은 그 말을 직접 썼다.("그 잡지는 쓰레
기 천지다.") 현대 무용은 시작부터 여자들이 지배적이었던 분야
임에도, 주목할 만한 여성 발레 안무가들이 트와일라 타프292(그

---

291 《스펙테이터》는 18세기 지식인들이 주로 보던 잡지를 가리킨다. 제인 오스틴은 《노생거 사원》
에서 젊은 여성들이 소설 읽는 것을 들키기라도 하면 "별거 아니고 그냥 소설이에요"라든가
"소설치고는 꽤 괜찮네요"라면서 부끄러워하거나 일부러 무관심한 척한다고 비판했다. 위 인
용문은 다음과 같은 문장으로 이어진다.
"그 젊은 여성이 소설 대신 《스펙테이터》를 읽고 있었다면 그녀는 얼마나 자랑스레 그 책을 내
밀며 제목을 말했을까? (……) 거기 실린 글들에는 있을 법하지 않은 환경과 부자연스러운 인물
이 넘쳐나고 (……) 어조 또한 너무 거칠어서 그런 말을 허용한 시대 자체가 한심할 지경이다."

292 트와일라 타프Twyla Tharp(1941~). 미국의 현대 무용가이자 안무가. 고전과 현대발레를 섞은
크로스오버 발레의 창시자다. 1975년 무용가 미하일 바리시니코프와 만든 〈막다른 골목Push
Comes to Shove〉은 크로스오버의 최고봉으로 평가받는다.

녀가 사용한 무용 용어들은 다른 예술 분야까지 영향을 미쳤다.)가 나타날 때까지는 보이지 않았다는 사실은 우연이 아니다. 지금처럼 "영화"의 위상이 높아지기 전까지는 영화 비평 역시 (연극 비평에 비하면) 폴린 카엘[293]만큼 중요한 여성 인물을 발굴하지 못했다.(메리 매카시가 처음 따낸 일은 연극 비평이었는데, 그녀를 고용한 잡지사에서 연극을 하찮게 여겼기 때문이었다.)

만약 당신이 여자이고 어떤 분야에서 탁월해지고 싶다면 (1) 분야를 발명해서 (2) 그것을 아주 낮은 보수를 주는 위치 혹은 남자들은 거들떠보지도 않을 만큼 낮은 지위의 위치에 놓으면 된다. 나이팅게일과 제인 애덤스처럼.(간호와 사회복지 분야는 여전히 여성의 일로 남아 있고 보수도 매우 낮다.) 애프러 벤은 자신의 연극을 단지 여자가 만들었다는 이유로 보지도 않은 채 공격했던 남자를 "가련하고 형편없는 사내"라고 되받아치면서, 연극은 비주류 문화여서 그나마 여자들이 접근할 수 있었다는 논평과 여성이 열등하다는 편견에 대해 직접적으로 공격했다.("남자들과 동등한 교육을 받은 여자들이 왜 지식 분야 능력은 남자만큼 안 되는지 그만 좀 검토하기.")

연극은 학문 분야와는 달리 여자보다 남자들에게 유리한

---

293 폴린 카엘Pauline Kael(1919~2001). 미국의 영화평론가. 1968년부터 1991년까지 《뉴요커》에 기고한 그녀의 영화평론은 논쟁적이고 날카롭기로 유명했다.

점이 크게 없다. 그렇긴 해도 우리는 불멸의 셰익스피어가 존슨[294]보다 세상을 더 기쁘게 했다는 사실을 잘 안다.(하지만 교육 측면에서 셰익스피어는 여자들만큼 추궁당하지는 않았다.[295])**183**

　문화의 주변부에 남을 수 없는 (혹은 남으려고 하지 않는) 여자들은 다른 방책을 쓰기도 한다. 그들은 자신이 특별한 여자라고 주장한다. 마거릿 캐번디시가 위대한 문학가로서의 야망을 품은 자신의 위치가 갖는 특이성에 대해 했던 대답은 1953년에 내가 했던 대답과 똑같다. "내가 최초가 될 거야." 자연철학에 관한 조약을 소개하면서 그녀는 낙관적으로 이렇게 썼다.

　　나와 같은 성의 사람들 중 어느 누구라도 그랬거나, 그러거나, 혹은 그럴 수 있다. 내가 헨리 5세 또는 찰스 2세가 될 수는 없지만, 마거릿 1세가 되기 위해 노력할 수는 있는 것처럼.**184**

294　새뮤얼 존슨Samuel Johnson(1709~1784). 영국의 시인, 평론가. 1755년 영국 최초의 근대적 영어사전을 만들어 영문학 발전에 크게 기여했다고 평가받는다. 1765년에 셰익스피어 전집을 출판하고 탁월한 셰익스피어론을 실었다.

295　셰익스피어는 기본적인 고전 교육 외에 고등교육을 받지 못한 것으로 알려져 있다. 동시대 극작가 로버트 그린은 셰익스피어를 가리켜 "라틴어는 조금밖에 모르고 그리스어는 더욱 모르는 촌놈이 극장가를 뒤흔든다"고 비난하기도 했다.

아나이스 닌의 전략은, 비정상적이라는 비난에 대한 응대였는데, 그것은 자신의 글을 새로운 장르이자 동시에 오로지 여성적인 글로 규정하는 것이었다.

> 나는 일기를 계속 써야 한다. 일기 쓰기는 개인적이고 구체적인 창작이자, 남성적 마력의 반대편에 서 있는 여성적 활동이기 때문이다.[185]

자신이 예외적이라고 활자로 선언하지 않았던 여자들조차 여자는 여성을 넘어 창조할 수 없다는 편견에 맞서 그들 자신을 낭만적이고 이국적인 인물로 창조해 냈다. 당대의 한 시각 예술가는 두 명의 유명한 예술가들이 활용했던 이 기술을 소환한다.

> 루이스 네벨슨[296]은 (……) 자신을 마녀/무녀로 창조했다. 그녀는 독특한 의상으로 스스로를 유일하게 만들었다. 마사 그레이엄[297] 역시 똑같이 했다.[186]

이디스 시트웰의 복장도 메리앤 무어의 망토와 세모꼴 모자가

296　루이스 네벨슨Louise Nevelson(1899~1988). 우크라이나 출신의 미국 조각가. 다양한 폐품을 이용한 작품이 주목을 끌어 폐품예술(정크아트)의 대표적 작가가 되었다. 커다란 가짜 속눈썹과 화려한 드레스, 그리고 당당한 분위기 때문에 "조각계의 파라오 귀부인"이라는 별명을 얻었다.

297　마사 그레이엄Martha Graham(1894~1991). 미국의 모던 댄서, 안무가.

그랬던 것과 같은 대중적 이미지를 만들어 냈다.(나는 1960년인
가 1961년에 브루클린 하이츠의 산책로를 걷던 그녀를 기억한다. 그
녀는 사납고, 독립적이고, 존경스러웠으며, 바람에 헝클어진 채 얼마
간 화가 나 있어 보였다. ─아마도 내가 빤히 쳐다보고 있어서였을 것
이다. ─나는 너무 부끄러워서 말을 걸어 볼 엄두조차 내지 못했다.)

한 문화에서는 은유로서 호소력을 갖는 것이 다른 문화에서는
문자 그대로 작용하기도 한다. 페미니즘 저널 《이단들Heresies》에
실린 어떤 글은 이례적인 한 여성 예술가에 대해 논하고 있다.

> 아바탄Abatan은 에그바 요루바족298 사이에서 두드러지는
> 여성 예술가다. 그녀는 평범한 여자가 아니다. 종교·정치
> 적 그리고 경제적으로 높은 지위에 있었다. 그러나 만약 도
> 예가의 딸로 태어나지 않았고 에인리Eyinle 신의 가호를 입
> 어 재능을 타고나지 않았다면, 그녀는 항아리 조형물을 만
> 들 기회도, 사회적 지위도 갖지 못했을 것이다. 이는 아무
> 여자나 불쑥 등장해 조형물을 만드는 것을 막기 위한 예방
> 조치였다. 187

지금까지 묘사된 기술들은 여자들은 글을 쓰지 못한다는 편견에

---

298 서아프리카의 나이지리아 서남부와 다호메의 일부에 사는 대부족으로 에그바Egba, 이제부
Ijebu, 오요Oyo, 에키티Ekiti, 이그보미나Igbomina 등의 혈족으로 나뉜다. 15세기 후반부터 19세
기 초까지 아메리카 노예로 많이 팔려 와 미국의 예술, 음악, 종교에 커다란 영향을 미쳤다.

대한 다양한 대응 방식이다. 이 대응책들은 그 편견과 직접적으로 충돌하지 않으면서 다양한 방법으로 "여성"과 "쓰다"라는 말을 재정의한다. 그 효과 안에서 아나이스 닌은 "쓰다"를 재범주화하고(내가 보기에는 잘못된 방식으로.), 또 다른 이들은 어떻게든 "여자"를 나만 빼고 모두를 가리키는 것으로 재범주화한다. 어떤 작가들은 그 편견에 직접적으로 대응한다. 여자가 쓴 글 내용 자체에 초점을 맞추는 이러한 방식은 진실에 대한 호소라 할 수 있을 것이다.

여자들은 글을 쓸 수 있다. 왜냐하면 다른 이들(남자 작가들)이 보지 못하는 진실을 볼 수 있기 때문이다. 이것은 19세기의 사실주의 옹호와 비슷하다. 졸라 같은 19세기 사실주의자들이 성별에 따라 능력을 평가받는 문제에 맞섰던 것은 아니었지만 말이다. 이러한 호소는 그야말로 밑바탕에서부터, 그냥 진실이다. 샬럿 브론테의 《빌레트》의 한 구절이 이런 식의 방어라 할 수 있다.

> 나는 생의 바닥을 흐르는 그 모든 기류와 그것이 내게 보여 준 첫 번째 교훈을 결코 잊지 못할 것이다. 비로소 나는 소설가와 시인들 머릿속의 이상적인 "젊은 여자"와 실제의 "젊은 여자" 사이에 놓인 드넓은 간극을 바로 보게 되었다.[188]

《빌레트》를 페미니즘 고전이라고 한다면, 그것은 이 책이 페미니즘적인 선언을 하고 있기 때문이 아니라, 화랑의 그림에서부터 지네브라 판쇼, 존 브레튼, 영웅―폴리나[299]에 이르기까지 진짜 현실이 어떤지를 집요하게 주장하기 때문이다. 모어즈는 보다 일반적이면서도 같은 효과를 낳는 브론테의 다른 문장을 인용한다.

> 만일 남자들이 우리의 진짜 모습을 볼 수 있다면, 그들은 깜짝 놀랄 것이다. 그러나 가장 똑똑하고 명민한 남자들조차 여자들에 대한 환상을 가지고 있다. 그들은 진실한 빛 아래에서 읽으려 들지 않는다. 그들은 오독한다.[189]

(모든 종류의 호소를 동원해 온) 마거릿 캐번디시는 "영국에서 가장 유명한 두 대학"에 대한 글에서 남자들이 어떻게 여자들이 스스로 "성취한 최고의 것"을 무시하고 경멸하게 만드는지 설명한 다음 이렇게 호소한다.

> 자연에 대해 가장 잘 알고 진리를 가장 자주 발견하는 유수의 대학들…… 만약 내가 칭송받을 자격이 없다면 (……) 침묵 속에 나를 묻어 달라. (……) 누가 알겠는가, 내가 명

---

299 지네브라 판쇼Ginevra Fanshawe, 존 브레튼John Bretton, 폴리나Paulina는 모두 샬럿 브론테의 소설 《빌레트》에 등장하는 인물들이다.

예롭게 묻힌 뒤에 영예롭게 부활하게 될지.[190]

진실에 호소하는 방법 외에(앞에서 보았듯, 공작부인은 낙관적이었다가 비관적이었다가 한다.) 이전 시대의 위대한 여성, 그러니까 본보기에 호소하는 방법도 있다. 17세기에 윈칠시 백작부인은 자신의 본보기를 찾기 위해 꽤나 먼 과거까지 거슬러 올라가야 했다.

> 맞다, 존재했던 적도 없고, 그런 말을 들은 적도 없다
> 뛰어난 여자들에 관한 이야기……
> 여기 한 여자가 스러져 가는 이스라엘을 이끈다
> 그녀는 싸운다, 이긴다, 승리의 노래를 부른다
> 신실하고 위풍당당한, 그 주제에 꼭 맞는,
> 치켜든 두 팔 너머 먼 곳에서 그녀의 기지를 칭송한다
> 평화를 향해, 그늘진 야자수는 물러나고
> 해방된 나라를 다스린다, 그녀의 법으로.[191]

음란함을 이유로 행위 주체성 오염시키기는 흠 없는 본보기에 호소하는 것을 어렵게 만든다.(물론 방어를 위해 본보기를 호출하는 것은 자신의 작업에 실제로 조언을 얻기 위해 참조하는 것과 다르다.) 예를 들면, 위대한 상드는 바지를 입었고, 여송연을 피웠으며 여러 명의 연인이 있었다. 조지 엘리엇은 소설에 드러난 도덕

성에도 불구하고 자신은 결혼하지 않은 채 남자와 살고 있었다. 이들을 흠결 하나 없는 위대한 여성 작가의 본보기라 주장할 수 있겠는가? 사실, "음란함"이라는 것은 존재하지 않더라도 언제든 발명될 수 있다.

　페미니스트이자 레닌과 동시대를 살았던 공산주의자 알렉산드라 콜론타이[300]는 문란을 조장했다고 비난받았다. 그녀의 전기 작가인 이빙 페처Irving Fetscher는 "그녀의 적들과 지지자들 모두에게 받았던 수많은 전설과 비방 중 (⋯⋯) 가장 유명했던 것은 (⋯⋯) (그녀가) 성관계를 물 한 잔 마시는 것과 같이 가벼운 것으로 여겼다는 것이다"[192]라고 말했다. 이 전기는 콜론타이의 글들 중에서 몇 개를 뽑아 페처의 후기와 함께 묶은 것인데, 이 책에는 똑같은 방식으로 자극적인 "성적으로 해방된 공산주의자 여성의 자서전The Autobiography of a Sexually Emancipated Communist Woman"이라는 제목이 달렸다. 엠마 골드만[301]은 자신의 남자 동지 중 한 명을 가리켜 "당신은 마음으로만 청교도주의자다. (⋯⋯) 수많은 남자들이 자기보다 훨씬 어린 여자들과 결혼한다. (⋯⋯) 세상은

300　알렉산드라 콜론타이Alexandra Kollontai(1872~1952). 러시아의 여성 정치가이자 세계 최초의 여성 외교관. 크론흐름 직물 공장 여성 노동자들의 참상을 보고 여성 해방 운동에 투신했다. 1917년 러시아 혁명에 가담하여 이후 소비에트 연방 정부에서 후생복지 담당 인민위원, 여성 담당 인민위원, 외무인민위원회 위원을 지냈다.

301　엠마 골드만Emma Goldman(1896~1940). 20세기의 아나키스트 활동가, 작가. 페미니즘과 아나키즘에 대한 그의 성찰은 20세기 북미, 유럽의 아나키즘 정치 철학의 발달에 중요한 역할을 했다. 저서로 《러시아에 대한 나의 환멸》과 자서전 《나의 생애》 등이 있다.

그들을 받아들여 준다. 하지만 자신보다 어린 남자와 사는 여자에 대해서는 모두가 (……) 분개하며 진저리 친다"(골드먼의 상황)면서, "그런 일로 여자를 바보로 만들고 스스로를 그렇게 느끼게 만드는 이들은 제발 자기 앞가림이나 하라"고 쏘아붙였다. [193]

중국 역사학자 포이어워커Yi-tsi Feuerwerker에 따르면, 유명한 중국 공산주의 페미니스트 작가 딩링[302]은 1957년 반우파 투쟁에서 정치적으로 비판받았다. "금욕주의적 분노의 흐름이 (……) 딩링의 작품만큼이나 그녀의 사생활도 목표로 삼았는데, (……) 가장 충격적인 것은 실재하는 작가와 작품 속 가공된 인물 사이의 구별이 완전히 사라졌다는 점이다. (……) 그녀의 소설에서 골라 낸 여성 인물들이 그녀의 유죄를 입증하는 '자화상'이 되었"는데, "섹스에 집착"한다는 것과 "'남자를 조종하려는' 이기적인 욕망"이 그 근거였다. 그녀는 "자신의 부도덕성을 방어하기 위해" 매매춘을 미화한다고 비난받았고 "그녀의 성적 부도덕성은 기정사실이 되었다. (……) 결국 그녀는 추방되어 시민으로서 그리고 작가로서의 권리를 박탈당했다". 포이어워커는 이렇게 덧붙인다. "정조 문제에 지나치게 도덕성을 적용하는 것은 (……) 남자

302　딩링Ting Ling(1904~1986). 20세기 중국 작가인 장웨이[蔣偉]의 필명. 1927년 단편소설 〈멍커〉를 발표한 뒤 〈소피의 일기〉, 〈여름방학에〉, 〈자살 일기〉, 〈마오 아가씨〉를 연달아 발표했다. 대담하고 예민한 젊은 여성들을 형상화해 당시 젊은 독자들에게 뜨거운 반응을 얻었다. 공산주의자임에도 공산주의의 박해를 받은 작가 중 하나로, 1957년의 반우파 투쟁에서는 우파분자로 지목되어 모든 공직을 박탈당했으며, 1966년 문화대혁명 중에는 반당분자로 투옥되었다가 1979년 복권되었다.

들에게는 해당되지 않았다."**194** 여자들에게 성적인 행실은 "진보
적인" 집단에서조차 좋은 먹잇감이다. 그래서 주요 쟁점이 여성
이 쓴 글은 열등하다는 전제일 때, 본보기에 대한 호소는 당신이
편견을 가지고 있기 때문에 나의 본보기를 인정하지 않는 것이다라거
나 위대한 남성 작가들도 결점이 없지 않다라거나 여자들이 그동안 이
토록이나 많은 제약을 받아 왔는데 어떻게 본보기가 있을 수 있겠는가
같이 남성 특권과 이중 기준에 대한 동시적인 공격 없이는 작동
이 불가능하다.

　이것이 앤 핀치가 여자들은 교육을 제대로 못 받았고 무엇인
가를 성취하고자 하면 웃음거리가 돼 버린다고 항의하면서 자신
의 사례와 함께 썼던 전략이었다. 사실, 여자는 글을 쓰지 못한다
는 진술에 대한 직접적인 공격은 그 기반이 즉각 회피, 재정의
또는 도망 같은 전략에서 여성 특유의 문학적인 응대 전략으로
이동한다. 이 초기 버전은 제인 앵거**303**에서 비롯되었다. "그 글
을 쓴 것은 분노였다".**195** 물론 이 대응이 곧 페미니즘인 것은 아
니다. 하지만 나는 페미니즘이 존재하지 않았던 적은 한 번도 없
었고, 공적인 저항이 아니라면 개인적 저항의 형태로라도 페미
니즘의 원형이 있어 왔다고 생각한다. 예를 들어, 페미니스트가

303　제인 앵거Jane Anger(1560~1600). 16세기의 영국 작가이자 자신의 성에 대해 전면적인 변론을
　　제기한 최초의 여성. 1589년에 출간한 《제인 앵거의 여성을 위한 옹호》는 여성에 대한 남성들
　　의 무지가 어떻게 여성을 오독하는지 기술하고 있다. 당시엔 여성들이 글을 쓰고 출판하는 것
　　자체가 쉽지 않았거니와 남성 우월주의에 반대하는 일 또한 극히 드물었다.

아니었음에도 실비아 플라스가 페미니스트 광신도들의 영웅이
된 것은, 울프가 《자기만의 방》에서 여성 작가들에게 건넨 다음
과 같은 충고를 전적으로 묵살해 버렸기 때문일 것이다.

> 여성에게는 불만을 잠깐 드러내는 것도, 어떤 이유로 공정
> 성을 호소하는 것도, 어떤 식으로든 여성으로서 의식적으
> 로 발언하는 것도 치명적이다.[196]

그러나 울프라고 자신의 충고를 항상 따른 건 아니었다. 〈여
성의 직업〉에는 총기 밀매, 창문 깨기, 그리고 장갑차 등 삭제된
구절도 있지만, 그녀가 남긴 (그러나 레너드 울프는 삭제한) 구절
도 있다. "분노와 실망으로 헐떡이며 격분 상태에서" 하는 상상
은 이성에 의해 억제되곤 했다. 여성이 자신의 몸에 대해 진실을
말할 수 있으려면 "50년"은 지나야 할 것이다. 울프는 이 연설
에서 여자들에게 이미 감당하고 있는 짐에 "비통함이라는 짐"까
지 얹지 말라고 덧붙였지만,[197] 《3기니》에는 비통함이 가득하다.
울프는 책을 완성하면서 "커다란 위로와 평화"의 느낌을 기록했
고 "이제 나는 **독이 되는 생각**과 격앙을 내려놓으려 한다"고 덧붙
였다.[198] 《예술과 분노》에서 마커스는 "그녀의 '광기'의 특징 가
운데 하나는 극단적인 분노와 적의를 표출하는 것이었다"고 적
었다.[199] 다른 사례도 있다. 메리 엘만은 결국 싸우지 않는 게 제
일 좋다는 선언을 반어적으로 했고, 마거릿 캐번디시는 "여자들

은 박쥐나 올빼미처럼 살고 가축처럼 노동하다가 벌레처럼 죽는다"[200]며 벌컥 화를 냈다. 울프는 캐번디시의 장황함과 분노가 그녀를 "흉하게 망가뜨리고 기형으로 만들었다"고 했지만, 여기서 그녀는 전혀 장황하지 않다. 분노는 오히려 그녀를 달변가로 만들었다. 사실 모어즈는 분노가 여성의 글에 나타나는 전형적 표식이라는 것을 간파했고 "서사의 시대에 노예 소유가 여성 문학의 주제였던 까닭" 역시 분노라고 보았다. 일찍이 그녀는 《제인 에어》에 대해 다음과 같이 진술했다.

> 브론테는 여자 작가가 할 수 있는 가장 빠른 속도로 써 내려가면서, 그녀의 화자를 사람인 동시에 여자로 만들었다. 그녀는 화자가 "싫다"는 말을 하게 했다.[201]

어떻게 하면 분노하지 않을 수 있는지 모르겠다. 편집자 조앤 굴리아노스Joan Goulianos는 《여자가 쓴By a Woman Writt》의 서문에서 《마저리 켐프 서The Book of Margery Kempe》[304]를 거론하는 "한 저명한 (남성) 학자"를 인용한다.

---

304 《마저리 켐프 서》는 중세시기 절대 약자였던 여성, 더군다나 학식이 전혀 없던 어느 문맹 여성의 이야기를 한 신부가 받아 적음으로써 영국 최초의 자서전으로 탄생했다. 400년간 자취를 감췄던 《마저리 켐프 서》의 오리지널 판본이 1934년 우연히 발견되었을 때, 학계와 종교계는 흥분을 감추지 못했다. 이 책은 영국 최초의 자서전이자 신앙 간증서, 중세 여인의 삶을 충실히 기록한 미시사 텍스트, 페미니즘과 신비주의를 연구하는 데 핵심적인 자료로 평가받는다.

불쌍한 마저리는 〈베데커Baedeker〉305가 "다양하게 평가됨"
이라고 소개해 놓은 호텔들과 같은 급에 놓여야 할 것이
다. 그녀에게 너무 많은 기대를 해서는 안 되며, 어떤 것에
대해서든 마음의 준비를 해 둬야 한다.202

왜 여자를 호텔에 비유하는가? 그 여자 안에서 잠을 잘 기대
라도 하는가? 그리고 "어떤 것"이라는 표현은 그가 여성적 내
용을 싫어한다는 사실을 뜻하는 것인가. 아니면 마저리 켐프가
문맹이고 빈곤했으며 자신의 이야기를 글을 아는 사람들에게
몇 년에 걸쳐 (매우 어렵게) 받아 적게 했다는 사실을 뜻하는 것
인가.

이제 분노를 넘어서는 응답이 시작되고 있다. 요즘은 여자는 글
을 쓰지 못한다는 편견에 대해 회피와 재정의라는 전략도, 진실
에 대한 호소도, 본보기에 대한 호소도, 심지어 직접 대결도 보
기 어렵다. 그보다는 상당 수준의 공개적 분노와 페미니스트 연
대에 힘입어 명백한 페미니즘 맥락 안에서만 일어날 수 있는 관
점의 대전환이 일어나고 있다. 이는 내가 **여자-중심주의**woman-
centeredness라고 부를 수밖에 없는 대응이다. 해커가 "그들을, 과거
를, 우리의 과거를 보는 것은 너무나 흥분되는 일이었다"203라고

---

305 독일 프라이부르크에 있는 카를 베데커 회사에서 발행하는 여행안내서. 베데커 사는 1832년에
《라인 여행: 마인츠에서 쾰른까지》를 첫 책으로 시작해 각국 여행 안내서를 발행하고 있다.

쓰거나, 주디 시카고[306]가 로살바 카리에라[307]와 주디스 레이스테르[308]의 자화상에 대해 "깊은 감명을 받았다. 수 세기를 건너온 예술가로서의 내 정체성의 메아리를 보는 것 같았다"[204]는 반응을 보였을 때, 둘 중 누구도 여자는 쓰지 못한다는 진술이 거짓임을 증명하기 위해 본보기에 호소하지 않는다. 그들의 관심은 동족, 그러니까 서로에게 있다. 그래서 모어즈는《문학하는 여자들》에서 미안한 마음 없이 "메리 울스턴크래프트가 불꽃처럼 타오르다 죽은 1790년대를 위대한 페미니스트들의 십 년"이라고 말하면서 "지난 십 년간 등장했던 (……) 특출한 여자들의 회고록이라는 황금빛 수확"을 기뻐할 수 있었다. 모어즈는 자신의 책이 "우리의 성이 무엇이든 우리 모두를 위해 말해 온 위대한 여성들에 대한 소박한 기념"[205]이자, 여성 작가들의 "일반성"이라는 클리셰에 대한 장대하고 차분한 전유라고 덧붙인다. 이런 일은 예술보다는 비평에서 하기가 더 쉽지만, 나는《문학하는 여자들》옆에 여자들을 둘러싼 우주의 질서를 계보와 함께 신화적으

---

306 주디 시카고Judy Chicago(1939~). 미국의 페미니스트 예술가, 화가, 작가. 1970년대에 미국 최초의 페미니즘 예술 프로그램을 설립했으며, 페미니즘 예술과 예술 교육의 구심점으로 활동했다. 유명한 작품으로 뉴욕 브루클린 박물관에 영구 전시 중인 〈디너 파티〉가 있다.

307 로살바 카리에라Rosalba Giovanna Carriera(1675~1757). 이탈리아의 화가. 기교적인 파스텔 초상화로 인기를 얻었으며, 로코코 시대의 프랑스 파스텔 화가들에게 영향을 주었다.

308 주디스 레이스테르Judith Leyster(1609~1660). 네덜란드의 화가. 19세기까지 미술사에서 실종되었던 탓에 그녀의 작품은 때로는 할스의 작품으로 오인되기도 하였다. 주로 인생의 덧없음이나 어른들의 어리석은 행동을 알려 주는 도덕적인 교훈을 담고 있는 그림을 그렸다.

로 재정립한 바르타 해리스[309]의 《연인Lover》[206]을 두겠다. 두 책
모두 페미니스트 연대라는 전제가 깔려 있다. 내 생각에 울프는
뉴넘과 거턴에서 여자들로만 이뤄진 청중에게 한 연설(《자기만의
방》의 바탕이 된 원고)에서 이런 가능성을 언뜻 보았다. 비록 그
것을 지속시키지는 못했지만 말이다. 사실 그녀 입장에서는 청
중들에게 경천동지할 폭로를 하려면 여자들만 있다는 것을 먼저
확인해야만 했다. 울프는 그녀가 만들어 낸 가상의 소설가 메리
카마이클과 의미심장한 제목이 붙은 카마이클의 소설, 《생의 모
험Life's Adventure》에 대해 이야기하다가 말을 멈춘다.

> 갑작스럽게 말을 끊어 미안합니다. 여기 남자는 아무도 없
> 지요? (……) 여기엔 여자들뿐입니다, 맞습니까? 그렇다면
> 말하도록 하겠습니다. 내가 읽으려는 문장은 이것입니다.
> —"클로에는 올리비아를 좋아했다." 놀라지 마세요. 얼굴
> 붉히지 마세요. 우리 사회의 사적 영역에서 이런 일들이 종
> 종 일어난다는 것을 인정합시다. 여자는 여자를 좋아할 수
> 있습니다.
> "클로에는 올리비아를 좋아했다." 나는 읽었습니다. 그러
> 자 그곳에 거대한 변화가 휘몰아쳤습니다.[207]

---

309 바르타 해리스Bertha Harris(1937~2005). 미국의 레즈비언 소설가. 1976년 발표한 소설 《연인》
이 널리 알려져 있다.

울프는 그 변화를 문학의 변화라고 설명한다. 그러나 그것은 또한 삶의 변화다. 이제 울프만큼 영민한 페미니스트가 다른 여자들과 동맹을 맺기 전에―농담으로라도―남자가 있는지 확인하지 않는다. 물론 현실적 어려움은 여전히 엄청나게 남아 있다. 그러나 이제는 여성 독자를 상정할 뿐만 아니라 심미적이고 정치적인 측면 모두에서 그들을 중요하게 여기는 언론매체들이 있다. 페미니스트 잡지도 역시 마찬가지다. 여기 모어즈가 우주를 새로 만들고 있다.[310]

> 시인은 대리자다. 그녀는 완전한 여자를 대신해 불완전한 여자들 사이에 있다. (……) 젊은 여자는 천재적인 여자들을 숭배한다. 진실로, 자기보다 그들이 자기 자신에 가깝기 때문이다. (……) 모든 여성은 진실하게 살며 표현이 필요한 곳에 서 있다.**208**

여자들은 글을 쓰지 못한다는 주장은 이제 점점 더 재규정, 회피, 본보기나 진실에 대한 호소 또는 직접적인 대립과 분노 등과 같

---

310 모어즈는 《문학하는 여자들》에서 에머슨이 쓴 시론의 한 대목을 가져와 남성으로 표현된 단어들을 여성으로 바꿔 소개한다. 위에 인용된 모어즈의 원문은 다음과 같으며, 괄호로 병기한 단어들은 에머슨이 원래 썼던 것들이다.
The poet is representative. She(He) stands among partial women(men) for the complete woman(man). (……) The young woman(man) reveres women(men) of genius because, to speak truly, they are more herself(himself) than she(he) is. (……) For all women(men) live by truth and stand in need of expression.

은 반응을 불러오지 않는다.(대중적 전략으로 의도적으로 그러는 경우 말고는.) 최근의 반응은 훨씬 더 혼란을 가중시킨다.

외면당한, 다른 일들에 사로잡혀 있는 여자들로부터 들려오는 반응, "그게 뭐?"라는 반응 같은 것 말이다.

11. 미학적이지 않다고 보기

Prohibitions

Bad Faith

Denial of Agency

Pollution of Agency

The Double Standard of Content

False Categorizing

Isolation

Anomalousness

Lack of Models

Responses

Aesthetics

delete this aspect of her work and emphasize her love poems, declared to be written to her husband delete any of her work that depicts male inadequacy or independent female judgment of men suppress it and declare her an unhappy spinster invent an unhappy heterosexual affair for her to explain the poems delete everything of that sort in her work and then declare her passionless, minor, and ladylike

forget it; she's cracked

(문화적 소수자인 여성을 포함하여) 소수자 예술의 재평가와 재발견은 흔히 몇 작품만을 정전에 허용함으로써 정의를 행하고 이를 통해 불공정과 배타성의 문제는 개선되었다고 여겨진다. 이전의 불평등을 없앰으로써 지금까지 "부적절한" 집단에 속해 있던 새로운 예술가들의 용기를 북돋고 이로써 더 많은 예술가들이 새로운 (또는 다른) 것을 만들어 낼 수 있게 된다는 것이다. 이로써 정전 목록은 보다 풍요로워지지만 그렇다고 근본적인 변화가 일어나는 건 아니다.

여자들의 경우엔 무엇이 또 빠져 있을까? 캐롤린 카이저[311]는 "인류 절반의 사적 삶"[209]이라고 말한다.

이 삶들은 또 다른 절반의 사적인 그리고 공적인 삶으로부터

---

311 캐롤린 카이저Carolyn Kizer(1925~2014), 미국의 페미니스트 시인. 1985년에 퓰리처상을 받았다.

동떨어져 있는 것이 아니다. 여기 진 베이커 밀러[312]가 공동체 절반의 삶이 다른 절반의 의식 속에서 누락될 때 어떤 일이 일어나는지 묘사하고 있다.

> 지배 집단이 부정하는 삶의 어떤 부분은 (……) 피지배 집단에 투영된다. (……) 그러나 또 어떤 경험은 너무 필수적이어서 멀리까지 밀어낼 수가 없다. 누군가는 그것을 가까이에 소유하고 있어야 한다. 그것을 소유하고 있다는 사실이 여전히 부정된다 하더라도 말이다. 이것은 여자들에게 위임된 특별 구역이다.

그녀는 덧붙인다.

> 여자들이 제한된 이 특별 구역에서 나오게 될 때 (……) 그들은 인간 발달의 많은 필수 요소들을 재건해야 할 필요를 감지하게 된다. 그리고 이는 남자들을 위협하게 된다. (……) 이 구역은 내쳐져 왔고 그러면서 두 배로 무시무시해졌는데, 왜냐하면 이것이 "감정", 나약함, 성性, 취약함, 무력함, 돌봄, 그리고 또 다른 해결되지 않은 영역들에 남

---

312 진 베이커 밀러Jean Baker Miller(1927~2006). 정신분석가, 사회운동가, 페미니스트, 작가. 《여성에 관한 새로운 심리학을 향하여》를 썼다.

자들을 빠뜨릴 것처럼 보이기 때문이다.

그리고

> 지배 집단은 예상하다시피 "정상적 인간관계"의 본보기가
> 된다. 그리하여 다른 이들을 파괴적으로 다루고 무시하고,
> 얼토당토않은 설명을 갖다 붙임으로써 그들이 하고 있는
> 것의 진실을 가리는 (……) 식의 행동은 정상적인 것이 되
> 고, 이제 사람들은 그저 "정상적으로" 행동하기만 하면 된
> 다. 210

많은 것을 고의로 무시하면서 삶을 이해하는 방식은 나머지를
철저히 왜곡할 위험을 감수함으로써 가능해진다. 인류 절반의
사적인 삶이 무시된 문학을 이해하는 일은 그저 "불완전한" 것이
아니라 하나부터 열까지를 왜곡하는 일이다. 1970년대 초 페미
니즘 비평은 이런 왜곡 중 가장 단순한 것을 지적하면서 시작되
었다. 우리의 위대한 남성 작가들이 쓴 "고전" 속 여성 인물들은
현실에 있을 법한 초상화가 아니라 남성 작가들의 두려움과 욕
망이 창조한 산물이라는 사실 말이다. 페미니스트 작가 릴리안
로빈슨Lillian Robinson은 좋게 봐 줘도 다음과 같다고 말한다.

> 문제는 (……) 작가가 여자 주인공의 마음속에서 무슨 일이

벌어지고 있는지를 보여 줄 때 실제 인간 여성이 하는 생각
에 빗대어 그렇게 하는가이다. (······) 얼마나 많은 작가들
이 여자들 머릿속에 들어간 적도 없으면서 여자들 생각의
패턴이나 내용을 전달하는 "객관적" 이미지를 이용해 심리
를 드러냄으로써 여자들의 생각을 회피해 왔는가. (······)
이런 방식으로 성공한 문학적 인물의 이름이 바로 엠마 보
바리Emma Bovary와 안나 카레니나Anna Karenina다. **211**

여성들을 혹은 여성들만의 사회를 묘사할 때 디킨스가 보인
무능력에서부터 헤밍웨이가 드러낸 여성혐오적 공상에 이르기
까지, 그다지 성공적이지도, 큰 해를 끼치지도 않는 문학작품들
이 있다. 나는 특히 찰스 디킨스의 《우리 모두의 친구Our Mutual
Friend》에 나오는 허영심 많고 예쁜 여성 인물 벨라 윌퍼Bella Wilfer
를 떠올린다. 그녀는 자신의 아버지에게 (꽤 이해가 가도록) 추파
를 던지고 자신의 여동생에게 (별로 이해가 안 되게) 같은 방식으
로 접근한 다음―혼자―거울 속의 자신에게 (불가능한) 추파를
던진다. 거울과 아름다움에 대해 여자들이 말하는 것을 들어 보
면, 예쁜 여자들에게조차 거울이란 나르시시즘을 충족하기보다
는 불안을 비추는 도구임에 분명하다. 자신이 아름답다는 것을
한 치 의심 없이 믿는 여자들이 남성 소설가들의 상상 속에 수없
이 존재한다. 그렇지만 여자들이 쓴 책이든 회고록이든 혹은 그
녀들의 삶에서든 나는 지금껏 그런 여자를 본 적이 없다. 여자들

은 많은 시간을 거울을 보며 지낸다. 모어즈는 "자신을 시각화하려는 충동"이라는 표현을 '고딕풍 괴물과 공포'라는 장에서 사용했는데, 이 충동은 자신의 아름다움을 계속해서 확인하려는 것일 뿐 즐기려는 것은 아니다. 디킨스의 실수는 단순하다. 전적으로 자신의 머릿속에서만 사는 벨라들을 어떻게 관찰할 수 있었겠는가? 어떻게 그들의 생각을 들을 수 있었겠는가? 그래서 디킨스는 대중적으로 알려진 행동을 간단히 사적인 상황으로 확대한다. 한편 애니스 프랫Annis Pratt은 여성성의 화신, 몰리 블룸에 대해 다음과 같이 말한다.

> 엘드리지 클리버는 잭 베니의 로체스터에게서 느꼈음직한 감정을 침실용 요강에 앉아 있는 몰리 블룸에게서도 느끼지 않았을까.313 그렇긴 해도 모름지기 훌륭한 비평가라면 설사 그것이 남성우월주의에 물들어 있더라도 울림이 깊은 솜씨 좋은 작품에서 고개를 돌리지는 않을 것이다.212

같은 잡지에서 로빈슨은 프랫에게 답하면서 온건한 대응을 거

---

313   엘드리지 클리버Eldridge Cleaver는 60년대 미국 흑인운동 단체인 '블랙 팬서Black Panther'의 지도자였다. 잭 베니Jack Benny는 미국의 만담 코미디언으로, 1932년 NBC 라디오 주간 방송인 〈잭 베니 프로그램〉으로 데뷔하여 16년 동안 진행했다. 로체스터Rochester는 〈잭 베니 프로그램〉에서 베니의 시종이었던 등장인물 이름인데, 흑인 코미디언 에드먼드 앤더슨이 고정적으로 맡으면서 대중에게 '로체스터'로 알려졌다. 애니스 프랫은 위 인용에서, 흑인 운동가 클리버가 백인의 시종 역할을 하는 흑인 코미디언에게서 느꼈을 감정에 빗대어, 조이스의 《율리시스》에서 여성 인물인 몰리가 소비되는 방식을 우회적으로 지적한 것으로 보인다.

부했다.

> 성적 고정관념은 누군가는 만족시킨다. (……) 나는 오직
> 페미니스트만이 몰리 블룸이 진정 어떤 인물인지 이해할
> 것이며, 조이스의 소설에서 성적 신화가 실제로 어떤 기능
> 을 하는지 문제 제기를 할 수 있으리라고 믿는다.[213]

같은 호에서 돌로레스 바라카노 슈미트Dolores Barracano Schmidth는
〈위대한 미국의 잡년The Great American Bitch〉이라는 글에서 그 일을
수행하면서, 몰리 블룸을 남성 작가들의 소설에 등장하는 20세
기적 인물이라고 칭했다.

> 현실보다는 신화에 가까운 이 인물은 현상 유지를 위해 만
> 들어졌다. 그녀는 가치와 금기들로 빚어진 형상물이다. 여
> 자들의 평등을 위한 투쟁은 실수였다는 것이다. (……) 여
> 자들은 문명에 걸맞은 존재가 아니라는 것이다. (……) 소
> 설 속에 등장하는 철저히 혐오스러운 '위대한 미국의 잡년'
> 은 성차별주의를 강화하고 있다.[214]

또 다른 페미니스트 비평가, 신시아 그리핀 울프Cynthia Griffin
Wolff는 이를 이렇게 일반화한다.

(문학작품에 등장하는) 여자들이 가진 가장 심각한 문제와 이를 위한 해결책은 (……) 근본적으로 남자들 문제에 대한 욕구를 충족하기 위해 은밀히 재단된다. (……) 문학작품에서 여자들은 (……) 남성성의 딜레마를 위한 손쉬운 해결책으로 등장한다.

울프가 든 사례는 "고결한" 여성의 반대편으로 제시되는 "관능적" 여성인데, 이는 감정과 가치 사이에서 분열된 남성의 투사이며, "사랑의 두 요소를 통합하려고 할 때 겪게 되는 어려움에서 (남자를) 구해 준다". (이때 "관능적" 여성이란, 울프도 지적했듯이 남자들을 욕망하는 이가 아니라 남자들에게 욕망되는 이다.)
　그녀는 다음과 같이 이어 간다.

남자들 역시 전형적인 모습으로 등장할 수 있다. (……) 그러나 이때의 전형(예. 전사戰士)은 대개 남성적인 문제에 대한 상상 속 해결책이다. (……) 게다가, 몇몇 작품은 남성 전형이 품고 있는 한계를 인식하기도 한다.(예,《붉은 무공훈장The Red Badge of Courage》314) 이에 비해 여성을 반전형적으로 그린 작품은 찾아보기 어렵다. (……) 심지어 여성 작

314　스티븐 크레인Stephen Crane이 1894년부터 1895년까지 연작으로 발표한 소설. 미국 남북전쟁 시기에 참전한 젊은 남성이 자신의 의지와 상관없이 영웅이 되어 가는 이야기로, 전쟁이라는 야만 속에서 개인은 어떤 존재인지에 대한 질문을 던진다.

가들조차 (……) 여성에 대한 전형적인 고정관념을 가지고 있는 것 같다. ²¹⁵

주디스 페털리는 보다 강력한 사례를 제시한다.

〈외로운 추수꾼The Solitary Reaper〉315 같은 시에서 (……) 나는 내가 겪은 것이라고는 전혀 찾을 수가 없다. 내가 볼 때 이 시는 창조적이고 의식 있는 앎의 주체인 남성과 응시의 대상일 뿐 앎의 주체가 되지 못하는 여성 간의 대비에 기댄 시적 드라마다. 남성 화자/시인이 자신을 앎의 주체로 정의할 수 있게 해 준 것은 가사도 없고 기교도 없고 무의식적으로 저절로 흘러나왔을 뿐인 나, 여자의 노래다. (……) 한편, (〈수줍은 여인에게To His Coy Mistress〉316에서는) 남성 화자가 처한 복잡한 상황이 주제인데, 이는 그의 구혼을 받는 여성이 처한 상황 그리고 그 시와 나의 관계에 비하면 복잡하달 수도 없다.

---

315 영국의 시인 윌리엄 워즈워스의 서정시. 스코틀랜드를 여행하던 워즈워스가 추수하는 젊은 여성의 노래를 듣고 영감을 얻어 지은 시로 알려져 있다.

316 앤드류 마블의 시로, 낭만적이고 보수적인 사랑시와는 대조적으로 과감하고 노골적인 표현이 주를 이룬다. 남성 화자는 상황의 긴박함을 암시하는 수사학적 화술을 동원하여 정숙한 여인의 육체적 사랑을 얻고자 한다.

또 다른 곳에서 그녀는 페미니스트 비평의 가장 중요한 문제
를 언급했다.

> 자신을 지지하는 게 아니라 공격하는 문학을 만나게 될
> 때 (……) 그 사람에게 미학이라는 것은 무엇일 수 있겠는
> 가?[216]

본다 매킨타이어가 답한다.

> 지금 당장만 해도 문학과 영화에서의 그 숱한 "고전들"이
> 라는 것들을 참아 주기가 어렵다. (……) 그 작품들에 깔려
> 있는 (성차별주의적) 전제들 때문이다. 내 생각에는 몇 세
> 대만 지나도 그런 작품들은 이해 불가능해지거나 비웃음거
> 리가 될 것이다. [217]

엘런 캔타로Ellen Cantarow는 대학 교재를 살펴보다가 "대다수 여
자들은 개성이 없다"는 알렉산더 포프[317]의 시구 옆에 언젠가 자
신이 써 둔 메모를 발견한다. "화자. 어조. 정의하기." 그녀는 반
문한다.

---

317 알렉산더 포프Alexander Pope(1688~1744). 영국의 시인, 비평가.

내 노트 속에 다른 여자애, "전형적인 웰슬리 여자애"로 여겨지는 것에 분노했던 그 여자애는 어디에 있었던가? (……) (거기엔) 극심한 자기혐오가 있었다. (……) 웰슬리의 교육은 (……) 여자로서 우리의 경험을 단지 허위로 만들었을 뿐만 아니라, (……) 그 경험을 무효화하고, 보이지 않게 만들었다. (……) 우리는 그런 것을 정상이라고 여길 만큼 정신분열 상태에서 살았다. **218**

정전과 정전을 떠받치는 기준에 대한 보다 노골적이고 체계적인 거부는 미술 영역에서 찾아볼 수 있다. 나는 이러한 거부가 비교적 단편적으로 일어나고 있는 문학 영역에서의 거부 활동과 나란히 일어나고 있다고 믿는다. 예를 들어, 메리 가라드318는 이렇게 묻는다.

어째서 우리 예술사는 (……) 여성적이고 서정적이고 화려한 스타일에서 별안간 남성적이고 영웅적이고 근엄한 스타일로 대체되었나? 프라고나르에서 다비드로, 살비아티에서 카라바조로, 지나칠 정도로 장식이 많은 설리번이나 티

---

318 메리 가라드Mary Garrard(1937~), 미국의 미술사학자, 페미니스트 예술 이론의 창시자 중 한 명으로 알려져 있다.

파니에서 깔끔하고 현대적인 그로피우스로 말이다.[319] **219**

이에 발레리 조던Valerie Jaudon과 조이스 코즐로프Joyce Kozloff는 이렇게 답한다.

> 미술 역사에서 장식에 대한 오랜 편견은 위계에 근거해 왔다. 순수미술이 장식미술보다, 서구미술이 비서구미술보다, 남성들의 미술이 여성들의 미술보다 위에 있다. (……) "고급 예술"이란 남자, 집합적 남자, 개별 남자, 개성, 인간, 인류, 인간 형상, 인본주의, 문명, 문화, 그리스적인 것, 로마적인 것, 영국적인 것, 기독교적인 것, 영적 초월, 종교, 자연, 진정한 형식, 과학, 논리, 창의성, 행동, 전쟁, 정력, 폭력, 잔인함, 역동성, 힘, 그리고 웅대함을 (의미한다).
> 동일한 텍스트 안에서 "저급 예술"과 관련해 다른 말들이

319 장-오노레 프라고나르Jean-Honoré Fragonard(1732~1806). 프랑스의 화가. 로코코 운동의 핵심적인 인물. 〈그네〉가 유명하다.
자크-루이 다비드Jacques-Louis David(1748~1825). 신고전주의 프랑스 화가. 역사화를 많이 그렸으며 근대화의 시조로 평가받는다. 〈나폴레옹 1세의 대관식〉, 〈마라의 죽음〉 등을 그렸다.
프란체스코 살비아티Francesco Salviati(1510~1562). 이탈리아의 화가. 주로 피렌체와 로마에서 활동하며 역사화, 초상화를 제작했다.
카라바조Caravaggio(1573~1610). 이탈리아 초기 바로크의 대표적 화가. 빛과 그림자를 대비시킨 기교적 구사와 힘찬 조소적 묘사가 특징이다. 〈의심하는 도마〉가 유명하다.
루이스 설리번Louis Sullivan(1856~1924). 미국의 건축가. 세부적인 장식을 중시했으며, 시카고의 오디토리엄 빌딩과 커슨 빌리 스콧 백화점을 건축했다.
루이스 컴포트 티파니Louis Comfort Tiffany(1848~1933). 미국의 화가. 장식 예술가. 스테인드글라스 작업으로 잘 알려져 있다.
발터 그로피우스Walter Gropius(1883~1969). 모더니즘을 대표하는 독일 출생의 미국 건축가. 근대 건축의 4대 거장 중 한 명으로 여겨진다.

반복적으로 쓰인다. 아프리카, 오리엔탈, 페르시안, 슬로
바키아, 무지렁이, 하층 계급, 여자, 아이, 야만, 이교도,
관능, 쾌락, 퇴폐, 혼돈, 무질서, 발기불능, 이국적, 에로티
시즘, 기교, 문신, 화장품, 장신구, 장식, 카펫, 직물 장식
물, 무늬, 가정생활, 벽지, 천, 그리고 가구.

　조던과 코즐로프가 쓴 글의 나머지 부분은 "전쟁과 정력", "성
스러운 동기로서 예술의 순수성" 같은 제목 아래 배열된 예술가
들과 역사가들의 인용문, 저자들이 "절대 권력"이라 칭하는 "개
인의 무제한적 욕망"에 대해 기술한 특별히 문제적인 장으로 구
성되어 있다.[220]
　예술을 정력과, 품질을 글의 분량과, 진정성을 권력의 확장으
로 연결시키는 이 같은 일은 문학에서도 나타난다. (내가 들은
가장 이상한 말은 체호프Chekhov는 "장편"을 한 번도 쓰지 않았기 때
문에 "위대하지" 않다고 했던 한 남자 동료의 말이었다. 단편과 중편
을 하찮게 여기는 태도에—나는 당혹감을 감추지 못하고 희곡을 언
급했다. 이 역시 마찬가지였다. 그는 "소설보다 훨씬 더 짧잖아"라고
말했다.)
　에이드리언 리치는 우리가 감탄하며 배웠던 "걸작들"이 결함
이 있을 뿐만 아니라 작품에 부여된 가치만큼 유의미하지 않을
수 있다고 지적한다. "마침내 성적 메시지로 해석된 베토벤 9번
교향곡"에서 리치는 이 곡에 대해 "발기불능의 공포에 휩싸인 한

남자"라는 말로 시작해 다음과 같이 묘사한다.

> 자의식의 터널에서 빠져나와
> 기쁨에 소리치는
> 완벽하게 고립된 영혼의 음악
> 그 안에 다른 이의
> 영혼은 없는 음악

그 남자는 무엇을 말하려 한 걸까? 할 수만 있다면 감추고 싶었던 것, "기쁨의 화음"에 "묶여 매를 맞는" 것. 이 모든 쿵쾅거림 뒤에 있는 진짜 상황은 무엇일까?

> 모든 것이 침묵 그리고
> 쪼개진 탁자 위
> 피 묻은 주먹 안에서 뛰는 맥박[221]

정전이 기존 질서를 떠받치려는 시도라면, 걸작이 그것이 의미하는 척했던 것을 의미하는 것이 아니라면, 그렇다면 예술가들은 그런 규칙 따위는 통째로 내던져 버리고 다른 것을 추구해야 한다. 애프러 벤은 "통일성이라는 그들의 케케묵은 규칙이 무엇을 의미하는지는 신만이 아실 것이다"라고 말하지만 더 나아가지는 않는다.[222] 대신 리치가 한 발 더 나아간다.

남성적 주관성은 "인간"을 대표하는 척하지만, 우리의 진실을 이질적인 언어로 말하도록 강요함으로써 그것을 희미하게 만든다. "진짜" 문제는 (……) 우리 문제를 남자들이 규정한다는 것이다. 우리가 검토할 문제들은 사소하고, 비학문적이고, 실재하지 않는다는 규정 말이다.

남성 담론의 장으로부터 자신만의 언어를 개발하는 장으로 이동한 여자는 (……) 짐을 벗어 던져 버렸을 때의 엄청난 느낌을, 번역을 그만둘 때의 그 느낌을 안다. 사유가 쉬워지는 것은 아니지만 이젠 그 어려움이 환경에서 오는 것이 아니라 작업 자체에 있는 것이다. **223**

"번역을 멈추면서", "부적절한" 사람들은 질적으로 훌륭할 뿐만 아니라 진정으로 실험적인 예술을 창조하기 시작한다. 당대의 몇몇 여성 연극 집단은 통일성만 벗어 던진 것이 아니라 조명, 무대, 번지르르한 장엄함, "원시주의", 그리고 1960년대 "실험" 연극을 상징했던 관객을 향한 폭력도 던져 버렸다. 페미니즘의 재등장과 함께 이 여성 집단들은 대신 (아무도 알아채지 못했지만) 서사극을 만들었다. 그것은 수많은 내러티브, 계속해서 바뀌는 인물들, (개인적이고 역사적인) 사건들, 청중들을 위한 직접적인 (그리고 공감을 불러일으키는) 해설, 지금—여기의 "뜨거운" 연기보다는 마임으로 만들어 낸 중요한 장면들로 채워졌다. 내가 보기에 이 연극들은 마치 볼드윈의 논픽션이 아름답기만 한 것이 아니라 (예를 들어) 조이스나 나보코프Vladimir Nabokov에서 비롯된 작품들보다 더 실험적이듯이, 1960년대에 실험연극으로 통했던 것들보다 훨씬 더 실험적이었다. 우리는 특정 종류의 예술(특히, 폭력적인 것, 난해한 것, 공격적인 것)을 "실험적"이라 여기도록 훈련받았다. 그러나 산화작용에 대해 배워 가는 것과 화약으로 시끄러운 소음을 만들어 내는 것은 완전히 다르다. 전자는 우리를 다른 어떤 곳으로 인도하지만, (데시벨, 번쩍번쩍한 조명, 난폭함으로 입장료를 높이는 록그룹과 유사한) 후자는 그렇지 않다.

여자들의 글쓰기에서 진정한 실험이 일어나고 있다. 수잔 주하즈에 따르면, "60년대 말과 70년대 초에 여자들의 시가 폭발적으로 쏟아져 나왔다". 그녀는 여자들이 새로운 시 양식을 창출할 것을 요청받았다고 결론지으면서 이렇게 말한다.

> 만약 여성 시인들이 자신의 특정한 경험을 보다 큰 세계와 연결하고 싶다면 (……) 자기 경험의 일부에 대해서만 그렇게 할 수 있을 뿐이다. 그녀가 아는 많은 것들은 보편적 세계와 연결되지 않는다. 왜냐하면 현존하는 보편적 세계는 남성의 경험과 남성적 규범에 토대를 두고 있기 때문이다.

무엇은 보편적이고 무엇은 아니라고 규정하는 규범을 대하는 하나의 방법은 그 규범을 무시하고 특정한 것은 특정한 것과 연결하는 것이다. 이는 (주하즈가 표현한 것처럼) 라틴어로 쓰지 않고 나의 집단이 사용하는 언어로 쓰는 것이다. 이는 거절의 메시지를 낳기도 한다. 주하즈는 다음과 같은 경험을 했다.

> 최근에 나는 한 편집자로부터 출판 거절 메시지를 받았는데, 그는 내 시의 "필연적" 특성을 인정하면서도 내 시가 "모든 걸 말한다"는 사실을 문제 삼았다. 그는 "명시, 제유, 환유, 암시를 좀 더 많이 써 봐요"라고 말했다. 그렇지만 나를 포함한 많은 페미니스트들은 시를 해독이 필요한 메타언어로 다루고 싶지 않다.[224]

줄리아 페넬로페도 "작품은 (······) 비평가의 기능을 한물간 것으로 만든다. 작품은 (······) 즉각 독자가 읽을 수 있어 비평가가 안내자나 해설자로 개입할 (······) 필요가 없다"[225]면서 비평가들의 곤혹스러움을 언급했다. 짧은 풍자시들은 전통적으로 서사시보다 하등한 것으로 인식되어 왔다는 것에 주목하면서 주하즈는 알타Alta의 짧은 시를 유쾌하게 인용한다.

> 나와 사랑을 나누지 않을 거라면, 최소한
> 내 꿈에서는 나가!

또 다른 것으로 흑인 시인 팻 파커[320]가 백인 여성에게 쓴 시도 있다.

자매여! 당신 발은 좀 작네

그렇지만 그게 여전히 내 목을 밟고 있다고.

주하즈는 결국 정전이라는 관념 자체를 버린다.

시는 스스로에 합당한 삶을 살면 그걸로 족하다. 그런 정의
에 탑재된 등급 체계란 존재하지 않는다.[226]

다음은 정전에 대한 울프의 생각이다.

그들(아이들)은 그가 무엇을 가장 좋아하는지 알았다. ─ 램
지 씨[321]와 함께 오르락내리락 끝도 없이 걸으며 누가 이걸
땄고 누가 저걸 땄는지, 누가 "최고의 남자"인지, 누가 "재
능은 뛰어나나 (……) 근본적으로 견고하지 못한지", 누가
"바일리올에서 의심의 여지없이 능력 있는 동료"인지 떠들
었다. (……) 그게 그들이 나눴던 이야기의 전부였다.[227]

---

320 팻 파커Pat Parker(1944~1989). 미국의 시인, 활동가. 아프리카계 미국인 레즈비언으로서 겪은
폭력과 어린 시절의 가난 등을 주제로 시를 썼다. 정치 운동에 활발하게 참여하여 초기 블랙
펜서 운동에 가담했고 '흑인 여성 혁명회Black Women's Revolutionary Council'와 '여성 언론 연합
Women's Press Collective'을 조직하였다.

321 버지니아 울프의 자전적인 소설 《등대로》에 등장하는 가부장적이며 위선적인 인물로, 울프의
아버지를 형상화한 것으로 알려져 있다.

만약 우리가 위계 질서를 내던진다면, 좋은 시에 대한 기준 자
체가 없어지는 것일까? 다시 주하즈의 말을 들어 보자.

> 시는 시이지만 좋은 시가 아닐 수도 있다. 따분할 수 있고
> 평범할 수 있고 또 얄팍할 수 있다. 좋은 시는 시인과 독자
> 혹은 시인과 청자가 강력하고 정확하게 소통하게 한다.[228]

그러나 어떤 독자 말인가? 어떤 청자 말인가? 계속 말해 왔듯
이, 여자들의 삶을 혼란스럽게, 그리고 여자들의 글쓰기를 하찮
은 것으로 만드는 기술은 맥락을 숨김으로써 작동한다. 글쓰기
는 경험에서 분리되었다. 여성 작가들은 자신의 전통과 서로에게
서 분리되었다. 공적인 것은 사적인 것에서 분리되었다. 정치적
인 것은 개인적인 것에서 분리되었다. 모두 일련의 절대적인 기
준이라는 것을 강제하기 위한 것들이다. 흑인 예술, 여성 예술 혹
은 치카노[322] 예술—그리고 또 다른 어떤 예술들—이 놀라운 것
은 객관성이라는 관념과 절대적 기준 자체를 질문한다는 점이다.
이것은 좋은 소설이다.
무엇에 좋다는 말인가?
누구에게 좋다는 말인가?
악몽의 한 측면은 특권 집단이 "다른" 예술을 알아보지도, 즉

제대로 판단하지도 못할 거라는 것, 그리고 특권층 비평가와 예술가들이 가진 취향과 교육의 우월성이 어느 날 갑자기 사라질 수 있음을 짐작도 못 한다는 것이다.

악몽의 다른 측면은 그 "다른" 예술에서 발견되는 것이 이해 불가능한 것이 아니라 너무나 익숙한 것일 거라는 점이다. 그것은 이렇다.

여자들의 삶은 남자들 삶의 감춰진 진실이다.

유색인들의 삶은 백인들 삶의 감춰진 진실이다.

부자들의 감춰진 진실은 그들이 그 돈을 누구에게서 어떻게 가져갔는가 하는 것이다.

"정상" 섹슈얼리티의 감춰진 진실은 어떻게 특정한 성적 표현이 특권을 부여받았으며, 정체성에 관한 이러한 구분이 어떤 종류의 공짜 미덕과 공포에 이바지하는가 하는 것이다.

다른 질문들도 있다. 예술에서 "위대함"이란 왜 그리 번번이 공격적인가? "위대한" 문학은 왜 그렇게 길어야만 하는가? "지방주의"는 토착어를 격하시키는 또 하나의 예이기만 한가? "위대한" 건축은 왜 그 지역 기후에 대한 지식과 함께 서서히 가치가 인정되는 "토착" 건축물과 달리 첫눈에 당신을 깜짝 놀라게 해야 하는가? 왜 의상 디자인—사람에 대한 그로테스크하고 때론 위험할 만큼 기상천외한 해부학적·사회적 역할 및 기질에 관한 아이디어—은 "비주류" 예술인가? 쓸모가 있기 때문인가? "순수한"(그러니까, 쓸모없는) 예술을 향한 찬양은, 상류 계층의 네일아트처럼 그저 과시적인 베블런식Veblenian 소비323에 대한 찬양일 뿐인 것 아닐까? 이브 메리암324의 최근 희곡 〈클럽The Club〉을 보면, 남성적 몸 언어와 여성적 몸 언어는 매우 다르다는 것이 분명해진다. 사회에서 "남성적"으로 인식되는 제스처는 가능한 한 많은 공간을 요구하는 반면, "여성적" 제스처는 자기 방어적이고 자기 지시적이며 공간을 거의 차지하지 않는다.

남성 평론가들은 19세기 남성 클럽의 회원들 그리고 클럽의 흑인 웨이터들 그리고 단추조끼를 입은 소년 그리고 피아노 연주자 역할까지 모두 여자들이 연기했던 연극을 보고 깜짝 놀라서 여성의 몸을 한 채로도 성공적으로 남자들을 모방했다며 여배우들을 칭찬했다. 주디 시카고는 자신의 자서전에서 이렇게 언급했다.

> 여자들은 길을 걷다 추근거리는 남자를 만나는 장면을 "연기할" 때, "유혹하러 다가오는" 남자들이 보이는 거칠고 거들먹거리는 특징을 "잘 잡아낼" 수 있는 듯 보였다. 마치

---

323 소스타인 베블런Thorstein Veblen은 자본주의와 상층 계급의 물질만능주의를 비판한 것으로 잘 알려진 미국의 경제학자이자 사회학자이다. 그는 대표작 《유한계급론》(1899)에서 "상류층의 두드러진 소비는 사회적 지위를 과시하기 위해 자각 없이 행해진다"면서 지배 계급의 속성을 과시에서 찾았다. 어떤 상품의 가격이 오를수록 상류층의 과시욕 때문에 수요가 줄지 않는 현상을 '베블런 효과veblen effect'라고 한다.

324 이브 메리암Eve Merriam(1916~1992). 미국의 시인. 작가. 1946년 첫 시집 《패밀리 서클》로 예일 젊은 시인상을 탔다. 1971년 브로드웨이 뮤지컬로도 제작된 《이너시티 마더 구스》, 1978년 텔레비전 시리즈로 만들어진 《미국에서 여자로 자란다는 것》을 썼다.

그 언어를 너무나 잘 알고 있다는 듯 말이다.[229]

남성 평론가들은 여자들이 연기했던 성차별적 농담과 노래의 요점만을 이해했지만, 한 여성 평론가는 (《하퍼즈 바자Harper's Bazaar》[325]에서, 내 생각에) 권력을 상징하는 복장을 한 여자들을 내세우는 최종적인 효과는 어떤 역이 누구에게 속한 것인지를 완전히 헝클어뜨리는 것임을 발견했다. 그녀는 젠더와 생물학적 성별 사이의 연관성이 사라진 것을 병에 붙은 라벨이 씻겨 나간 것이라 보았다. 극장을 나오면서 나는 물었다.

"그러니까 '여성'이란 무엇이죠?"

아마도 이 연극이 남자들에게 미친 효과는 이게 아니었을 것이다. 아니면 남성 평론가들이 솔직하지 않았던 것이리라. 나는 이런 연극이 여자와 남자에게 동일한 효과를 낼 가능성은 거의 없다고 생각한다.

예술에서 우리가 몸 언어를 존중하라는 교육을 (사실상) 받는가? 명백히 공격적인 혹은 강압적인 기술을 훈련받는가? 큰 소리는? 이런 질문들이 제기되었고 또 다뤄졌다. 그러나 이 질문들은 하나의 절대적 중심 가치를 상정한 채로는 다룰 수 없다.(그리고 다뤄지고 있지도 않다.)

---

325 1867년에 창간되어 현재까지 발행되고 있는 유서 깊은 잡지로, 미국 최초의 패션 전문지이기도 하다. 주간지로 창간되었다가 1901년부터 월간지로 전환되었으며, 미국을 비롯하여 영국, 한국 등 전 세계 20여 개 나라에서 발행되고 있다.

나는 현재의 역사적 상황에서 단일한 중심 가치란 있을 수 없고, 따라서 어떤 절대적 기준도 있을 수 없다고 믿는다. 그것은 가치를 제멋대로 부여한다거나 자기만족만을 고수한다는 의미가 아니다.(자신의 시를 방어할 때 그 근거가 "내가 그렇게 느낀다"가 다인 나의 학생들처럼.) 그것은 선과 악이라는 위계 질서를 다중심적 가치, 저마다 주변부를 가진 채로 몇몇은 서로 가깝고, 몇몇은 서로 먼 그런 다중심적 가치로 대체하는 것이 필요해졌음을 의미한다. 중심들은 무엇이 여자이고 흑인이고 노동 계급인지 혹은 무엇이 당신인지에 대한 역사적 사실들로 구축되어 왔다. 우리 모두가 같은 문화 안에서 살 때만이 하나의 문학이 가능해질 것이다. 그러나 지금은 아니다. 단 하나의 올바른 "스타일"도 없다. (인도 영어를 포함해) 세상에는 수많은 영어가 있고, (예를 들어) 버지니아 울프가 조라 닐 허스턴보다 "더 잘 쓰는지" 어떤지 판단하기 전에 누가 마음의 귀를 언급하고 있고 누가 마음의 눈을 언급하고 있는지, 한마디로, 우리가 어떤 영어에 대해 말하고 있는지를 판단하는 것이 좋을 것이다. 어떤 작품이 조각된 듯 단단하고 뚜렷하며 가끔씩만 토속어가 나오는 라틴어류라면, 어떤 작품은 유동적이고 문체가 변화무쌍하고 시각적으로 찰나적이며 육체의 귀가 기억하는 것을 마음의 귀가 (불가능한) 어조로 거듭거듭 다시 쓴 토속 문학인 것이다. (울프는 누가 봐도 너무 긴 문장을 쓰지만 경험 많은 배우는 한 호흡으로 말할 수 있는 법이다.) 어떤 영어가 너무 느리고 너무 늘어진다면, 또 어떤 영어는 너무 술술, 너무 빨리, 항상 조금은 너무 얄팍하지 않겠는가?

한때는 태양이 지구 주위를 돈다는 이상하고 대중적이며 그릇된 생각이 존재했다.

이 생각은 지구가 태양 주위를 돈다는 심지어 더 이상하고 똑같이 대중적이며, 똑같이 그릇된 생각으로 대체되었다.

사실, 달과 지구는 공통의 중심 주위를 돈다. 그리고 이 공통의 중심 쌍은 당신이 여기서 떠올릴 수 있는 모든 태양계 행성들을 빼놓더라도 태양과 함께 또 다른 공통의 중심 주위를 돌아 상황은 더 복잡해진다. 여기에 은하계와 같은 엄청나게 많은 다른 대상들과 관련된 태양계의 움직임이 있다. 이쯤에서 당신이 우주 전체의 중심에서 보면 지구의 움직임은 정말 무엇처럼 보이는가 묻는다면, 단 하나의 대답은 이것이다.

무엇처럼도 보이지 않는다.

왜냐하면 그런 중심은 없기 때문이다.

나가며

　이 이상한 크기, 이상한 모양의 글을 쓰는 동안 내게는 어떤 신념이 자라났다.

　세상에는 어느 누가 알고 있는 것보다도 여자들이 쓴 좋은 문학이 훨씬 더 많이 존재한다는 신념이다.

　내가 이 글을 쓰기 시작했을 때 가졌던 생각보다도 훨씬 더 많다. 거듭해서―기이하고, 특이하고, 이상해 보이는 기교들과 "적합하지" 않은 집념을 가진―여자들이 공식적인 정전으로 불쑥불쑥 난입하고 있다. 때로 그들은 성차별적 표현으로 소개되면서 정전 목록에 포함된다. 《친 여성Pro Femina》326에서 캐롤린 카이저는 여성 작가들에게 헌신적인 아내라는 신화의 짐을 지운 데 대하여 엘리자베스 배럿 브라우닝을 책망하지만, 브라우닝의 삶이 이 신화에 적합할지는 몰라도 그녀가 이 신화를 만든 것은 아니다. 그것

326　2000년에 발행된 캐롤린 카이저의 시집.

은 그녀가 도착하기 전에 이미 그곳에 있었다. 그녀가 죽은 뒤에 그것이 널리 알려진 것은 더더욱 아니다.) 제인 오스틴은 여자들의 소설을 폭넓게 읽었는데, 《이성과 감성Sense and Sensibility》[327]을 수정하는 동안 메리 브룬튼[328]의 《자제력Self-Control》을 펼치기를 주저하기도 했다. 그 책이 "너무 기발한 나머지" 자기가 만든 이야기와 인물들이 "모두 뒤쳐져 보일"까 봐 두려웠기 때문이다.**230** 그러나 (모어즈가 짚었듯이) 누가 지금 메리 브룬튼을 읽으며 심지어 그녀가 쓴 책들을 찾을 수나 있는가? 브룬튼은 내가 읽어 봤기 때문에 형편없는 소설가라는 것을 알고 있는 조지 쉘든Georgie Sheldon 부인과 위다Ouida와 함께 역사의 쓰레기통으로 내던져지고 말았다. 《문학하는 여자들》을 읽기 전에 나는 메리 브룬튼의 《자제력》을 한 번도 들어 본 적이 없었다.

그러나 가장 위대한 영어 소설가들 중 한 사람인 제인 오스틴의 판단이 직접 겪어 본 적도, 중요하다고 생각해 본 적도 없는 경험을 읽는 남성 학자들의 판단보다는 더 신뢰할 만하지 않을까? 신뢰하지 못하더라도 최소한 훑어보기는 해야 하지 않을까? 메리 브룬튼이 그렇게 형편없는 소설가였나? 안나 마리아 포터

327 제인 오스틴의 장편소설. 초판은 필명 '한 여인A Lady'으로 1811년에 간행되었고, 2판은 '오만과 편견의 작가the author of Pride and Prejudice'라는 이름으로 1813년에 출판되었다. 이성으로 대표되는 엘리너와 감성으로 대표되는 매리언 두 인물을 중심으로 평범한 삶의 모습을 사실적으로 그려 냈다.

328 메리 브룬튼Mary Brunton(1778~1818). 스코틀랜드의 소설가. 1811년 《자제력》을 시작으로 《규율》, 《에멜린》 등의 소설을 발표했다.

가 그렇게 별로인가? 18세기 여성 작가들의 압축적이고 직설적
인 대화체의 로맨스 소설은 단순히 나쁜 스타일인가? 아니면—
팔로모가 말하듯—(예를 들어) 《톰 존스Tom Jones》[329]의 저자 같은
사람에게는 완전히 낯설 관심사를 표현하기 위해 프랑스 로맨스
를 참조해 만든 형식으로 봐야 할까?[231] 여자들의 사회적 관심은
거의 두 세기 동안에도 그다지 크게 변하지 않았다. 나는 언젠가
(《에마》를 다루던 중간에) 다음과 같은 질문을 해서 여성학 수업을
숨이 턱 막히게 한 적이 있다.

"누가 제인 페어팩스[330]에게 피아노를 주었죠?"

(아는 이들은 의기양양해 보였다. 한 여학생이 비명을 지르며 손뼉
을 쳤다. 또 다른 학생은 얼굴이 창백해져서는 "아!"라고 외쳤다. 이
것이 당신이 읽은 것을 더 이상 번역할 필요가 없을 때 일어나는 일이
다.)

에밀리 디킨슨의 영향은 어떤가?

그 문제와 관련해 볼 때, (멜빌 같은) 노동 계급 저자들은 자

---

329 18세기 작가 헨리 필딩의 대표작. 올워디 영주의 집에 들어온 업둥이 톰 존스가 이웃 영주인
    웨스턴의 딸 소피아와 사랑에 빠지지만 모함으로 집에서 쫓겨나 온갖 모험을 겪다가 결국 소
    피아와 사랑의 결실을 맺는다는 내용이다. 《톰 존스》는 필딩 스스로가 밝혔듯 "산문으로 쓴 희
    극적 서사시"로서 새로운 장르의 탄생이자 작가가 이야기의 창조자임을 드러낸 소설의 원형으
    로 평가받는다.

330 제인 페어팩스Jane Faerfax는 제인 오스틴의 소설 《에마》에 등장하는 여성 인물이다.

신의 문화적 맥락이 유사하게 박탈된 채 정전의 반열에 들어선
다. 나는《필경사 바틀비Bartleby, the Scrivener》에 관한 몇 개의 평론
을 읽은 적이 있다. 그중 하나는 칼라일의 '영원한 아니오'에 멜
빌의 위치를 비교하기도 하지만,[331] 어떤 비평가도 "10년 동안
조립 라인에서 일해 본 적이 있나요?"라는 말로 시작하지는 않
는다.(혹은 울워스Woolworth에서 6개월 동안 일을 해 봤거나 짧게는 여
름 한 철 동안이라도 주소 라벨을 타이핑해 본 적은?) 브루스 프랭클
린Bruce Franklin과 내가 볼 때 이 질문들은 매우 핵심적이다.[232] 나
는 3년 동안 비서로 일했고, 6주에 불과하지만 주소 라벨을 타이
핑하는 일을 해 본 적이 있다. 그 6주는, 내가 20년 동안 문학 비
평을 공부하고도 제대로 이해할 수 없었던 바틀비의 상황을 완
전히 공감하게 해 주었다. (멜빌의 최근 선집에서 해롤드 비버Harold
Beaver는 "바틀비"에 대해 이렇게 요약했다. "바틀비는 결코 어느 쪽으
로든 온전히 해석될 수 없다. (……) 그리스도를 상징하는 예술가 혹
은 금욕적 성인, 어떤 해석도 그 이야기를 제대로 설명하지 못한다.
이 이야기의 근원에는 그 둘보다 강렬한 주제가 놓여 있다, 삶이라
는 초록빛 스크린 뒤에 도사린 (……) 죽음의 형상 (……) **도플갱어가**

331　토머스 칼라일Thomas Carlyle(1795~1881)은 영국의 평론가, 역사학자로 '영웅 서사'에 관심이
많았으며, 역사란 위대한 영웅의 자서전에 다름 아니라는 주장을 하기도 했다. '영원한 아니
오Everlasting No'는 칼라일이 괴테의《파우스트》에 등장하는, 모든 신성한 것을 부정하는 악마
메피스토처럼 신을 부정하며 사용한 말이다. 여기서는 자신의 상사에게 언제나 'No'의 의미로
"하지 않는 편을 택하겠습니다I would prefer not to…"라고 말하는《필경사 바틀비》의 주인공 바
틀비와 비교한 평론을 가리킨 것으로 보인다.

(……) 그것이다."[233] 바틀비의 요지부동 파업과 고용인의 감상적인 자유주의뿐만 아니라 바틀비가 하는 일의 현실적인 어려움—고립, 기계적 반복, 끔찍한 지루함—그리고 고용인과 피고용인 사이의 사회적 상황은 한 번도 언급되지 않는다.)

정전에 편입되지 못한 경험의 양은 얼마나 많은가. 어떤 작가들은 특정 "학파"와 연관되어 있다는 이유로 얻어걸려서('의식의 흐름'을 발명한 사람이 제임스 조이스였던가, 도로시 리처드슨이었나?), 아니면 (에밀리 디킨슨같이) 순전히 말재주로 (그리고 훌륭한 19세기 미국 작가를 찾는 데 여념이 없는 애국적 욕망으로 인해) 정전의 내부자가 된다. 그렇지만 이 낯선 사람들의 근원을 알아보려고 애쓰지는 않는다. 그들은 외계의 어둠에서 와서 자신의 뒤에 어떤 영향도 남기지 않은 채 지평선을 가로지르며 사라지는 혜성과도 같다.

브론테는 누구에게 영향을 주었나?

적어도 나에게 영향을 미쳤다. 나는 열두 살에 《제인 에어》를 읽었고 이후 내가 열여섯 살이 되고 대학 교육에 그 책이 포함될 때까지 (그러나 《빌레트》나 《셜리》 또는 에밀리 브론테의 곤달 시는 포함되지 않았다.) 해마다 의례처럼 다시 읽었다. 나는 《폭풍의 언덕》도 열네 살에 시작해서 십대 후반까지 자주 반복해서 읽었다. 대학에서 나는 울프의 소설들을 남몰래, 그리고 봉봉사탕을 먹을 때처럼 죄책감을 느끼며 읽었다. 나는 그것들이 부끄러웠다. 왜냐하면 너무나도 "여성적"이었기 때문이다.

그럼에도 나는 이 여자들의 책이 내게 "문학적 영향"을 주었다는 생각은 꿈에서도 해 보지 않았고 내 두 번째 소설을 헌정할 당시 내게 진정한 문학적 영향을 주었다고 생각했던 이들은 둘 다 남자로 (당돌하게 들리겠지만) 시드니 조셉 페럴맨[332]과 블라디미르 나보코프였다.

브론테는 어떤 전통에서 출발했나? 오직 무어인들과 바이런 Byron 뿐이었던 것으로 보였다. 샬럿이 많은 이들과 알고 지내며 서신을 주고받았고 개중에 상당수가 여성, 그중 또 몇몇은 심지어 작가였다는 사실을 모어즈가 "발견"하기 전까지는.

1977년 콜로라도대학에서 열린 여성의 그림에 관한 강의에서 J. J. 윌슨은 핵심적인 문제 하나를 짚었다. **누구도 단 한 점의 그림만 그리지는 않는다**는 사실이다. (윌슨은 당신이 만약 여성 예술가들을 대중적으로 대량생산된 복제품으로만 접했다면 그렇게 생각할 수도 있겠다고 덧붙인다.)

문학도 마찬가지다. 아무도—16세에 죽은 작가만 빼고—소설 하나만 쓰지 않았다. 아무도 단지 몇 개의 시로 이뤄진 작은 시집 하나만 쓰지 않았다. 뿌리가 없는 사람은 없다. 동료가 한 명도 없는 사람도 없다. 그들의 작품이 한 번이라도 읽혔다면 누구에게든 영향을 미쳤을 것이다.

정전에는 숨기려야 숨길 수 없는 조급한 매장의 흔적들이 여기

332　시드니 조셉 페럴맨Sidney Joseph Perelman(1904~1979), 미국의 시나리오 작가.

저기에 있다. 윌슨과 피터슨이 남성 예술가들을 연구하다가 그들의 아내, 어머니, 딸, 정부 등으로 분류되어 온 엄청난 수의 여성 예술가들을 발굴한 것처럼, 나는 우리가 잘 아는 여성 저자들의 생애를 꼼꼼히 조사하면 우리가 모르는 여성 저자들이 우르르 쏟아져 나올 것이라고 믿는다. 그들의 예술이 우리에게 익숙한 것은 아닐 테지만, 멜빌이 서재에서 철학하는 칼라일인 양 "바틀비"를 이해하는 전통은 아주 제한적인 기준을 우리에게 마치 가장 보편적인 것인 양 제시한다.

나는 여자들의 글쓰기(여기서는 중산층 백인 여성들의 글쓰기를 뜻한다.)가 어떤 특정한 형태를 취하고 익숙하지 않은 특정한 기교를 사용하는 경향이 있다고 의심한다. 이 여자들의 글쓰기는 디킨슨의 시처럼, 혹은 브론테의 작품에 드러나는 갑작스럽고 멋진 균열처럼, 내면을 향했던 시선이 평범한 일상의 표면을 뚫고 나와 분출하는 개척자적 경향을 가지고 있다.(《빌레트》에서는 긴 휴가 동안 루시Lucy에게 나타나는 광기가 그런 균열이었고, 《제인 에어》에서 제인에게 나타나는 여성 달이 그렇다.) 블레이크[333]처럼, 아니면 멜빌처럼, 아니면 아그네스 스메들리[334]의 《대지의 딸 Daughter of Earth》에서 결점이자 장점이 되는 격정적인 화술처럼.

---

[333] 윌리엄 블레이크William Blake(1757~1827). 영국의 화가이자 시인. 괴이한 신비와 공상으로 가득한 회화와 시를 발표했다. 양말 공장 직공의 아들로, 독학으로 공부했다.

[334] 아그네스 스메들리Agnes Smedley(1892~1950). 미국의 페미니스트 저널리스트, 작가. 자전적인 소설 《대지의 딸》로 널리 알려졌다. 여성 인권과 생식권, 아동 복지의 개선을 위해 힘썼다.

그렇게 되면 결국, 노동자 계급은 "세련된 취향"이라든가 어조와 문체의 통일성 같은 건 쥐뿔도 모르는 사람이 되고(누구도 이 불쌍한 떨거지들에게 그런 것들을 가르치지 않았다.), 정작 알게 되더라도 그런 자질구레한 것들은 불필요하다며 화를 내기 쉽다. ─케케묵은 통일성은 "신만 아는 것"이라면서 직설적이고 무식한 방식으로(슬프다.) 화를 냈던 애프러 벤처럼.

하지만 기존 형식을 가치 있게 여기도록 교육받은 중산층 여성들 역시 노동자 계급과 같은 위치에 있다. 중산층 여성이든, 노동 계급 여성이든 자신들을 위해 만들어진 것이 아닌 (그리고 자신들의 경험을 드러낼 수 있도록 만들어진 것이 아닌) 형식을 빌려 자신의 생각을 표현할 수는 없기 때문이다. 게다가, 여자들은 여성이기 때문에 자신들의 경험이 "편협하다"는 지독한 부담마저 안고 있다. 통일성의 부재와 부적절한 형식, 그리고 그 한계로 인해 작품이 흔들리거나 갈라지고 심지어 붕괴되며, 그도 아니라면 책 전체에 걸쳐 개척자의 치열함을 힘겹게 유지해야만 하는. 이 점에서 버지니아 울프와 허먼 멜빌은 자매이자 형제다. 울프는 자신의 경험이 부족하다고 확신했고(그녀의 에세이에는 여성의 경험이 협소하다는 것과 자신이 대학 교육을 받지 못했다는 이야기가 자주 언급된다.), 멜빌은 자신의 경험이 부적절하다고 확신했다.

《모비 딕Moby Dick》의 스타일과 어조가 극도로 고르지 않다는 것을 아무도 알아채지 못했을까? 그 방법만이 책이 쓰일 수 있었던 유일한 길이었다고 해도, 《모비 딕》은 불연속성, 갑작스런 움직임, 느닷없는 비틀기, 변속, 사실상 결함으로 가득하다. 《피에르Pierre》335를 읽는 것은 또 어떤가? 마치 야생마를 타려고 애쓰는 것과 같다. 내 생각에는 두 책 모두 강렬한 주관성의 거대한 매듭에 모든 것을 용접해 내는 울프의 혈족이다. 두 작가 모두 허용된 형식으로는 말해질 수 없는 것에 응하고 있다. 특정 형식을 완벽하게 만들고 그것을 풍부하게 하여 새로운 무엇이 되는 방향으로 길을 열어 두는 조이스는 그런 과정을 거치지 않는다. 그는 사실주의가 말할 수 있는 것보다 더 많이 말하고자 애쓰지만, 말할 수 있는 것 이상의 다른 어떤 것을 표현하려고 애쓰지는 않는다. 이를테면, 《율리시스Ulysses》에서 스타일 변화는 매우 문학적이며 통제되어 있다. 멜빌의 작품은 내게 그렇게 보이지 않는다. 비록 학자들은—일단 그를 성스러운 인물, 위대한 작가로 만든 뒤에—그에게 있지도 않은 스타일과 어조의 통일성을 부여하기 위해 재주를 넘었지만 말이다.(37장 〈저물녘〉, 39장 〈첫 번째 야간 당직〉, 그리고 40장 〈한밤중, 앞갑판〉에는 갑자기 연극적 독백과 대화가 나온다. 내 생각에는 이 현란한 구간이 작품 전체에서 가장 심한 균열이다.) 또 한 사람의 노동 계급 작가인 D. H. 로렌

---

335 허먼 멜빌이 1852년에 《모비 딕》 다음으로 발표한 소설. 경험을 바탕으로 한 해양 이야기에서 탈피하여, 시골의 부유한 평민 집안의 외아들 피에르가 이복누이 이사벨을 구하려다가 빠져들어간 비극적인 삶을 그린 작품이다. 인간 심리를 풍부한 비유와 상징으로 표현한 이 작품 역시 《모비 딕》과 마찬가지로 대중에게 충분히 이해되지 않았다.

스도 내게는 같은 소속으로 보인다. 그의 글은 확실히, 이를테면 《대지의 딸》만큼이나 논쟁적이고 돌발적이고 조각나 있다.

그러면, 형식을 받아들인 여자들에게는 무슨 일이 일어나는 가? 하나의 가능성은 기만, 회피, 교활함이다. 어떤 면에서 정신은 그것의 소재, 그러니까 (우리가 계속 떠올리게 되는) 단 하나의 로맨스, 단 하나의 소설, 그리고 결국 그렇게 중요하지 않은 사람들의 매우 은밀하고 한정된 삶을 담기에는 너무 크다. 걱정 마시라. 당신은 오직 적절한 것, 오직 가장 사소하고 가장 가정적인 사건들, 벨벳 장갑 속 강철 손을 보게 될 것이고, (어떤 경우에는) 그게 너무 잘된 나머지 많은 이들이 오랫동안 오직 벨벳 장갑만을—블라디미르 나보코프가 1956년 코넬대학에서 강의하면서 "새끼 고양이"라고 불렀던 "나긋나긋한 제인"처럼—보게 될 것이다. 근대 비평은 강철 손만을 본다. 그럼에도 《자제력》의 보이지 않는 이면에—혹은 도로시 세이어즈의 탐정소설에 같은 것이 있는지는 살펴보지 않는다. 나는 복잡하고 매우 흥미로운 것—일종의 비극—이 피터 윔지Peter Wimsey 336 책들에서 생겨난 게 아닐까 하는 의구심을 갖기 시작했다. 캐시 마이오Kathi Maio

---

336 도로시 세이어즈가 창조한 탐정. 탐정의 시조 격으로 일컬어지는 피터 윔지 경은 귀족 출신으로, 걸어 다니는 도서관과 같은 현학적 인물로 그려진다. 세이어즈의 '피터 윔지 경 시리즈'는 풍성한 문맥과 사회적인 고찰, 비틀린 유머까지 덧붙여져서 대중적인 것과는 거리가 멀다는 평가를 받기도 했다.

는 《버스 기사의 밀월여행Busman's Honeymoon》337(1937)을 통해 《시체는 누구? Whose Body?》338(1923)의 주요 인물에게 일어나는 변화와 그 변화의 사회적 함의를 추적하지만, 그 작품들을 하나의 작업으로 연결 짓도록 제안하지는 않는다.234 나는 작품에 드러난 그 시각이, 어떻게 살아야 하는가에 관한 (다분히) 기독교적인 이상일 뿐만 아니라, 행복이라는 게 얼마나 불확실하고 위태로운지에 대한 앎의 확장이라고 본다. 《버스 기사의 밀월여행》에서는 모든 것이 무너지는데, 마이오가 적었듯이 이 이야기는 정의와 자비를 갖추는 것이 불가능한 현실에 절망한 웜지 경이 신경쇠약에 이르는 것으로 끝난다.

또 하나의 대안은 《작은 아씨들Little Women》의 저자가 쓰고 이내 후회했던 멜로드라마 같은 몽상이다. 보자. 그러니까, 아마 위다 같은(그녀를 다시 읽어 봐야겠다.), 혹은 빈번하게 무시된 고딕 로맨스 같은 것 말이다. —다시 말하지만, 래드클리프 부인은 제우스의 머리에서 나온 아테나처럼 특이하게 태어난 단 한 사람이 아니었다. 나는 그녀의 동료들도 그녀 못지않게 기이했으리라 생각한다. 결국 적절한 삶의 경험도 없고, 쓸 수 있는 형식도 없고, 어떤 현실적인 것도 말할 수 없고, 직설적으로 말할 수도 없다면, 꿈의 언어로 말할 수밖에 없지 않겠는가? 그것을 사

337 도로시 세이어즈의 피터 윔지 경 시리즈 열한 번째 작품.

338 피터 윔지 경 시리즈 첫 번째 작품.

실주의로 가장할 수만 있다면 말이다. 그래서 《샬럿 템플Charlotte Temple》339의 저자가 멍청이로 취급될 때, 찰스 브록덴 브라운340은 몽상가로 존경받았다. 《샬럿 템플》은 확실히 《이상한 나라의 앨리스》만큼이나 몽상적이다.

18세기에 여자들이 쓴 로맨스, 혹은 끔찍한 벌을 받았던 여성 예술가들에 관한 레베카 하딩 데이비스의 거칠고 기이한 이야기도 거의 관심받지 못했다. 그들 역시 어디서 갑자기 튀어나온 것이 아니다. 카프카가(한때 그는 그저 이례적인 예술가로 여겨졌다.) 이디시어341를 쓰는 몽상가들(그들은 20세기 초까지 조용히 존재했다.)의 전통에 기대고 있었다는 것이 이제는 알려져 있다. 예술이 "통일될" 필요가, "종합적"일 필요가, "위대"하기 위해 "커야" 할 필요가(여기 "크다"와 "위대하다" 사이에 약간의 혼란이 있다, 안 그런가?) 없다는 것이 받아들여진다면 우리가 찾지 못할 보물이 어디 있겠는가! 바이런이 그렇게 했을 때는 적어도 그는 무사했지만(사실 현대 비평은 바이런의 낭만적 작품을 불안해하며 그를 풍

339 수잔나 로우슨Susanna Rowson의 소설. 1791년 영국에서 'Charlotte, A Tale of Truth'라는 제목으로 출판되었다. 미국판은 1794년에 출판되었으며 베스트셀러에 올랐다. 영국 장교에 의해 미국으로 온 여학생 샬럿 템플의 이야기로 시작된다. 페미니즘 및 노예제 폐지에 관한 내용을 다루고 있으며 미국 인디언들을 향한 존경심을 표현했다.

340 찰스 브록덴 브라운Charles Brockden Brown(1771~1810). 미국의 소설가, 역사학자, 편집자. 미국 문학의 본격적인 출발을 알린 소설가로 평가받는다. 그의 작품들은 래드클리프 부인으로부터 영향을 받았으나, 고딕 로맨스 스타일과는 거리를 둔다.

341 유대인들이 사용하는 언어.

자 시인으로 보고 싶어 한다.), 루이자 메이 올콧[342]이 그랬을 때는
아무도 그것이 존재하는지조차 몰랐다.

　(대학에서 나의 "부적절한" 경험에 대해 깨달았을 때, 나는 판타지
를 택했다. 나에게 진정한 삶의 경험이 없다고 확신하고 내 작품이 위
대한 문학의 반열에 들 수 없으리라 생각한 나는 의식적으로 아무도
모르는 것들에 대해 쓰기로 결심했던 것이다, 제기랄. 그래서 나는 판
타지로 위장된 리얼리즘, 그러니까, SF를 썼던 것이다.)

　개척자의 깨달음의 불꽃을 잘못된 구조로 읽는 것, 판타지를
실패한 사실주의로, 전복을 그저 얄팍한 표피만으로 읽는 비평
은 자동적으로 소수자들의 글쓰기를 부적합한 것으로 만든다.
여자들의 글쓰기가 그중 하나다. 비평가가 다른 영어를 다뤄야
만 할 때, 그 다름이 곧 실패작인 것처럼 읽는 술책도 있다. 미국
에 살지 않으면서 영어를 쓰는 인도인이나 아프리카인(이를테면
치누아 아체베[343] 같은)에 대해서는 그 같은 판단을 대체로 피하
지만, 작가가 미국에 살면서 영어를 써야만 한다면 글쎄…… 우리
모두는 무엇이 표준 영어인지 알고 있으며 그것과 다른 영어에

342　루이자 메이 올콧Louisa May Alcott(1832~1888). 미국의 소설가, 시인. 《작은 아씨들》과 후속작
　　인 《작은 신사들》, 《조의 남자들》 시리즈로 널리 알려져 있다. 어려운 가정형편으로 일찍부터
　　글쓰기를 통해 가족들을 부양해야 했다. A. M. 베르날드라는 필명을 쓰기도 했다.

343　치누아 아체베Chinua Achebe(1930~2013). 영어로 글을 쓴 나이지리아의 소설가. 서구 문명의
　　침입으로 파괴되는 아프리카 토착민들의 생활을 생생하게 그려 낸 작품들을 발표하여 '아프리
　　카 현대문학의 아버지'로 불린다. 《모든 것이 산산이 부서지다》 등 다수의 작품을 썼고 2007년
　　에 맨부커상을 받았다.

대해 관대하지 않다.

"문학"에는 잘못된 중심이 있다. 남자, 백인, 중산층 (또는 상류층)뿐만이 아니라 유럽의 동부 연안이 그렇다. 윌라 캐더, 셔우드 앤더슨, 칼 샌드버그Carl Sandburg, 싱클레어 루이스Sinclair Lewis, 그리고 (조금 더 후에) 토머스 울프Thomas Wolfe를 만들어 낸 지각 있는 미국인다움에 무슨 일이 일어난 건가? 요즘 비평은 그들을 부끄러워하는 것 같고 미국에 살지 않았던 헤밍웨이, 엘리엇, 파운드를 선호하는 듯하다. "보편적인 것"은 "미국적인 것"을 포함하지 않는 것 같다. 그럼에도 나는 얼마 전《메인 스트리트Main Street》344에서 머리가 쭈뼛 설 만큼 기뻤던 구절을 접했다. 캐나다에서는 앨리스 먼로345와 마거릿 로렌스346가 또 다시 지방주의자가 되고 있다. 불쌍한 이분들은 자신이 얼마나 비보편적인지에 대해 신경 쓰지 않는 듯하다.

아마 다음이 그 이유를 설명해 줄지도 모르겠다.

이 책의 본문을 다 썼을 무렵 콜로라도대학의 한 여자 동료가

---

344 미국 최초의 노벨문학상 수상자인 싱클레어 루이스의 가장 유명한 소설. 소도시의 편협함에 대한 풍자로 가득한 작품으로 미국 문학의 고전으로 평가받는다.

345 앨리스 먼로Alice Munro(1931~). 캐나다의 작가. 단편소설의 새로운 지평을 연 인물로 평가된다. 1968년《행복한 그림자들의 춤》으로 캐나다 총독 문학상을 받았으며, 1978년《거지 메이드, 플로와 로즈의 이야기》로 두 번째 총독 문학상을 받았다. 2013년 캐나다인 최초로 노벨문학상을 받기 전까지 4년에 한 번씩 단편소설집을 펴냈다. 러스가 이 책을 쓸 당시는 먼로가 노벨문학상을 받기 전이었다.

346 마거릿 로렌스Margaret Lawrence(1926~1987). 캐나다의 페미니스트 소설가. 캐나다의 글쓰기 커뮤니티를 지원하는 비영리단체 캐나다 작가협회를 설립했다. 소설《스톤 엔젤》과《점쟁이들》이 알려져 있다.

내게 전화를 했다. 나는 그녀에게 이 책에 대해 말하면서, 16세기 전까지는 영어로 글을 쓴 여자가 없는 것으로 추정되고 있다는 얘기를 무심코 덧붙였다.

"그 부분은 쓰지 않는 게 낫겠어요." 그녀가 말했다.

"네?"

"알잖아요. 진정한 교육을 받기 위해서는 라틴어를 배워야만 했어요. 상류층 남성들의 사춘기 의례였죠. 그렇지만 라틴어를 배운 여자들도 있었죠. 얼마나 있었는지는 몰라도 몇 명은 있었을 거예요. 그들은 대부분 종교적인 글을 토착어로 번역하거나 기도문 같은 걸 직접 썼어요, 토착어로요. 헨리8세의 마지막 아내처럼요, 기억하죠? TV에서 봤잖아요."

"이런." 나는 탄식했다. (이런 게 규정의 힘이다. 내 잘못은 아니었다.)

동료가 말했다. "여자들은 항상 토착어로 글을 써요."

여자들은 항상 토착어로 글을 쓴다.

엄밀히 맞는 말은 아니다. 그럼에도 그 말은 많은 것을 설명해 주었다. 그것은 분명 편지들과 일기들을 설명해 준다. 그리고 아나이스 닌이 일기를 여성적 형식의 정수로 택한 것도 설명해 준다. 그것은 왜 그토록 많은 여자들이 유령 이야기를 썼고 지금도 여전히 쓰고 있는지를 설명해 준다. 사실, 내가 읽은 초자연적 현상 이야기 중 가장 흥미진진했던 것은 1930년대에 활동했던 마거

릿 어윈[347] **235**의 글이다. 비록 블레일러E. F. Bleiler Sheridan는 19세기
소설가 셰리던 르 파뉴[348]의 작품집 서문에서 그를 동시대 세 여
성 작가들보다 우위에 놓았지만.**236** 르 파뉴의 작품집은 있지만
마거릿 어윈의 작품집은 오늘날 어디에서도 찾아볼 수 없는 것
같다. 르 파뉴의 업적을 부정하려는 것은 아니다. 그럼에도 나는
르 파뉴의 부자 간 갈등, "상속권을 박탈당한 영웅"이라는 주제에
흥미를 느끼는 비평가가 어윈이 묘사한 남성적 가치의 타락이라
는 주제에 흥미를 느끼는 비평가보다 더 많았던 게 아닌가 하는
의혹을 가지고 있다. 울프가 한때 남성과 여성의 관심사의 차이
에 대해 말했듯이, 당연한 듯 그렇게 된 것이다. 여기 또 다른 흥
분되는 토착어 사례가 있는데, 알마 머치Alma Murch에게서 나온 것
이다.

> 1850년대와 1860년대 "선정적 소설"에 대한 반대가 극
> 에 달했을 때, 당대 비평가들이 상당히 동요했는데, 그런
> 소설들 중 많은 것이 여자들에 의해 쓰였기 때문이었다.
> (……) 출판사들은 여자들이 쓴 범죄 이야기나 범죄자 이야
> 기에는 어떤 독특한 상스러움이 있다고 느꼈고 그 이야기

347 마거릿 어윈Margaret Irwin(1889~1967). 영국의 역사 소설가. 월터 롤리 경의 일대기를 쓴 것으
로도 유명하다. 영화로도 제작된 소설 《어린 베스》로 널리 알려져 있다.

348 셰리던 르 파뉴Sheridan Le Fanu(1814~1873). 아일랜드의 고딕 및 호러 소설 작가.

들을 출판하는 것을 꺼렸다.[237]

(M. R. 제임스[349]는 여자일까? 누가 봐도 남자다. 하지만 P. D. 제임스[350]는? 여자다. E. X. 페라스[351]도 여자다. 토비아스 웰스[352], 앤서니 길버트[353], 제임스 팁트리 주니어 역시 마찬가지다. 이 이니셜들 ─혹은 가명들─ 뒤에 도사린 비밀이 무엇인지 알고 있었다면 조금 덜 절망스럽고, 조금 덜 혼란스러웠을까.)

토착어는 "고전적"이기가, 매끈하기가, 완벽하기가 어렵다. 신성시되는 문학 정전은 시간에 영향을 받지 않고 보편적(그것은 역사의 외부에 있는 종교적 권리다.)일 뿐만 아니라 결점도 없고 한계도 없는 척한다. 토착어로는 이런 척하는 것이, 말하자면 갈라진 틈을 가리는 것이 어렵다. 성서(어떤 비평가들은 심지어 오타마저 특별한 것으로 여긴다.)를 토착어로 읽는 것 또한 어렵다.

---

349 M. R. 제임스Montague Rhodes James(1862~1936). 영국의 작가이자 중세 학자. 케임브리지대학의 부총장을 역임했다.

350 P. D. 제임스Phyllis Dorothy James(1920~2014). 영국의 범죄 소설 작가. 아담 달글리시 시리즈로 명성을 얻어 대영제국 훈장을 받고, 영국 왕립 학회 및 왕립 문학회 회원으로 추대되었다.

351 E. X. 페라스Elizabeth Ferrars(1907~1995). 영국의 범죄 소설 작가. 엘리자베스 페라스의 필명. 토비 디케 시리즈와 버지니아와 펠릭스 프리어 시리즈, 앤드류 베스넷 시리즈로 유명하다.

352 토비아스 웰스Tobias Wells(1923~2013). 미국의 작가. 들로리스 플로린 스탠톤 포브스Deloris Florine Stanton Forbes의 필명이다. 《치명적인 외로움》, 《마이 페어 레이디의 슬프고 갑작스런 죽음》 등의 미스터리 소설을 썼으며 1969년 작 《그대의 묘지로 가라》는 영화화되기도 했다.

353 앤서니 길버트Anthony Gilbert(1899~1973). 영국의 범죄 소설가. 앤 메레디스Ann Meredith라는 이름으로도 활동했다. 메레디스의 이름으로 자서전인 《3페니》를 출간했다.

소수자 예술, 토착 예술은 주변부 예술이다. 그것들은 오직 경계에서만 자랄 수 있다. 이것이 왜 페미니즘 운동에서《성의 정치학Sexual Politics》이 조각가에 의해 쓰였고,《아마존 오디세이 Amazon Odyssey》354가 예술철학자(티-그레이스 앳킨슨)에 의해 쓰였으며,《남자의 세계, 여자의 장소Man's World, Woman's Place》355가 소설 가에 의해 쓰였는지 그 이유를 말해 준다. 그리고 학자도 아닌 내가 없는 시간을 쪼개 가며 이 다루기 힘든 괴물과 씨름해야만 하는 이유다. 왜냐하면 당신들, 당신네 비평가들이 이미 (한 세기 도 전에 했어야 하는 것을) 여태 하지 않았기 때문이다.

내가 쓴 이 책이 마음에 안 든다면, 직접 쓰시라.

부디!

그러나 소수자의 작품을 주류 작품과 같은 것에 대해 썼다거 나 같은 기법으로 썼다고 가장하여 정전에 편입시킬 수는 없음 을 명심하길 바란다. 대개는 그렇지 않고 그렇게 하지도 않는다. 그것은 우리가 이전까지 지구상에서 한 번도 본 적이 없는 것이 기 쉽다. 과학소설이 처음 등장했을 때, 비평가들이 저지른 실수 들은 얼마나 기괴했나. 그들은 이따금씩 여전히 그런다. 이는 과 학적 배경 지식이 없기 때문일 뿐만 아니라—예를 들어, 어떤

---

354 급진적인 페미니스트 철학자였던 티-그레이스 앳킨스가 1974년에 발표한 에세이 및 연설 모음집.

355 미국의 소설가 엘리자베스 제인웨이가 1971년 발표한 책. 우리 사회에서 여성의 역할이 무엇 인지 역사, 사회학, 정신분석학, 인류학 등의 분야를 넘나들며 탐구했다.

비평가들은 고전적 외계인을 배경으로 한 것을 배경의 정교함과 이야기의 핵심에 있는 즐거움을 알지 못한 탓에 악몽으로 이해했다—이 장르의 역사와 전통에 대한 지식이 없기 때문이기도 하다.(이 장르도 역사와 전통을 가지고 있다는 것을 모르는 것도 포함한다.)

비평가들에게는 과학소설을 거부하거나 오해하거나 또는 무시할 어떤 정치적인 이유도 없다. 그러나 여자들이 쓴 글에 대해서는 이 세 가지를 다 할 이유가 그들에게 차고 넘친다. (엔토자케 샹게[356]의 희곡, 〈무지개가 떴을 때/자살을 생각한 흑인 소녀들을 위하여For Colored Girls Who Have Considered Suicide When the Rainbow Is Enuf〉가 그 한 예다. 샹게는 흑인들에게서는 남성 반대론자라는 비난을, 백인 남성 비평가들에게서는 호평을 받았다. 한 친구가 내게 떨떠름한 듯 이렇게 말했다. "그들은 이 작품이 자신들에 대한 이야기라고 생각하지 않아.") 심지어 새로운 가치를 갈망하는 비평가들조차 잘못 보는 경향이 있다. 프랑스의 지적인 마르크스주의자인 제라르 클라인Gérard Klein은 최근 십 년 동안 미국 과학소설에 나타난 비관주의를 분석하고는 그것이 사실도 아니고 정치적으로 솔직하

---

356 엔토자케 샹게Ntozake Shange(1948~2018). 미국의 흑인 페미니스트 극작가이자 시인. 본명은 팔로테 윌리엄Paulette Willams이다. 1971년 영어 이름을 버리고 "그녀 자신의 것과 함께 오는 여자"라는 뜻의 엔토자케, "사자처럼 걷는 사람"이라는 뜻의 샹게로 이름을 바꿈으로써 자신의 작품에 아프리카 전통의 특징을 반영하고자 했다. 인종과 블랙 파워 문제를 다룬 작품을 주로 썼다. 오비상을 받은 연극 《무지개가 떴을 때/자살을 생각한 흑인 소녀들을 위하여》가 널리 알려져 있다.

지도 않다는 것을 발견했다. 그는 이 분석을 통해 "더 이상 유토피아도 사회적 계획도 존재하지 않음"을 인식하고는, 한 문화의 지배 집단을 떠받치는 가치를 "내면화한" 이들은 그 가치를 실어 나르거나 파괴하지만, "사회문화적 주변부들은 이제까지와는 다른 독창적 가치, 미래의 가치를 만들어 낼 수 있다"[238]고 말했다. 전적으로 동의한다. 그러나 클라인이 사용할 수도 있었을 적절한 반증의 예가 될 과학소설은 어디에 있는가? 1969년에 여성 유토피아에 관한 날것의 빼어난 글을 출판했던 그의 페미니스트 동료 여성인 모니크 위티그[357]는 어디에 있었나?《레 게리에르 Les Guérillères》는 어디에 있었나?

　어디 있었느냐고? 아무 데도 없었다. 심지어 비난조차 받지 못했다. (다른 사안들에 대한 클라인의 감수성에 대해 말해 볼까? 소설가 새뮤얼 딜레이니에 대해 그는 "미국에는 오직 단 한 명의 흑인 SF 소설가가 있다. 그는 백인 소설가로 여겨질 수도 있었다"고 말했다. 딜레이니가 이런 식의 고정관념은 무시하기를 바란다.)

　대신 클라인은 두 번째 장에서 어슐러 K. 르 귄의《빼앗긴 자들The Dispossessed》과《어둠의 왼손The Left Hand of Darkness》을 다루는데, 그는 이 작품들이 "지루할 정도로 반복되는 정복 위주의 남

357　모니크 위티그Monique Wittig(1935~2003). 프랑스의 작가, 페미니스트 이론가. 대표작인《레 게리에르》는 레즈비언 소설의 고전으로 꼽힌다.《레 게리에르》는 1969년 모니크 위티그가 발표한 두 번째 소설이자 그녀의 대표작으로, 레즈비언 여성주의 분야에서 혁명적으로 받아들여지면서 큰 논쟁을 불러일으켰다.

성 문화에서 (……) 벗어나 비중심적이고 관용적인 여성 문화를
간접적으로 암시하고 있다"고 보았다. 그는 르 귄이 "여자이기
때문에 중심 원칙이 없는, 통일성이 없는, 지배가 없는 세계"를
선보일 수 있었다고 말한다.

이것은 칭찬이었지만 여기에 사용된 개념들은 관습적인 여성
의 미덕을 연상시킨다. 같은 글에서 클라인은 르 귄의 예술적 성
공을 그녀의 양육적 자질 덕으로 돌리면서(클라인은 르 귄이 프로
이트의 원초적 장면에 반응하여 "스스로를 어머니" 위치에 둠으로써
형제, 자매의 존재를 발견한 것이라고 말했다.), 그녀의 예술은 "행
복한 유년 시절, 왕성한 생식 활동, 그리고 역사가인 남편에게
빚진 지성"의 산물이라고 했다.[239] 그 말은, 여성 예술가는 전형
적인 어머니이면서, 행복하고, 이성애적으로 성숙하며, 남편에
게 영향을 받음으로써만 그 가치를 인정받을 수 있다는 뜻이다.
(적어도 자신의 책에서는) 화가 나 있고, 불만으로 가득하고, 레즈
비언이고, 남성의 영향력에 반감을 가지고 있는 모니크 위티그
는 새로운 가치의 창조자로 언급되지 않는다. 클라인은 생존 작
가의 생식기에 대해 공식적으로 언급하는 일이 성추행이라는 것
조차 인지 못 하고 있다. 그는 자신의 글에서 남성 작가 누구에
게도 하지 않았던 모욕적인 시찰을 단 한 명의 여성 작가에게 감
행한다. 그가 르 귄의 업적을 평가하는 데 사용한 성 심리의 미
적분 대상에서 남자 작가들은 면제되었다.

새로운 가치를 찾는 비평가조차도 어떤 작품 속 가치가 오래

된 것, 특히 그가 오랫동안 정서적으로 가깝게 여겨 온 가치라고
오해할 때만 그것을 훌륭하다고 인식한다.

사실, 오래된 가치들이 중심에 있다. 그러나 그 중심은 죽은
중심이다. 나는 신성시되는 정전이야말로 성서와 마찬가지로 지
루하기 짝이 없고 사제를 거의 죽을 만큼 좌절시킨다고 생각한
다. 신성시되는 정전들은 결점을 포함해 거기에 무엇이 있는지
보는 것이 허용되어야 읽힐 수 있다. 잘못된 보편성과 함께 평생
을 보내는 것은 당신을 정말 죽일 수도 있다.

1970년대 초반, 지성적이고 진보적인 한 교수는 내게 문학에
환멸을 느낀다고 말한 적이 있다. (그는 가까이 있던 교도소에서
가르치는 것으로 자신의 이상을 실천했다.) 그는 그저 방 안에 앉아
서 한 권의 책을 읽는 일에는 어떤 면에서 참 한가하고 사치스럽
고 또 정말이지 매우 사소한 데가 있다고 말했다.

그때 나는 나의 작은 악기를 주머니에 넣은 채 서 있었다. 그
러니까 《성의 정치학》이나 《작은 변화들 Small changes》[358] 같은 책
들 말이다.

과연 그럴까. 글쎄.

세포든 새싹이든, 어떤 것에서든 성장은 오직 끝 쪽에서만 일
어난다. 클라인이 말했듯이, 주변부에서부터. 그런 주변부를 보
기 위해서라도 당신은 가장자리에 존재해야만 한다. 아니면 재

---

358 1969년 미국의 출판사 더블데이에서 출간된 SF 단편소설집.

전망의 차원에서라도 당신을 그곳에 놓아 보아야 한다. 당신이
이미 갖고 있는 판단을 가다듬고 강화하는 정도로는 어디에도
갈 수 없다. 당신은 기존의 것들을 부숴야만 한다. 그렇게 하거
나, 아니면 중심에 남거나. 물론 그 중심이란 이미 죽은 것이다.

　나는 이 괴물을 13쪽 분량으로 마치려고 애썼지만 그렇게 되
지 않았다. 아직, 끝나지 않았다.

　당신이 그 끝을 내 주길.

저자 노트

한번은 콜로라도 볼더에서, 아직 시집을 출간한 적 없는 시인 하나가 내게 말했다. 가치 있는 일이라면 그 일은 미친 듯이 할 만한 가치가 있다고. 나는 이 책을 쓰면서 그녀의 충고를 너무 잘 따랐던 것 같다. 삶에서 내린 선택들은 대개 불완전하게 하는 것과 아예 하지 않는 것 사이에 있다. 최선의 선택이 꼭 후자일 필요는 없을 것이다. 여자들의 글쓰기에 가해진 억압과 좌절시키기의 역사를 빈틈없이 조사하려면 몇 년 치 시간과 제법 많은 돈이 들어가야 할 것이다. 아파서 쉬었던 일곱 달 동안의 애매한 휴가 말고는 모든 것이 부족했지만, 나는 최소 한 세기 반 동안, 때로는 그보다 더 오래 지속되어 온 어떤 패턴들을 규정해 보고자 애썼다. 지난 십 년 동안 이 분야에서 이루어진 페미니스트 비평들을 종합해 나온 결과가 내게는 가치 있어 보인다. 때론 한 번도 만난 적 없는 여자들과의 대화가 그랬고, 때론 어디에서 패턴이 생겨나고 중요성이 부여되는지 그 핵심 사례를 축적하

는 일이 그랬다. 사실, 이 세계가 인심 좋게도 새로운 사례들을
끊임없이 제공해 준 덕에 증거들을 수집하는 일을 멈추기가 어
려웠다. 텔레비전 사례를 몇 번 다뤘는데 그 이유는 부분적으로
는 대중문화가 고급문화를 잘 비춰 주기 때문이고(대중문화는 흔
히 고급문화에서 유래되지만 문화적 전제들을 신비화하는 일에는 덜
정교하니까.) 부분적으로는 활자화된 말이 특권을 가진다고 여기
지 않기 때문이다. 신뢰할 수 있는 다큐멘터리는 활자화된 전기
만큼 인용할 만하다. 그래서 나는 NBC-TV에서 방영되었던 스
콧 조플린 다큐멘터리에 나오는 특정한 세부 사항들이 정확하다
고 가정하고 간략하게 참조했다. 잘못된 범주화의 좋은 예가 연
극 〈애머스트의 미녀The Belle of Amherst〉359에서 에밀리 디킨슨이 묘
사되는 방식이다. 이 연극은 디킨슨을 "집 안에만 틀어박혀 있는
작은 사람"이라고 특징지으며 그녀의 활자는 분별 있고 전문적
인 해설자에 의해 교정되어야만 한다고 했던 존 크로 랜섬의 관
점을 반복하고 있다.

　나의 작업은 지난 십 년 동안 이루어져 온 수많은 페미니스트
들의 작업이 어수선하며 특유의 "비전문가적" 상태에 있다는 증
거를 제공하는 일인지도 모른다. 그러나 그것은 저자들이 숙련
되지 않아서가 아니라, 걸핏하면 처음 훈련받았던 장을 벗어나

359　에밀리 디킨슨의 삶을 바탕으로 한 1인극으로, 1976년 뉴욕 롱아크 시어터에서 초연되었다. 디킨슨의 전기 작가 린달 고든은 이 연극이 활발하고 재치 있고 도발적이며 때로는 에로틱한 디킨슨의 모습은 지우고 은둔자로서의 이미지만을 영구화했다며 비판했다.

모험을 해야 했기 때문이다. 이 작업은 애초에 훈련받았던 어떤 영역에도 속하지 않는다. 게다가 정제되고 고루한 시각을 가진 정통주의 비평(엘렌 모어즈가 쓴 용어)은 페미니스트들이 중요하다고 여기거나 문제적이라고 보는 것을 외면한다. 많은 반페미니즘 비평은 페미니즘 글쓰기에 대해 기껏해야 이렇게 말한다.

"그래요? 그럼 당신은 그때 어디에 있었죠? 〈리어 왕〉에 관한 만 번째 글을 쓰고 있었나요?"

아마 완족류 글로톨로그는 누군가가 여자들의 글쓰기 혹은 소수자들의 글쓰기에 대한 억압과 좌절시키기와 폄하하기의 진짜 역사를 쓸 수 있는 영감을 줄 것이다. 신의 가호가 있기를!

유토피아에 얼마나 가까이 갈 수 있을까?

그때까지 나는 부끄러워하지 않을 것이다.

1978년, 시애틀에서

1. 금지하기

1 James Baldwin, "My Dungeon Shook: Letter to My Nephew on the One Hundredth Anniversary of the Emancipation," in *The Fire Next Time* (New York: Dell, 1964), p. 21.

2 Virginia Woolf, *Three Guineas* (New York: Harcourt, Brace & World, 1938), p. 75.

3 Ellen Moers, *Literary Women* (Garden City: Anchor Press/Doubleday, 1977), p. 181.

4 M. Jeanne Peterson, "The Victorian Governess: Status Incongruence in Family and Society," in *Suffer and Be Still: Women in the Victorian Age*, ed. Martha Vicinus (Bloomington: Indiana University Press, 1972), p. 8.

5 Virginia Woolf, *A Room of One's Own* (New York: Harcourt, Brace & World, 1929), p. 73.

6 Gordon S. Haight, *George Eliot: A Biography* (Oxford University Press, 1968), pp. 66, 295.

7 Eve Curie, *Madame Curie: A Biography*, trans. Vincent Sheean (Garden City: Doubleday, Doran, 1937), pp. 138, 143 – 144, 150.

8 Tillie Olsen, "Silences: When Writers Don't Write," in *Images of Women in Fiction: Feminist Perspectives*, ed. Susan Koppelman Cornillon (Bowling Green: Bowling Green University Popular Press, 1972), pp. 109 – 110.

9 다음 참조. Tillie Olsen, *Silences* (New York: Delacorte Press/Seymour Lawrence, 1978), p. 18.

10 Tillie Olsen, *Life in the Iron Mills; or, the Korl Woman*에 덧붙인 해설. by Rebecca Harding Davis (Old Westbury: The Feminist Press, 1972).

11 Kate Wilhelm, "Women Writers: A Letter from Kate Wilhelm," *The Witch and the Chameleon 3* (April 1975): 21 – 22.

12 Karen Petersen and J. J. Wilson, *Women Artists: Recognition and Reappraisal from the Early Middle Ages to the Twentieth Century* (New York: Harper & Row, 1976), pp. 44, 84, 85.

13 다음 참조. Woolf, *A Room of One's Own*, pp. 62, 65.

14 다음에서 재인용. Elizabeth Gaskell, *Life of Charlotte Bronte* (London, 1919), pp. 102, 104.

15 Ellen Glasgow, *The Woman Within* (New York: Harcourt, Brace, 1954), pp. 62, 63, 65.

16 Gordon S. Haight, ed., *A Century of George Eliot Criticism* (Boston: Houghton Mifflin, 1965), p. 144.

17 Florence Howe, "Literacy and Literature," *PMLA* 89, no. 3 (1974): 438.

18 Florence Howe, "Varieties of Denial," *Colloquy* 6, no. 9 (November 1973): 3.

19 Elizabeth Pochoda, "Heroines," in *Woman: An Issue*, ed. Lee R. Edwards, Mary Heath, and Lisa Baskin (New York: Little, Brown, 1972), p. 179.

20 Jo Freeman, "How to Discriminate against Women without Really Trying" (Pittsburgh: K.N.O.W. #03306, n.d.), p. 1.

21 Wilhelm, "Women Writers," p. 21.

22 Chelsea Quinn Yarbro in *Khatru* 3 & 4 (November 1975), ed. Jeffrey Smith (Baltimore: Phantasmicon Press Publication #41), p. 110.

23 필리스 체슬러와의 개인적인 인터뷰. 1977년 여름.

24 Yarbro, *Khatru*, p. 110.

25 J. J. Wilson, "So You Mayn't Ever Call Me Anything but Carrington," in *Woman: An Issue*, ed. Edwards et al., p. 293.

26 Anaïs Nin, *The Diary of Anaïs Nin*, ed. Gunther Stuhlmann (New York: Harcourt, Brace & World, 1966), 1:291.

27 Yarbro, *Khatru*, p. 52.

28 Lee R. Edwards, "Women, Energy, and *Middlemarch*," in *Woman: An Issue*, ed. Edwards et al., pp. 227‑229.

29 Adrienne Rich, "When We Dead Awaken: Writing as Re‑vision," *College English* 34, no. 1 (October 1972): 21.

30 Samuel Delany, *Khatru*, p. 28.

31 Suzanne Juhasz, *Naked and Fiery Forms: Modern American Poetry by Women, A New Tradition* (New York: Harper & Row, 1976), pp. 88‑89, 103.

32 Sylvia Plath, *Ariel* (New York: Harper & Row, 1965), p. 84.

33 Rich, "When We Dead Awaken," pp. 21‑22.

34 다음에서 재인용. Barbara Kevles, "The Art of Poetry: Anne Sexton," *Paris Review* 13 (1970‑71): 160.

2. 자기기만

35 Abraham Maslow, *Motivation and Personality* (New York: Harper, 1954), p. 270.

3. 행위 주체성 부정하기

36 Virginia Woolf, "The Duchess of Newcastle," in *The Common Reader* (New York: Harcourt, Brace, 1925), p. 75.

37 Petersen and Wilson, *Women Artists*, pp. 53, 56, 58.

38 같은 책. J. J. 윌슨의 볼더 콜로라도대학에서의 강연. 1976., J. J. Wilson, lecture given at the University of Colorado, Boulder, 1976.

39 Stella Gibbons, *Cold Comfort Farm* (New York: Penguin Books, 1977).

40 다음 참조. Carol Ohmann, "Emily Brontë in the Hands of Male Critics," *College English* 32, no. 8 (May 1971): 907.

41 Moers, *Literary Women*, p. 144.

42 Ohmann, "Emily Brontë in the Hands of Male Critics," pp. 909‑910.

43 다음 참조. Haight, *A Century of George Eliot Criticism*, p. 168.

44 Haight, *George Eliot: A Biography*, p. 29.

45 Mary Ellmann, *Thinking about Women* (New York: Harcourt Brace Jovanovich, 1968),

pp. 41 - 42.

46 Colette, *The Pure and the Impure*, trans. Herma Briffault (New York: Farrar, Straus & Giroux, 1966), pp. 59 - 63.

47 Ursula LeGuin, *Khatru*, p. 16.

48 소냐 도르만으로부터 받은 편지. 1970년 12월.

49 Charles Dickens, *Letters of Charles Dickens*, ed. Madeline House and Graham Storey (Oxford: Clarendon Press, 1965), p. 263.

50 Robert Lowell, foreword to *Ariel*, by Sylvia Plath, p. vii.

51 Delany, *Khatru*, pp. 74 - 75.

52 Yarbro, *Khatru*, p. 55.

4. 행위 주체성 오염시키기

53 Charlotte Brontë, *Villette* (London: The Zodiac Press, 1967), pp. 251 - 253.

54 George Bernard Shaw, *Our Theatres in the Nineties* (London: Constable, 1932), 3:274, 276 - 277, 295.

55 Elaine Showalter, "Women Writers and the Double Standard," in *Woman in Sexist Society: Studies in Power and Powerlessness*, ed. Vivian Gornick and Barbara K. Moran (New York: New American Library, 1972), pp. 476 - 477, 475, 457, 456.

56 Louis Simpson, "New Books of Poems," *Harper's*, August 1967, p. 91.

57 Dolores Palomo, "A Woman Writer and the Scholars: A Review of Mary Manley's Reputation," *Woman and Literature* 6, no. 1 (Spring 1978): 41, 38 - 39.

58 Julia Penelope [Stanley], "Fear of *Flying?*," *Sinister Wisdom* 1, no. 2 (December 1976): 54 - 55, 62.

59 Lowell, *Ariel*의 서문. p. vii.

60 다음 참조. Moers, *Literary Women*, p. 22.

61 다음에서 재인용. Showalter, "Women Writers and the Double Standard," pp. 466 - 467.

62 Olga Broumas, *Beginning with O* (New Haven: Yale University Press, 1977).

63 Phyllis Chesler, *About Men* (New York: Simon & Schuster, 1978), pp. 106 - 107.

64 In *By a Woman Writt*, ed. Joan Goulianos (Baltimore: Penguin, 1974), p. 137.

65 다음에서 재인용. Eva Figes, *Patriarchal Attitudes* (New York: Fawcett, 1971), p. 95.

66 다음에서 재인용. Moers, *Literary Women*, p. 271.

67 Moers, *Literary Women*, p. 281.

68 다음에서 재인용. Showalter, "Women Writers and the Double Standard," p. 453.

69 Dick Brukenfeld, "Theatre: Three by Russ," *The Village Voice*, 2 October 1969, p. 45.

70 Elaine Reuben, "Can a Young Girl from a Small Mining Town Find Happiness Writing Criticism for *The New York Review of Books?*" *College English* 34, no. 1 (October 1972): 40 - 43. Reuben quotes Podhoretz.

71 다음에서 재인용. Figes, *Patriarchal Attitudes*, pp. 129, 143 - 144, 148.

72 Elizabeth Janeway, *Man's World, Woman's Place* (New York: Dell, 1971), p. 109.

73 Marya Mannes, *New York Times Book Review*, 13 August 1967, p. 17.

74 Marya Mannes, "Problems of Creative Women," in *Up Against the Wall, Mother . . . ,* ed. Elsie Adams and Mary Louise Briscoe (Beverly Hills: Glencoe Press, 1971), pp. 402 - 415.

75 Tillie Olsen, "Women Who Are Writers in Our Century: One Out of Twelve," *College English* 34, no. 1 (October 1972): 9, 10.

76 In *By a Woman Writt*, ed. Goulianos, pp. 270 - 271.

77 Janeway, *Man's World, Woman's Place*, p. 109.

5. 이중 기준으로 평가하기

78 Reuben, "Can a Young Girl," p. 41.

79 Mary McCarthy, *Theatre Chronicles* (New York: The Noonday Press, 1968), pp. ix - x.

80 Woolf, *A Room of One's Own*, pp. 76 - 77.

81 Ellmann, *Thinking about Women*, p. 92.

82 Chesler, *About Men*, pp. 211 - 212.

83 Woolf, *A Room of One's Own*, p. 73.

84 다음 참조. Haight, *A Century of George Eliot Criticism*, p. 204.

85 Judith Fetterley, talk given at MLA convention, December 1975.

86 Ohmann, "Emily Brontë in the Hands of Male Critics," pp. 907 - 912.

87 Robert Silverberg, "Who Is Tiptree, What Is He?," in *Warm Worlds and Otherwise* by James Tiptree Jr. (New York: Ballantine Books, 1975), pp. xii - xv, xviii.

88 다음 참조. Ohmann, "Emily Brontë in the Hands of Male Critics," p. 907.

89 Suzy McKee Charnas, *Khatru*, pp. 86 - 87.

90 Stephen Spender, "Warnings from the Grave," *New Republic*, 8 June 1966, p. 26.

91 Ellmann, *Thinking about Women*, p. 85.

92 Delany, *Khatru*, p. 33.

93 Moers, *Literary Women*, p. xiv.

6. 잘못된 범주화

94 Margaret Mead, *Male and Female* (New York: Morrow, 1949), pp. 257 - 258.

95 Petersen and Wilson, *Women Artists*, pp. 8, 20, 95, 89, 166 - 167.

96 Cynthia Fuchs Epstein, "Sex Role Stereotyping, Occupations, and Social Exchange," *Women's Studies* 3 (1976): 190, 193 - 194.

97 Charnas, *Khatru*, p. 107.

98 Vonda McIntyre, *Khatru*, p. 120.

99 Harold Clurman, "It Was a People's Theatre," *TV Guide*, 18 February 1978, p. 33.

100 Moers, *Literary Women*, pp. 225, 227 - 228.

101 "Scott Joplin: King of Ragtime," NBC-TV, 20 June 1978.

102 W. H. Auden and Norman Holmes Pearson, eds., *Poets of the English Language* (New York: The Viking Press, 1953), p. v.

103 Woolf, *A Room of One's Own*, p. 65.

104 돌로레스 팔로모와의 개인적인 인터뷰. 1978년 여름.

105 Louis Untermeyer, ed., *A Treasury of Great Poems, English and American*(New York: Simon & Schuster, 1942).

106 Helene Moglen, *Charlotte Brontë: The Self Conceived* (New York: W. W. Norton, 1976), p. 241.

7. 고립시키기

107 Petersen and Wilson, *Women Artists*, pp. 9, 7, 166.

108 Mary Shelley, *The Last Man* (Lincoln: University of Nebraska Press, 1965).

109 다음에서 재인용. Moers, *Literary Women*, p. 19.

110 Virginia Woolf, "Aurora Leigh," in *The Second Common Reader* (New York: Harcourt, Brace, 1932), pp. 185 - 192.

111 Kate Millet, *Sexual Politics* (New York: Avon, 1971), pp. 192 - 202.

112 Moers, *Literary Women*, pp. 163ff.

113 Millet, *Sexual Politics*, pp. 192, 200.

114 Claudia Van Gerven, "Lost Literary Traditions: A Matter of Influence," MS, p. 2.

115 Jean S. Mullen, "Freshman Textbooks," *College English* 34, no. 1 (October 1972): 79 - 80.

116 Woolf, *Three Guineas*, pp. 146, 18, 12 - 13.

117 Jane Marcus, "Art and Anger," *Feminist Studies* 4, no. 1 (February 1978): 81, 87.

118 Woolf, Three Guineas, p. 109. 마거릿 캐번디시 뉴캐슬 공작부인도 비슷한 말을 했다. 그녀는 열렬한 왕정주의자였음에도 "사교 편지Sociable Letters"(사실 소설의 한 형태였다.)에서 다음과 같이 썼다. "우리는 국가나 왕정에 매여 있지도 구속되어 있지도 않습니다. (……) 충성을 맹세하지도 국왕 앞에서 선서를 하지도 않았기에 우리는 자유롭습니다. (……) 우리가 연방의 시민이 아니라면 연방의 지배를 받을 이유도 없습니다." 그리고 이렇게 덧붙인다. "그동안 왕국에는 내전이, 남자들 사이에는 일상적인 전쟁이 있어 왔지만, 아직까지 여자들을 적으로 삼은 전쟁은 없었습니다. 그들이 총력전을 한 적은 없었습니다. (……) 그리고 (……) 왕국이 고요하고 평화로운 것처럼 부인들에 대한 나의 애정도 마찬가지입니다." (*in By a Woman Writt*, ed. Goulianos, pp. 61 - 62).

119 Marcus, "Art and Anger," p. 88.

120 Woolf, *A Room of One's Own*, pp. 94, 111.

121 Berenice A. Carroll, "'To Crush Him in Our Own Country': The Political Thought of Virginia Woolf," *Feminist Studies* 4, no. 1 (February 1978): 104, 115 - 116, 120, 123.

122 같은 책. pp. 130, 131, 104, 105.

123 Woolf, A Room of One's Own, pp. 37–38.

124 Herbert Marder, *Feminism and Art: A Study of Virginia Woolf* (Chicago: University of Chicago Press, 1968), p. 175.

125 Quentin Bell, *Virginia Woolf A Biography* (New York: Harcourt Brace Jovanovich, 1972), 2:204.

126 Marcus, "Art and Anger," p. 88.

127 Carroll, "The Political Thought of Virginia Woolf," p. 99.

128 Marder, *Feminism and Art*, p. 23.

129 Carroll, "The Political Thought of Virginia Woolf," p. 119.

130 Marcus, "Art and Anger," pp. 93–94.

131 같은 책. p. 81.

132 같은 책. pp. 81ff.

8. 예외로 취급하기

133 F. T. Palgrave's *The Golden Treasury of the Best Songs and Lyrical Poems: Centennial Edition*, ed. Oscar Williams (New York: New American Library, 1961), pp. viii, xi, ix.

134 Van Gerven, "Lost Literary Traditions," p. 2.

135 Frederick O. Waage, "Urban Broadsides of Renaissance England," *Journal of Popular Culture* 11, no. 3 (Winter 1977): 736.

136 Mullen, "Freshman Textbooks," p. 79.

137 Elaine Showalter, "Women and the Literary Curriculum," *College English* 32, no. 8 (May 1971): 856.

138 Van Gerven, "Lost Literary Traditions," pp. 2–3, 5–6.

139 다음에서 재인용. Juhasz, *Naked and Fiery Forms*, p. 11.

140 같은 책. p. 9.

141 Moers, *Literary Women*, pp. 83, 85–86, 87, 91–92.

142 Juhasz, *Naked and Fiery Forms*, p. 7.

143 Van Gerven, "Lost Literary Traditions," p. 4.

144 Juhasz, *Naked and Fiery Forms*, pp. 7–9.

145 Van Gerven, "Lost Literary Traditions," p. 5.

146 Virginia Woolf, "Geraldine and Jane," in *The Second Common Reader*, pp. 167–181.

147 Natalie Barney, "Natalie Barney on Renée Vivien," trans. Margaret Porter, *Heresies* 3 (Fall 1977): 71.

148 Blanche Weisen Cook, "Female Support Networks and Political Activism," *Chrysalis* 3 (1977): 45–46.

149 Moers, *Literary Women*, pp. 87, 66, 208, 211.

150 돌로레스 팔로모와의 개인적인 인터뷰. 1978년 여름.

151 Judith Long Laws, "The Psychology of Tokenism: An Analysis," *Sex Roles* 1, no. 1 (1975): 51.

152 Samuel Delany, "To Read the Dispossessed," in *The Jewel-Hinged Jaw* (New York: Berkley, 1978), p. 261.

153 Audre Lorde, *The New York Head Shop and Museum* (Detroit: Broadside, 1974), p. 48.

154 In *By a Woman Writt*, ed. Goulianos, p. 92.

9. 본보기 없애기

155 Showalter, "Women and the Literary Curriculum," p. 855.

156 Florence Howe, "Identity and Expression: A Writing Course for Women," *College English* 32, no. 8 (May 1971): 863.

157 마릴린 해커로부터 받은 편지, 1976년 11월.

158 Association of American Colleges, *On Campus with Women: Project on the Status and Education of Women*, #20 (Washington, DC: June 1978), p. 1.

159 Erica Jong, "The Artist as Housewife," in *The First Ms. Reader*, ed. Francine Klagsbrun (New York: Warner Paperback Library, 1973), pp. 116–117.

160 다음에서 재인용. Elly Bulkin, "An Interview with Adrienne Rich," *Conditions* 2 (1977): 54–55.

161 Untermeyer, ed., *A Treasury of Great Poems*, p. 941.

162 다음에서 재인용. Virginia Woolf, "I Am Christina Rossetti," in *The Second Common Reader*, pp. 218–219.

163 같은책, pp. 219, 215.

164 Cynthia Ozick, "Women and Creativity: The Demise of the Dancing Dog," in *Woman in Sexist Society*, ed. Gornick and Moran, pp. 434–435.

165 Ferdinand Lundberg and Marynia Farnham, *Modern Woman: The Lost Sex* (New York: Harper & Brothers, 1947).

166 Millet, *Sexual Politics*, pp. 278–281.

167 Marcus, "Art and Anger," p. 73.

168 Woolf, *A Room of One's Own*, p. 98.

169 Linda Nochlin, "Why Are There No Great Woman Artists?," in *Woman in Sexist Society*, ed. Gornick and Moran, p. 483.

170 Juhasz, *Naked and Fiery Forms*, p. 1.

171 Woolf, "Aurora Leigh," pp. 182–192.

10. 회피하게 만들기

172 돌로레스 팔로모와의 개인적인 인터뷰, 1978년 여름.

173 Jeffrey Smith, *Khatru*, pp. 53, 109.

174 다음에서 재인용. Ozick, "Women and Creativity," pp. 446, 431, 448.

175 다음에서 재인용. Reuben, "Can a Young Girl," p. 44.

176 Olsen, "A Biographical Interpretation," in *Life in the Iron Mills*, pp. 138, 135, 140, 144, 145.

177 Alice Quinn, review of *Simone Weil: A Life*, by Simone Petrémont, *Chrysalis* 3 (1977): 121, 120.

178 Marcus, "Art and Anger," p. 93.

179 Juhasz, *Naked and Fiery Forms*, p. 39.

180 Ellmann, *Thinking about Women*, pp. 199, 210, 229.

181 Woolf, *A Room of One's Own*, p. 78.

182 Jane Austen, *Northanger Abbey* (London: Franklin Watts, Ltd., 1971), pp. 30–32.

183 In *By a Woman Writt*, ed. Goulianos, p. 99.

184 Margaret Cavendish, Duchess of Newcastle, "To the Reader," in *The Description of a New World Called the Blazing World* (London: A. Maxwell, 1668).

185 In *By a Woman Writt*, ed. Goulianos, p. 291.

186 Louise Fishman, ed., "The Tapes," *Heresies* 3 (Fall 1977): 18.

187 Jehanne H. Teilhet, "The Equivocal Role of Women Artists in Non–Literate Cultures," *Heresies* 4 (Winter 1978): 98.

188 Brontë, *Villette*, p. 74.

189 다음에서 재인용. Moers, *Literary Women*, p. 171.

190 Margaret Cavendish, Duchess of Newcastle, "Dedicatory Letters," in *Philosophical and Physical Opinions* (n.p., 1663), pp. 6–8.

191 In *By a Woman Writt*, ed. Goulianos, p. 72.

192 Alexandra Kollontai, *The Autobiography of a Sexually Emancipated Communist Woman, Alexandra Kollontai*, ed. Irving Fetscher (New York: Herder & Herder, 1971), p. 111.

193 다음 참조. Cook, "Female Support Networks," p. 58.

194 Yi–tsi Feuerwerker, "Ting Ling's 'When I Was in Sha Chuan (Cloud Village),'" *Signs: Journal of Women in Culture and Society* 2, no. 1 (1976): 277, 278.

195 In *By a Woman Writt*, ed. Goulianos, p. 24.

196 Woolf, *A Room of One's Own*, p. 108.

197 다음 참조. Marcus, "Art and Anger," pp. 83, 85.

198 다음 참조. Carroll, "The Political Thought of Virginia Woolf," p. 102.

199 Marcus, "Art and Anger," p. 95.

200 다음 참조. Woolf, *A Room of One's Own*, p. 64.

201 Moers, *Literary Women*, pp. 26, 24.

202 다음에서 재인용. Goulianos, in *By a Woman Writt*, p. xv.

203 마릴린 해커로부터 받은 편지. 1977년 6월.

204 Judy Chicago, *Through the Flower: My Life as a Woman Artist* (Garden City: Doubleday, 1975), p. 154.

205 Moers, *Literary Women*, pp. xviii, xix, xx.

206 Bertha Harris, *Lover* (Plainfield, VT: Daughters, Inc., 1976).

207 Woolf, *A Room of One's Own*, pp. 85–86.

208 Moers, *Literary Women*, p. 3.

11. 미학적이지 않다고 보기

209 Carolyn Kizer, "Pro Femina," in *No More Masks*, ed. Ellen Bass and Florence Howe (Garden City: Doubleday, 1973), p. 175.

210 Jean Baker Miller, *Toward a New Psychology of Women* (Boston: Beacon Press, 1975), pp. 47, 120, 8.

211 Lillian S. Robinson, "Who's Afraid of a Room of One's Own?," in *The Politics of Literature: Dissenting Essays on the Teaching of English*, ed. Louis Kampf and Paul Lauter (New York: Random House, 1973), pp. 376 – 377.

212 Annis Pratt, "The New Feminist Criticism," *College English* 32, no. 8 (May 1971): 877.

213 Lillian S. Robinson, "Dwelling in Decencies: Radical Criticism and the Feminist Perspective," *College English* 32, no. 8 (May 1971): 884 – 887.

214 Dolores Barracano Schmidt, "The Great American Bitch," *College English* 32, no. 8 (May 1971): 904.

215 Cynthia Griffin Wolff, "A Mirror for Men: Stereotypes of Women in Literature," in *Woman: An Issue*, ed. Edwards et al., pp. 207 – 208, 217.

216 Judith Fetterley, MLA convention, December 1975, pp. 8 – 9.

217 McIntyre, *Khatru*, p. 119.

218 Ellen Cantarow, "Why Teach Literature?" in *The Politics of Literature*, ed. Kampf and Lauter, pp. 57 – 61.

219 Mary D. Garrard, "Feminism: Has It Changed Art History?" *Heresies* 4 (1978): 60.

220 Valerie Jaudon and Joyce Kozloff, "Art Hysterical Notions of Progress and Culture," *Heresies* 4 (1978): 38 – 42.

221 Adrienne Rich, *Poems: Selected and New, 1950–1974* (New York: W. W. Norton, 1975), pp. 205 – 206.

222 In *By a Woman Writt*, ed. Goulianos, p. 99.

223 Adrienne Rich, "Conditions for Work: The Common World of Women," *Heresies* 3 (1977): 53 – 54.

224 Juhasz, *Naked and Fiery Forms*, pp. 139, 178 – 179.

225 Penelope, "Fear of *Flying*?" p. 59.

226 Juhasz, *Naked and Fiery Forms*, pp. 185, 201.

227 Virginia Woolf, *To the Lighthouse* (New York: Harcourt, Brace & World, 1927), p. 15.

228 Juhasz, *Naked and Fiery Forms*, p. 201.

229 Chicago, *Through the Flower*, p. 127.

나가며

230 다음 참조. Moers, *Literary Women*, p. 66.

231 돌로레스 팔로모와의 개인적인 인터뷰. 1978년 여름.

232 H. Bruce Franklin, "The Teaching of Literature in the Highest Academies of the Empire," in *The Politics of Literature*, ed. Kampf and Lauter, pp.

101 – 129.

233 Harold Beaver, *Billy Budd, Sailor and Other Stories*에서 소개, by Herman Melville (Baltimore: Penguin Books, 1967), p. 18.

234 Kathi Maio, "(Skeleton in the) Closet Literature: A Look at Women's Mystery Fiction," *The Second Wave* 4, no. 4 (Summer/Fall 1976): 11 – 13.

235 Margaret Irwin, "The Book," in *The Satanists*, ed. Peter Haining (New York: Taplinger, 1970).

236 E. F. Bleiler, *Best Ghost Stories of J. S. LeFanu*에서 소개, by J[oseph] S[heridan] LeFanu (New York: Dover Publications, 1964), p. v.

237 다음에서 재인용. Maio, "(Skeleton in the) Closet Literature," p. 9.

238 Gérard Klein, "Discontent in American Science Fiction," trans. D. Suvin and Leila Lecorps, *Science-Fiction Studies* 4, no. 1 (March 1977): 12, 13.

239 Gérard Klein, "Le Guin's 'Aberrant' Opus: Escaping the Trap of Discontent," *Science-Fiction Studies* 4, no. 3 (November 1977): 291 – 295.

여자들이 글 못 쓰게 만드는 방법

2021년 3월 19일 처음 찍음

지은이　　조애나 러스
옮긴이　　박이은실
펴낸곳　　도서출판 낮은산
펴낸이　　정광호
편집　　　강설애
제작　　　정호영

출판 등록　2000년 7월 19일 제10-2015호
주소　　　04048 서울시 마포구 어울마당로5길 16 반석빌딩 3층
전화　　　02-335-7365(편집), 02-335-7362(영업)
팩스　　　02-335-7380
이메일　　littlemt2001ch@gmail.com
인쇄·제본　상지사 P&B

ISBN 979-11-5525-141-6 03800